Johanna Lindsey

Un si cher ennemi

traduit de l'américain par Laure TERILLI

W0264669

Éditions J'ai lu

Ce roman a paru sous le titre original :

A GENTLE FEUDING

© Johanna Lindsey, 1984
Pour la traduction française :
© Éditions J'ai lu, 1985

1

Début mai 1541, Aberdeenshire, Écosse

Une lune brillante surgit des nuages qui couraient dans le ciel, projetant sur les landes des Highlands l'ombre de cinq hommes. Cinq hommes aux aguets derrière un rocher escarpé surplombant la rivière Dee. La rivière ondulait, tel un ruban d'argent, au fond de la large vallée encaissée entre les monts Cairngorm et l'imposant Lochnagar.

Charriant la dernière neige fondue de l'hiver, un ruisseau turbulent coulait en contrebas et rejoignait la Dee. Ainsi grossie, elle traversait le glen More où s'éparpillaient, sur l'étroite bande de terre fertile, les chaumières des MacKinnion.

Tout était calme dans les maisonnettes. Le silence régnait sur le vallon. Les cinq hommes entendaient seulement le clapotis de l'eau et leur propre respiration précipitée. Transis de froid dans leurs vêtements trempés, car ils avaient traversé la rivière, ils attendaient, tapis derrière le roc.

Quand la lune au zénith ne ferait plus aucune ombre, le plus grand d'entre eux donnerait le signal et ils accompliraient leur tâche, une tâche née de la rancune. Les hommes étaient aussi tendus que leur chef.

– La lune est haute, sir William.

William se raidit.

– Alors, c'est l'heure, dit-il. (Et il distribua les tartans quadrillés de vert, d'or et de gris qu'il avait fait tisser pour cette nuit-là.) Allons-y ! Et que tout se déroule comme il se doit ! Le cri de guerre est celui du clan Fergusson, pas le nôtre. Et ne les tuez pas tous, il faut qu'il en reste au moins un qui puisse rapporter que c'est bien le cri des Fergusson qu'il a entendu !

Les cinq hommes quittèrent leur cachette et regroupèrent leurs chevaux. Les épées jaillirent des fourreaux, les torches flamboyèrent. Alors, un cri terrifiant s'éleva, déchirant la quiétude de la nuit.

Sept chaumières bordaient le chemin, mais les hommes pensaient ne pouvoir en attaquer que trois, car si les MacKinnion étaient de bons fermiers, ils étaient aussi de redoutables guerriers, et seul l'effet de surprise jouerait en faveur des agresseurs. Les habitants de la première ferme eurent à peine le temps de se réveiller : leur petite maison flambait déjà comme une torche et fut rapidement détruite. Les cinq hommes se contentèrent de massacrer le bétail, sans se préoccuper des habitants. Mais les malheureux ne furent pas pour autant épargnés. Prisonniers des flammes, ils connurent une mort bien plus atroce.

De jeunes mariés vivaient dans la deuxième chaumière. L'épouse avait à peine quinze ans. Elle s'éveilla, glacée d'effroi en entendant le cri de guerre. Sa terreur s'accrut lorsqu'elle vit le visage angoissé de son mari. Il lui ordonna de se réfugier sous le lit et sortit pour affronter l'ennemi. Jamais elle ne sut ce qu'il advint de lui. La fumée s'accumulant dans la petite maison au toit de chaume, elle ne tarda pas à suffoquer. Désormais, il était trop tard pour regretter d'avoir épousé son bien-aimé, en dépit des conseils de son frère. Désormais, il était trop tard pour tout.

La troisième chaumière eut un peu plus de chance. Plus vaste, elle était habitée par le vieux Ian et ses trois fils, une belle-fille, un petit-fils et un domestique. Ian, qui n'avait pas trouvé le sommeil, aperçut la ferme des nouveaux mariés qui brûlait. Il réveilla aussitôt ses fils qui saisirent leurs armes et envoya son petit-fils Simon avertir les voisins les plus proches, puis le laird[1].

Devant la ferme de Ian, les agresseurs se heurtèrent à quatre robustes guerriers qui leur opposèrent une farouche résistance. Le vieux Ian savait encore manier le gourdin, et il tint bon, gagnant ainsi un temps précieux. L'un de ses fils fut tué, un autre blessé, lui-même était bientôt frappé à mort, avant que ne s'élève le cri de guerre des MacKinnion. Les cinq hommes prirent la fuite.

Durant ces heures sombres qui précèdent l'aube, James MacKinnion, le jeune laird, découvrit avec colère les lieux du drame. Il arriva au moment où son cousin et ami, Black Gawain, se précipitait à l'intérieur de la chaumière des nouveaux mariés, tout récemment construite pour accueillir la jeune épouse, sa sœur. De cette maison, qui peu de temps auparavant résonnait encore de joyeux éclats de rire, seuls subsistaient les murs de pierre et une partie du toit.

Pour son ami, Jamie espéra que l'on ne retrouverait pas la jeune femme morte à l'intérieur, bien qu'il y eût peu de chances qu'elle ait pu s'échapper. Son regard s'arrêta sur le corps du marié, gisant devant la porte noircie de la maison, la tête fracassée.

Ces hommes qui habitaient aux limites du territoire des MacKinnion attendaient de Jamie qu'il les protège. Il était inutile d'invoquer le fait que son château se trouvait loin, haut perché dans les collines, et qu'il n'avait pu arriver à temps pour les défendre. Ceux qui avaient attaqué ne craignaient tout bonnement pas la colère des MacKinnion. Eh bien, ça allait changer ! Bon Dieu, ils verraient !

Black Gawain resurgit, trébuchant parmi les décombres calcinés, suffoqué par la fumée. Il lança

1. Propriétaire d'une terre et d'un manoir, en Écosse. (*N.d.T.*)

à Jamie un regard soulagé, mais celui-ci resta sceptique.

– Tu es sûr, Black Gawain ? interpella-t-il gravement.

– Elle n'y est pas.

– Tu en es bien sûr ? insista Jamie. Je ne veux pas perdre de temps à battre les collines. Elle nous aurait déjà rejoints si...

– Maudit sois-tu ! explosa Black Gawain.

Cependant, devant le visage sévère de son laird, il appela ses hommes et, plein d'anxiété, leur ordonna de fouiller la chaumière, de fond en comble cette fois-ci.

Ils ne furent malheureusement pas longs à revenir, ramenant le corps de la jeune femme.

– Elle était sous le lit, marmonna l'un d'eux.

Black Gawain prit sa sœur dans ses bras et, la posant doucement à terre, demeura agenouillé près d'elle.

La main de Jamie se crispa sur les rênes de son cheval.

– Du moins, elle n'est pas morte brûlée, déclara-t-il, maître de lui. Elle aura peu souffert.

C'était là le seul réconfort qu'il pouvait apporter à son ami. Black Gawain ne releva pas la tête.

– Elle n'a pas souffert, mais elle est morte tout de même, sanglota-t-il. Mon Dieu, elle n'aurait pas dû être là ! Je lui avais bien dit de ne pas épouser ce bâtard ! Elle n'aurait pas dû être là !

Jamie ne pouvait rien dire ni faire. Si ce n'est trouver les responsables de ce carnage et leur faire payer.

Suivi de la dizaine d'hommes qui avaient quitté Castle Kinnion avec lui, il se dirigea vers les autres chaumières. Ils virent ce qu'il était advenu de la première. Devant la troisième qui, elle, était intacte, deux hommes gisaient à l'entrée, le vieux Ian et son plus jeune fils. Beaucoup de bêtes avaient été égorgées et, parmi elles, les deux beaux chevaux que Jamie lui-même avait offerts à Ian. La colère du laird fit place à une vive douleur. Il ne s'agissait pas d'un raid habituel, mais d'un véritable massacre. Qui était l'auteur de cette tuerie ? Il y avait des survivants. Ils lui diraient ce qu'ils avaient vu, lui donneraient du moins un indice...

Le nom qu'il entendit était bien le dernier auquel il aurait pensé.

– C'est Fergusson. Le clan Fergusson. Y a pas d'erreur, affirma Hugh avec rancœur. Ils étaient bien une dizaine, ces maudits Lowlanders !

– Tu as vu le vieux Dugald en personne ? interrogea Jamie, les yeux étincelant de colère.

Hugh secoua la tête :

– Non, c'est le cri des Fergusson qu'on a entendu et c'est les couleurs de leur clan qu'on a vues. Je les ai assez combattues pour les connaître aussi bien que les miennes !

– Mais voilà deux ans que l'on ne se bat plus contre eux, Hugh !

– Oui, deux années de perdues ! Deux années pendant lesquelles, des Fergusson, j'aurais pu en tuer ! Aujourd'hui, je ne pleurerais pas un père et un frère !

– Cela ne veut rien dire, l'ami, expliqua Jamie prudemment. Beaucoup de tartans ressemblent à celui des Fergusson, à commencer par le nôtre. Il me faut une preuve plus solide qu'un cri de guerre que n'importe qui peut imiter ou des couleurs devinées dans l'obscurité.

– Vous doutez, sir Jamie, et personne ici ne vous en fait le reproche, intervint un fermier voisin alerté par le petit Simon. C'est un cri que je croyais bien ne plus jamais entendre après ces deux années de paix, mais c'est vrai, je l'ai entendu, moi aussi, quand ces lâches se sont enfuis vers le ruisseau.

– Je suis allé jusqu'au ruisseau, assura un autre paysan. J'ai vu les dégâts. Maintenant, qu'allez-vous faire ? C'est votre décision que nous voulons connaître, sir Jamie.

Jamie s'étonna un peu de ce défi qu'on lui lançait. Bien sûr, la plupart de ces hommes étaient plus âgés que lui. Il avait à peine vingt-cinq ans et la pureté de ses traits le faisait paraître encore plus jeune. Ses proches connaissaient bien sa nature farouche, ses jugements sévères. En revanche, ces hommes-là, qui le mettaient en demeure d'agir, l'avaient rarement rencontré depuis qu'il était devenu laird à la mort de son père, deux ans plus tôt. Ils n'avaient pas encore eu l'occasion de se battre à ses côtés.

– Vous criez vengeance ? dit Jamie. Je ne vous décevrai pas et vous conduirai avec joie, car vos malheurs sont les miens. (Il fit crânement face aux hommes, soutenant le regard de chacun. Nul ne put se méprendre sur la froide résolution qui se lisait dans ses yeux sombres.) Cependant, je refuse de réveiller sans raison valable une querelle enterrée depuis si longtemps. Vous aurez votre vengeance, je vous en fais serment, mais ce sera contre les seuls coupables et personne d'autre.

– Que faut-il de plus pour vous convaincre ?

– Pourquoi cette attaque, l'ami ? Je veux comprendre, interrompit Jamie. Tous, vous avez combattu les Fergusson du temps de mon père. Vous savez qu'ils ne forment pas un clan puissant, que nous les surpassons en nombre, même lorsque les MacAfee se joignent à eux. Dugald Fergusson voulait la fin de cette guerre. Ma propre tante a toujours affirmé que nous n'aurions jamais dû prendre les armes contre eux. C'est pourquoi j'ai accepté de faire la paix lorsque aucune représaille n'a suivi notre dernier raid. Depuis, nous ne les avons plus attaqués, eux non plus. Alors, l'un de vous peut-il m'expliquer ce qui s'est passé cette nuit ?

– L'expliquer ? Sûrement pas. Mais voilà une preuve !

Le fils aîné de Ian s'avança et jeta aux pieds de Jamie un morceau de plaid. Des bandes de plusieurs tons de vert, d'or et de gris quadrillaient l'étoffe.

Au même moment, surgirent une trentaine d'hommes rassemblés par le frère de Jamie : des fermiers et leurs fils, qui habitaient près de Castle Kinnion.

– Alors, qu'il en soit ainsi ! fit Jamie d'un air menaçant en écrasant lentement de sa botte le plaid qui était bien celui du clan Fergusson. Allons à Angusshire. Ils nous attendent sûrement, mais pas aussi vite. Partons dès maintenant, nous arriverons à l'aube.

2

James MacKinnion avançait lentement. Une brume épaisse collait encore au sol humide de rosée. Il était trempé jusqu'aux os, après la traversée des deux rivières Esk, et ressentait une terrible fatigue due au manque de sommeil et à la rude chevauchée vers le sud. En outre, il avait fallu s'éloigner de plus d'un bon kilomètre de la route habituelle avant de trouver un endroit où traverser la rivière à gué.

À vrai dire, il se sentait d'humeur sombre et n'arrivait pas à chasser son inquiétude. Quelque chose sonnait faux dans cette histoire, mais quoi ?

Il était seul, ayant laissé ses hommes au bord de la rivière, ensevelis sous le brouillard du matin. Black Gawain, son frère et lui étaient tous trois partis en reconnaissance, chacun dans une direction différente. C'était toujours ainsi qu'ils agissaient lorsqu'ils ripostaient à une attaque, au cas où leurs ennemis les attendraient, embusqués à un détour du chemin. Il effectuait cette reconnaissance, non pour faire état de son courage – encore qu'étant seul il courait le risque d'être capturé – mais parce qu'il s'estimait avant tout responsable de ses hommes et de leur sécurité. Jamais il n'exigeait de l'un d'eux ce qu'il pouvait faire lui-même. Tout à coup, il y eut comme une brise légère et le brouillard tourbillonna, se soulevant devant lui et révélant, l'espace de quelques secondes, la présence d'un val boisé un peu plus loin. Le rideau de brume se reforma presque aussitôt, la vision disparut. Sans hésiter, Jamie se dirigea dans cette direction. L'apparition fugitive de ces arbres lui sembla bien agréable après le paysage désolé des landes et des collines couvertes de bruyère.

Il ne s'était encore jamais aventuré aussi loin à l'est sur le territoire des Fergusson. Jamais auparavant non plus il n'avait attaqué les habitants des Lowlands au printemps. L'automne était d'habitude la saison des raids, quand les rivières étaient larges mais encore peu profondes, et que le bétail, ayant engraissé tout l'été dans les pâturages, se vendait bien au marché. Jusqu'à présent il avait toujours suivi le chemin le plus direct pour aller à Tower Esk, le château de Dugald Fergusson. Mais, cette fois-ci, la rivière, grossie par la fonte des neiges, avait empêché la traversée à l'endroit habituel, les obligeant à s'éloigner à la recherche d'un autre gué. Cela ne les avait heureusement guère retardés. Leurs agresseurs ne pouvaient pas avoir plus d'une heure d'avance sur eux, même s'ils n'avaient relevé aucune trace de leur passage. Non, il ne leur laisserait pas le temps de fêter leur victoire !

Pourtant, il ne pouvait s'empêcher de s'interroger sur la sagesse de cette expédition. N'avait-il pas agi de façon trop impulsive en décidant de se rendre immédiatement à Angusshire ? Bien sûr, sa colère était fort légitime et, en vérité, il n'aurait pu agir différemment. Le massacre de ses hommes réclamait la vengeance. Le morceau de tartan trouvé sur les lieux du drame exigeait qu'il se rende à Angusshire.

Mais… Pourquoi ? Pourquoi Fergusson avait-il attaqué ? Il aurait tout donné pour avoir plus de preuves de sa culpabilité. En y réfléchissant, cette tuerie frôlait la démence. Était-il bien sûr de ce qu'il faisait ?

Le doute ! Voilà ce qui le rongeait et faisait qu'il répugnait à venger la mort de ses hommes ! Son clan était suffisamment fort pour écraser à lui seul les Fergusson. De plus, grâce aux mariages des sœurs de Jamie, les MacKinnion étaient désormais alliés à deux clans du Nord, tout aussi puissants qu'eux. Si besoin était, plus de cinq cents hommes pouvaient être levés. Le vieux Dugald ne pouvait l'ignorer ! La première alliance datait d'il y avait trois ans, la seconde avait été contractée tout de suite après la mort de son père. D'ailleurs, lorsque Jamie, devenu laird de son clan, avait lancé deux ans plus tôt sa première – et dernière – attaque, Dugald n'avait pas cherché à se venger, bien que cela lui eût coûté vingt bœufs, sept chevaux et une centaine de moutons. Il savait qu'il n'était pas assez fort pour affronter les MacKinnion, et Jamie, conscient lui aussi de la supériorité de son clan, avait préféré faire la paix. Perpétuer cette vieille querelle désormais inégale n'avait plus rien d'un défi. Sa tante Lydia croyait qu'elle avait enfin réussi à convaincre son jeune neveu de mettre un terme à cette rivalité : Jamie n'avait pas voulu la détromper car il aimait lui faire plaisir. Il n'irait cependant pas jusqu'à épouser l'une des quatre filles de Dugald, ce qu'elle avait toujours désiré, afin de consolider la paix entre les deux clans ! Il s'était déjà marié une fois et cette expérience tragique lui suffisait.

Il se rembrunit en songeant au chagrin de sa tante lorsqu'elle aurait vent de son expédition et de la terrible vengeance que son tempérament guerrier préméditait. Elle risquait de ne jamais s'en remettre et de se couper totalement de la réalité ! Depuis quarante ans que la guerre opposait les deux clans,

Lydia MacKinnion n'avait plus toute sa raison. Petite fille, elle avait été le témoin du drame à l'origine de la querelle, mais elle n'avait jamais fait part de ce qu'elle avait vu. Pourquoi Niall Fergusson, père de Dugald, avait-il tué les grands-parents de Jamie, engageant ainsi une guerre pleine de haine qui allait durer dix ans et exterminer un grand nombre d'hommes de chaque clan ? Cela restait un mystère. Par la suite, le conflit s'était limité à des raids où, régulièrement, chacun des adversaires se contentait de voler le bétail de l'autre, une pratique d'ailleurs aussi habituelle dans les Highlands que le fait de respirer !

Niall Fergusson avait-il été pris d'un accès de démence ? Dugald, à son tour, était-il devenu fou ? C'était bien possible. Or, ne devait-on pas pardonner à un homme qui ne jouit pas de toute sa raison ? On devait même le tolérer. Après tout, sa tante était un peu déséquilibrée, elle aussi ! Arrivé à cette conclusion, Jamie se sentit soulagé. Il ne pouvait décemment tenir tout un clan pour responsable des actes d'un fou. Sa décision était prise. Il pillerait bétail et récoltes, mais ne tuerait personne.

La brume se levait quand Jamie pénétra dans le petit vallon où les arbres espacés lui permettraient un passage facile. Il s'était éloigné de ses hommes d'un kilomètre à peine, mais aucune ferme n'étant en vue, il commençait à se demander s'il était toujours sur le territoire des Fergusson. Peut-être s'étaient-ils trompés dans l'évaluation des distances et avaient-ils longé la rivière un peu trop longtemps ?

Soudain, il entendit un bruit. Rapide comme l'éclair, il glissa prestement à bas de sa monture pour se mettre à l'abri. Mais, quand il prêta de nouveau l'oreille, il reconnut le rire frais et léger d'une jeune fille. Laissant son cheval sous le couvert des arbres, il se faufila avec précaution à travers les hautes fougères. À cette heure matinale, le ciel était encore d'un gris rosé et des écharpes de brume flottaient au-dessus du sol. La jeune fille était là… Ou bien était-ce un mirage ? Dans un petit lac, elle se baignait, de l'eau jusqu'à la taille, nimbée d'un fin brouillard, délicate comme un esprit de l'onde, irréelle et cependant bien présente !

Elle rit encore en s'éclaboussant. Son rire cristallin enchanta Jamie qui, fasciné, la regardait s'ébattre et s'amuser. Il faisait froid. L'eau devait être glacée. Pourtant, la jeune inconnue ne semblait y prêter nulle attention. Subjugué, Jamie ne tarda pas, lui aussi, à oublier la fraîcheur du matin.

Jamais il n'avait vu une aussi ravissante jeune fille ! Un instant, elle se tourna vers lui, et il put admirer son éclatante beauté. Sa peau d'un blanc de nacre faisait ressortir le roux foncé, presque bleuté de sa chevelure sombre et brillante qui retombait sur ses épaules et s'enroulait autour de sa poitrine ronde. Ses seins étaient hauts et fiers dans la gloire de leur jeunesse, les pointes dressées, raffermies par la caresse de l'eau froide. Sa taille était fine, ses épaules menues; chaque bond hors de l'eau laissait apercevoir son ventre ferme et la douce courbe de ses hanches.

Les traits de son visage étaient d'une merveilleuse délicatesse. Il était trop loin cependant pour discerner la couleur de ses yeux : l'eau qui s'y reflétait les rendait d'un bleu si transparent, si lumineux qu'ils semblaient briller de mille feux. Était-ce son imagination qui délirait ? Il aurait voulu se rapprocher, mieux la voir, peut-être même la rejoindre ! Une idée folle, qui prouvait à quel point elle le fascinait ! Mais s'il s'approchait, n'allait-elle pas s'évanouir comme une vision, ou bien s'enfuir, effrayée ? Et si elle n'en faisait rien ? Que se passerait-il si elle restait là, le laissant venir à elle ? Il n'était plus maître de lui. Il allait retirer ses vêtements et se glisser à son tour dans l'eau lorsque la jeune fille prononça quelques mots qu'il ne put entendre.

Il y eut un « plouf » et elle attrapa quelque chose qu'on lui lançait... Mais d'où ? Les yeux de Jamie s'écarquillèrent. Était-elle, tout compte fait, bel et bien un esprit qui commandait aux choses ? L'objet en question était tout simplement un pain de savon. La scène était tout à fait banale maintenant ! Il s'agissait d'une jeune fille prenant son bain. L'effet magique avait disparu et Jamie revint sur terre. Mais ce savon... Était-il tombé à l'eau tout seul ? Il observa avec attention la rive opposée et vit un homme ou plutôt un adolescent, assis sur un rocher, tournant le dos au lac. Son gardien ? Il semblait bien jeune. Néanmoins, il n'y avait pas de doute, il surveillait les alentours.

Jamie sentit tout le poids de la déception s'abattre sur lui, à présent qu'il savait qu'il n'était pas seul avec la belle inconnue. La présence de cet intrus le ramena à la réalité. Il devait s'en aller. Comme pour souligner son égarement qui l'avait fait s'attarder à cet endroit, les premiers rayons du soleil percèrent le voile de brume et inondèrent de lumière le petit vallon. Que de temps perdu ! Son frère et Black Gawain avaient sans doute rejoint la petite troupe près de la rivière. Ils allaient l'attendre. Un sentiment de malaise l'envahit. La vision de cette jeune fille l'avait transporté dans un autre univers, hors de la réalité. Le contraste entre cette douce apparition et la scène sanglante qui allait suivre dans très peu de temps l'emplissait d'horreur. Et pourtant, cette vengeance devait être accomplie !

Il regarda une dernière fois l'inconnue, plein de mélancolie. Le soleil brillait maintenant sur le petit lac. Un rayon embrasa soudain les cheveux de la belle, et ce fut comme un jaillissement de flammes. En soupirant, Jamie se détourna. Cette dernière image de rêve resterait longtemps gravée dans sa mémoire.

En rejoignant ses compagnons, le jeune homme était songeur. Qui était-elle ? Une Fergusson ? Une fille de fermier ? Il avait du mal à le croire. Comment le père d'une aussi belle créature pouvait-il la laisser se baigner nue au milieu d'une clairière ? De plus, le fait qu'elle pût être une Fergusson lui faisait horreur. Il préférait de loin penser que c'était une mendiante ! C'est vrai, c'était peut-être une mendiante après tout, prenant un bain avant d'aller demander l'aumône à Tower Esk. Le pays en était rempli, surtout dans les Lowlands où les églises étaient plus nombreuses, les gens plus charitables. Mais une pauvresse… aussi belle ? Possible, mais douteux. Qui était-elle, alors ? Le saurait-il jamais ?

Un vif désir de retourner dans la petite clairière et d'en apprendre plus le saisit, mais ses hommes étaient déjà en vue. La brume s'était levée. Tower Esk se dressait au loin, au sommet de la colline fortifiée. De nombreuses chaumières s'éparpillaient sur la lande. Le moment était venu d'attaquer.

La colère de Jamie avait disparu. Le désir de vengeance qui l'animait jusque-là s'était apaisé devant la beauté de cette jeune fille. Le chagrin qu'éprouverait sa tante Lydia quand elle découvrirait que la guerre se rallumait l'inclinait aussi à la clémence. Le mal pour le mal serait rendu, mais pas au-delà.

Quand il rejoignit ses compagnons, il leur expliqua sa décision. Sa parole faisait loi, et si on le traitait de faible, tant pis ! Ils incendièrent trois chaumières, saccagèrent les récoltes et s'emparèrent du bétail. Mais femmes et enfants furent épargnés. On obligea les paysans à regarder leurs maisons brûler. Ceux qui voulurent combattre le firent et trouvèrent la mort. Les autres eurent la vie sauve.

Jamie s'attarda. Que Dugald Fergusson apparaisse s'il en a l'audace ! Des remparts de son château, il pouvait voir les maisons en flammes. Mais il était impuissant devant le nombre des MacKinnion ! La vengeance était assouvie, jusqu'à l'humiliation de l'ennemi.

Les hommes de Jamie se replièrent, savourant leur victoire. Lui seul était sombre. L'engrenage infernal de la guerre avait repris. Par la faute des Fergusson. Pour sa part, il avait suffisamment de problèmes à régler chez lui pour se préoccuper d'un clan si éloigné du sien.

Sur le chemin du retour, ce n'était pas à de nouvelles expéditions qu'il songeait, mais à l'inconnue aperçue dans ce frais vallon au milieu des bois, créature de rêve à la peau nacrée et aux cheveux de flamme.

3

Juin 1541, Angusshire, Écosse

Éveillée dès l'aube comme à son habitude, Sheena Fergusson contemplait du haut des remparts de Tower Esk le lever du jour. Le ciel s'éclaircissait et gagnait peu à peu sur le rose foncé des bruyères. La lande était paisible, mais ses pensées ne l'étaient guère...

Elle était fort dépitée car défense lui avait été faite de quitter le château, même pour une courte promenade à cheval, même escortée d'une dizaine de gardes ! Ce n'était vraiment pas juste ! Mais les choses allaient de mal en pis ces derniers temps. Et tout cela parce que les MacKinnion avaient décidé, un mois plus tôt, de rompre la trêve qui durait depuis deux ans !

Pendant ces deux années de paix et d'insouciance, Sheena avait retrouvé la liberté de son enfance. La première et la préférée des quatre filles de Dugald Fergusson avait toujours joui des attentions qui entourent le premier enfant d'une famille, jusqu'au jour où l'héritier tant espéré était enfin arrivé. Après la naissance de Niall, elle restait la fille préférée de son père, mais une fille simplement. Elle n'en avait cependant jamais voulu à son frère. Âgée de six ans, vrai garçon manqué et terriblement gâtée, elle avait ressenti une réelle fascination pour ce frère après les naissances sans surprise de ses trois sœurs et l'avait tout de suite adoré. La profonde affection qui unissait les deux enfants surprenait leur entourage. Niall aurait dû être plus proche de sa sœur Fiona qui avait à peine un an de plus que lui. Pourtant, c'était Sheena qu'il suivait, avec qui il s'amusait; elle lui donnait l'amour dont il avait besoin. Aujourd'hui encore, ils étaient inséparables bien qu'elle eût dix-neuf ans, depuis longtemps l'âge de se marier, et lui treize. Malgré son tempérament de gamin, il avait appuyé en adulte la décision de leur père d'interdire à Sheena toute sortie hors du château.

La campagne n'était plus sûre, même dans la journée. Les clans, y compris le leur, attaquaient toujours sous le couvert de la nuit. Les MacKinnion, plus téméraires, frappaient en plein jour. L'odieux sentiment d'insécurité qui avait prévalu au cours de ce dernier mois bouleversait la vie de Sheena : sa liberté entravée, la menace d'un mariage, toutes ces disputes... Les chicanes de ses sœurs n'avaient rien d'inhabituel, mais se heurter à son père lui déchirait le cœur. Et pourquoi ces discussions ? Était-ce mal de vouloir aimer celui qu'elle épouserait ? Était-ce sa faute si elle n'était pas encore amoureuse ?

Oh, bien sûr, quand elle était enfant, ses parents avaient envisagé un mariage qui leur procurerait une alliance puissante; mais on n'en parlait plus depuis deux ans, et elle avait cru qu'on la laisserait épouser l'homme de son choix. Son père le lui avait même promis. Il l'avait soutenue lorsque ses sœurs lui demandaient de l'obliger à prendre un époux afin qu'elles puissent à leur tour se marier. Ses trois sœurs, chacune déjà pourvue d'un prétendant, attendaient avec impatience le jour de leurs noces. Elles n'avaient eu aucun problème à allier l'amour et la puissance, même la jeune Fiona à peine âgée de quatorze ans. Sheena, elle, n'avait pas eu cette chance. Dugald Fergusson avait cependant refusé de la presser et s'opposait aux mariages des cadettes avant l'aînée, pour ne pas faire honte à celle-ci. Brusquement, tout avait changé. Son père lui donnait un mois pour choisir un mari. Passé ce délai, c'est lui qui déciderait pour elle. Sheena était atterrée. Comment son père pouvait-il la traiter ainsi ? Il l'aimait. Elle était sa préférée, « la perle de Tower Esk », comme il la surnommait affectueusement.

Au fond d'elle-même, elle le comprenait et ne lui en voulait pas vraiment. S'il agissait ainsi, c'était pour la sauvegarde du clan. Trois mariages auraient donc lieu. Cela faisait longtemps que sir Gilbert MacGuire avait demandé la main de Margaret après que Sheena l'eut repoussé; on préparait également l'union d'Elspeth avec Gilleonan Sibbald, un choix que Dugald approuvait de tout son cœur; il ne restait plus que Sheena, mais aucun homme ne lui avait inspiré un amour qui l'aurait fait s'engager pour la vie.

– J'aurais dû penser que je vous trouverais là, maintenant que vous ne pouvez plus courir derrière les brumes du matin.

À ces mots, Sheena se retourna et ne cacha pas son mécontentement à la vue du cousin de sa mère.

– Je n'aime pas être suivie, Willie, déclara-t-elle en lui tournant délibérément le dos.

– Je vous ai déjà dit de ne pas m'appeler Willie !

– William, si vous voulez. (Elle haussa les épaules. Il lui déplaisait de plus en plus, cousin ou pas.) Quelle différence ? De toute façon, je préfère ne pas vous parler du tout.

– Sheena ! Vous êtes cruelle, vraiment ! Et pourtant, c'est votre intérêt qui me préoccupe.

– Était-ce réellement dans mon intérêt que vous avez parlé de mariage avec mon père ? fit-elle sèchement. (Ses yeux bleus, pleins de ressentiment, transperçaient William.) Je ne vous crois pas, William. Ce sont vos intérêts qui vous préoccupent ! Mais vos calculs ne vous rapporteront rien, car je ne vous épouserai pas !

– Je n'en suis pas si sûr, Sheena, répliqua William froidement.

Elle laissa échapper un petit rire amer.

– Vous n'avez rien fait qu'agir contre vous-même, Willie. Vous avez réussi à convaincre mon père pour ce qui est du mariage, mais il ne me laissera pas épouser un MacAfee. Nous sommes déjà apparentés avec eux et il veut un sang neuf dans la famille !

William ignora la rancœur de ces propos, de même qu'il faisait fi de tout ce qui se dressait contre lui.

– Dugald approuvera notre mariage, je vous l'assure.

– Et comment ? ricana-t-elle. Êtes-vous capable de mettre un terme à cette guerre ?

– Non, mais cela peut avancer le mariage de Fiona. Elle a jeté son dévolu sur le frère d'Ogilvie. Réfléchissez, Sheena, une union avec Ogilvie vaut trois alliances avec n'importe quel autre clan. Même les MacKinnion pourraient peut-être reculer.

– Vous vous accrochez désespérément à un mince espoir, cousin. (Sheena sentait son mépris grandir.) Rien ne pourra jamais effrayer ce MacKinnion, et vous le savez aussi bien que moi ! C'est un cruel Highlander. Lui et son clan aiment tuer.

– Toutefois, un gendre comme Ogilvie rassurerait votre père, poursuivit William d'un ton doucereux, et il ne verrait alors aucune objection à ce que je vous épouse.

– Vous semblez oublier que je ne veux pas de vous, rétorqua la jeune fille avec franchise. Pourquoi vous entêter, cousin ? Je vous l'ai dit plusieurs fois, cette année déjà, l'année dernière, l'année d'avant encore, mais vous ne m'écoutez jamais. Je vous le dis une fois de plus et j'espère que c'est la dernière ! Je ne vous aime pas, et je ne veux pas d'un mari aussi vieux que mon père ! Je ne veux pas vous faire de peine, cousin, mais tant d'obstination m'exaspère !

– Préféreriez-vous épouser le laird MacKinnion ? demanda William avec colère.

Sheena devint livide.

– Vous plaisantez ?

– Non, je suis sérieux, reprit William que la réaction pleine d'effroi de la jeune fille rassurait. Un mariage avec MacKinnion lui-même mettrait fin à la guerre, ne croyez-vous pas ? Dugald y réfléchirait, si je l'encourageais dans cette voie. Cette idée l'a déjà effleuré.

– Menteur !

– Demandez-le-lui, Sheena ! Une telle union mettrait fin à cette sanglante querelle et ferait des Fergusson un clan des plus prospères, pour la vie !

Le cœur de Sheena se serra. Ce raisonnement était logique, implacable. Dugald avait effectivement tendance à suivre un peu trop souvent les conseils de William. Épouser le cruel MacKinnion ! Sa première femme n'avait-elle pas préféré se tuer la nuit même de son mariage plutôt que de subir les brutalités de cet homme ? C'était ce que l'on racontait, du moins. L'idée d'un tel mariage lui faisait horreur.

– Il ne voudrait pas de moi, murmura-t-elle, désespérée, en secouant la tête.

– Au contraire.

– Je suis une Fergusson, une ennemie. Il nous déteste tous. Il l'a prouvé en reprenant les armes contre nous.

– Vous faites erreur, affirma William. Cet homme, comme n'importe quel autre, en vous voyant, vous désirerait. Et sans attendre, avec son épouvantable arrogance, il exigerait que vous soyez à lui.

– Et que feriez-vous, William ? demanda-t-elle calmement.

Il la dévisagea, satisfait de voir qu'il avait réussi à la bouleverser.

– Je vous veux à moi, Sheena, mais si vous m'échappez, alors oui, je mettrai tout en œuvre pour que vous l'épousiez. Je veux aussi la fin de cette guerre qui tue autant de MacAfee que de Fergusson. Pensez-y, cousine, et réfléchissez bien. Dans quelque temps, je vous poserai de nouveau la même question et j'espère bien recevoir une autre réponse.

Sheena suivit des yeux la haute silhouette qui s'éloignait.

Elle se mit à trembler. La pensée d'épouser William lui était insupportable, mais elle s'y résoudrait plutôt que de s'unir au cruel Highlander. Mon Dieu ! Son père l'obligerait-il vraiment à prendre pour mari leur redoutable ennemi ? Non, il ne le ferait pas. Pas même pour arrêter la guerre. Il l'aimait. Il connaissait bien, lui aussi, la brutalité légendaire de James MacKinnion. Il lui avait raconté d'horribles histoires sur ce farouche guerrier qui, dès l'enfance, pillait et massacrait, dont la propre femme avait préféré mourir plutôt que de vivre avec lui. Jamais William ne réussirait à persuader son père de lui imposer un mari aussi brutal et cruel.

Elle quitta les remparts et s'en alla à la recherche de Niall. Il la réconforterait… Mais le problème restait entier. Elle devait prendre un mari, et bientôt.

4

Août 1541, Angusshire, Écosse

Sheena s'éveilla juste avant l'aube. Quelques minutes lui suffirent pour natter sa lourde chevelure, revêtir une tunique et s'enrouler dans un plaid. Après avoir prestement rassemblé ses affaires de toilette dans un sac de toile, méconnaissable dans son habit de garçon, elle se faufila, une bougie à la main, hors de la petite pièce qu'elle préférait à la chambre spacieuse et plus confortable de ses sœurs. Elle s'entendait si mal avec elles ! Elle suivit un étroit corridor, puis grimpa les cinq marches qui conduisaient à la chambre de Niall.

Tower Esk était une construction qui, s'élevant sur plusieurs niveaux, recelait de nombreux coins et recoins. En dehors de la salle de réception du rez-de-chaussée, située au-dessus des cachots et des celliers où l'on stockait les provisions, les seules grandes pièces se trouvaient au premier étage. Bâtie à peine un siècle plus tôt, elle se dressait telle une tour fortifiée, comme on en trouvait de plus en plus dans les Lowlands, remplaçant les vastes châteaux. De dimensions moyennes, d'une architecture simple et peu recherchée, malgré les créneaux des parapets et les galeries à balustrades, la bâtisse n'avait rien d'une forteresse, mais il n'était pas facile non plus de l'attaquer.

Sheena avait grandi dans les Lowlands, aux confins des Highlands. La limite entre les deux régions était constamment remise en question, tandis que la langue et la culture reflétaient les différences qui séparaient les deux peuples. Les Highlanders parlaient le gaélique; rudes, mécréants, ils ne craignaient pas Dieu – il y avait à peine une église par paroisse, parfois aucune – et vivaient surtout d'expéditions et de rapines. Du fait de leurs relations plus étroites avec les Anglais, de leurs nombreuses villes à chartes et de leurs prestigieuses abbayes, les Lowlanders, eux, étaient plus civilisés, plus croyants, bien que leurs prêtres et leurs moines ne fussent pas, en vérité, aussi pieux qu'ils auraient dû l'être, leur charge étant le plus souvent héréditaire. Entre ces deux cultures, les Fergusson essayaient de maintenir un équilibre. Considérés comme Lowlanders, ils parlaient l'anglais, mais ils n'oubliaient pas le gaélique, la langue de leurs ancêtres, venus des siècles auparavant des sauvages Highlands. Ils avaient, à vrai dire, peu de contacts avec les Anglais, même s'ils s'habillaient comme eux; ils n'avaient pas une foi très vive, se contentant d'aller à l'église une fois par mois; pourtant, Sheena avait une tante religieuse à Aberdeen. Ce petit clan, sans cesse pris à partie par des clans plus puissants et toujours menacé par les redoutables Highlanders, n'avait guère une situation enviable. Au sud, dans la plaine, les gens vivaient plus tranquilles. Une paix inconnue des Fergusson !

Sheena trouva son frère profondément endormi. Elle le secoua. Ouvrant les yeux, Niall vit qu'elle était déjà habillée. Il grogna et cacha sa tête sous les couvertures. Sa sœur avait une idée derrière la tête !

– Allez, viens, Niall !

Elle le secoua de nouveau.

– Non…

– Nous serons rentrés avant le lever du soleil, insista-t-elle, tirant les couvertures. Tu ne vas pas me laisser sortir toute seule, n'est-ce pas ?

Niall connaissait bien ce ton résolu.

– Tu vas nous faire encore avoir des histoires ! marmonna-t-il.

– Mais non, personne n'en saura rien.

– Je n'aime pas ça, Sheena. Je ne crains pas pour moi, mais pour toi. C'est dangereux de s'éloigner du château en ce moment. Si...

– Ne prononce pas ce maudit nom ! J'en ai vraiment assez de l'entendre à tout instant !

– Il n'empêche qu'il y a eu cinq raids en l'espace de trois mois depuis qu'il a rompu la trêve. Il va et vient sur notre territoire comme s'il était chez lui. Comment pourrais-je te protéger si nous venions à le rencontrer sur la lande ?

– Cela ne risque pas d'arriver, Niall. Tu le sais bien. Il n'attaque jamais à une heure aussi matinale. Il attend qu'il fasse vraiment jour pour accomplir ses méfaits. De crainte qu'on ne le prenne pour quelqu'un d'autre, j'imagine !

– Et s'il changeait de tactique ?

– Il est bien trop téméraire pour recourir à cet effet de surprise ! Allez, habille-toi, et vite ! C'est le vieux Willie qui garde l'entrée aujourd'hui. Il y voit comme une taupe. Nous sortirons sans problème.

Quelques instants plus tard, deux silhouettes menues couraient à travers la lande. À cheval, ils auraient gagné du temps, mais quitter la tour avec leurs montures était impossible. De plus, ils avaient été retardés par le départ impromptu d'une patrouille. Cinq hommes, c'était bien peu contre une bande de MacKinnion, mais il valait mieux être sur ses gardes et envoyer des éclaireurs. Dugald craignait à présent que le laird n'attaque aussi Tower Esk, ne se contentant plus de brûler des chaumières. Le ciel virait au rose. Sheena aurait peu de temps pour prendre son bain dans le glen. Tant pis ! Elle n'était pas décidée à se laisser décourager. Aujourd'hui était le jour du bain. Ne pouvant deviner qu'elle s'était baignée à l'aube, ses sœurs se récrieraient en ne la voyant pas faire sa toilette avec elles. Elle éprouvait un plaisir malicieux à les provoquer ainsi.

C'était un de ces petits tours qu'elle aimait leur jouer, histoire de se venger de leurs incessantes récriminations.

Margaret était toujours la première à l'accabler, à courir se plaindre auprès de leur père. Jamais aucun homme ne voudrait d'une telle sauvageonne, effrontée et si peu coquette ! Mais Dugald ne s'y méprenait pas. Il savait bien que ces accusations étaient fausses. Sheena adorait simplement nager et monter à cheval. Il ne l'ignorait pas et c'est précisément pour cette raison qu'il lui interdisait de quitter le château.

C'est vrai, elle était un brin irrespectueuse, mais il fallait qu'elle fût au comble de l'irritation pour oser s'opposer à son père.

Sheena soupira. Il y avait eu entre eux beaucoup de heurts ces temps-ci, surtout, il y avait un mois de cela, quand il s'était vu contraint de choisir un mari pour elle puisqu'elle ne s'y décidait pas ! Du moins, le cousin William était-il écarté. C'était le seul avantage.

– Tu viens avec moi, petit frère ? demanda-t-elle comme ils arrivaient sur la rive qui surplombait le lac. L'eau n'a pas l'air trop froide. Oh, qu'il me tarde de m'y plonger !

– Et qui ferait le guet ?

Niall se laissa tomber sur son rocher favori. De là, il pouvait surveiller toute la lande de ce côté du vallon.

– Mais tu n'as pas nagé une seule fois de tout l'été, et tu aimes l'eau autant que moi ! Au printemps, tu disais qu'elle était trop fraîche, et maintenant, c'est la guerre avec les MacKinnion !

– On n'aurait pas dû venir, Sheena !

– Tu te tourmentes trop, mon cher, répliqua-t-elle, opposant un large sourire au visage soucieux de son frère. As-tu donc perdu ton sens de l'aventure ? Tu ne m'as pas priée une seule fois de t'accompagner, ni à la pêche ni à la chasse aux grouses !

– J'aurais bien voulu que tu viennes.

– Je sais, c'est la guerre. (En soupirant, elle se plaça derrière lui pour se déshabiller.) Les MacKinnion ont gâché tout notre été. Bientôt, il fera trop froid pour venir ici. Je n'ai profité de mon lac que quatre fois ces derniers mois, alors que j'y venais deux fois par semaine. Et pour finir, je vais me marier. Où irai-je me baigner ? Je me le demande.

– Je ne crois pas que MacDonough t'y autorisera, répondit Niall avec le plus grand sérieux.

– Ne me dis pas ça, ou alors je refuse ce mariage !

Sur ces mots, elle plongea dans l'eau pure comme du cristal et réapparut à la surface au moment où Niall demandait :

– As-tu le choix, Sheena ?

Elle se rembrunit. Avait-elle le choix ? Son père était fermement décidé à lui faire épouser Alasdair MacDonough, lequel vivait en paix avec les MacKinnion. Il espérait ainsi mettre fin à la guerre qui l'opposait aux Highlanders.

Elle avait rencontré sir Alasdair pour la première fois le jour de leurs fiançailles seulement. Il avait belle allure, mais elle le trouvait un peu âgé à son goût, encore qu'il fût plus jeune que son cousin William. Il avait trente-trois ans. Dugald s'était vraisemblablement efforcé de lui faire plaisir en choisissant un mari relativement jeune et beau. Cependant, l'arrogance et l'excessive fierté de MacDonough lui avaient échappé. Pas à Sheena. Elle avait décelé qu'il exigerait de son épouse une soumission absolue.

– Ce n'est guère gentil de ta part de me rappeler ma triste situation, Niall Fergusson ! s'écria-t-elle, vexée. On voit bien que tu n'es pas à ma place.

– C'est exact. Mais la mienne n'est pas enviable non plus. Père m'a menacé de m'envoyer en Angleterre, à la première sottise. Il trouve que j'ai passé l'âge de ne faire que m'amuser et désobéir.

– Ce qui est vrai.

– Et qu'est-ce que je fais ici en ce moment, je te le demande ?

– Tu es là pour me protéger et je prendrai ta défense devant père si notre escapade est découverte. Ne crains rien, Niall, tu n'iras pas en Angleterre pour une faute aussi légère.

– En effet, risquer ta vie, ce n'est rien ! Allez, dépêche-toi !

Il lui lança le savon, lui faisant comprendre qu'il ne fallait plus s'attarder.

Sheena se savonna, s'en voulant de se montrer aussi insouciante alors que Niall était terrifié à l'idée d'être exilé loin de chez lui, au milieu d'étrangers, des Anglais par surcroît ! Elle le savait et, cependant, elle courait le risque de provoquer la colère de leur père pour quelques instants de plaisir égoïste. C'était mal de sa part. Niall l'avait accompagnée par amour pour elle. S'il avait des ennuis, jamais elle ne se le pardonnerait.

– Si on te gronde, je dirai que c'est ma faute, Niall. Je le faisais toujours quand nous étions petits, tu te souviens ?

– Oui, je sais.

– Qu'est-ce que je risque puisque, d'ici à deux mois, je serai mariée !

– Il peut te faire goûter du fouet.

– Oh non ! Je suis bien trop vieille maintenant. Ne crains rien, Niall. Bien sûr, une fois que je serai mariée, je ne pourrai plus t'aider.

– Bientôt, je participerai aux raids, père me l'a promis. Ce sera une grande aventure !

– Tu as donc bien envie de te battre ! s'exclama Sheena, choquée.

– Contre les MacKinnion, oui. Je donnerais n'importe quoi pour rencontrer James MacKinnion en personne.

– Tu es fou, Niall ! fit-elle, interdite. Il te couperait la tête ! C'est un homme cruel, sache-le.

– Je ne crois pas toutes ces histoires que l'on raconte sur lui.

– Ne dis pas ça, c'est un voleur et un assassin ! Tu oublies les six hommes de notre clan qui ont trouvé la mort ces derniers mois.

– Lui aussi a perdu des hommes, puisque père s'est vengé. Tu ne peux tout de même pas nier qu'il est courageux. Il n'y a pas plus courageux que lui.

– Peut-être. Mais tu n'as pas à faire son éloge pour autant.

– Je respecte et j'admire sa bravoure.

– À ta guise, mais prie pour ne jamais le rencontrer sur ton chemin, ou alors, tu le respecteras du fond de ta tombe !

Elle nagea pendant quelques minutes, puis sortit de l'eau et tordit ses cheveux avant de les natter. Tandis qu'elle se rhabillait, Niall acheva de gâcher ce plaisant début de journée en annonçant :

– Cousin William revient aujourd'hui.

Effrayée, elle ferma les yeux un instant.

– En es-tu sûr ?

– Oui.

– Alors, ne me quitte pas de la journée, Niall. S'il me voit seule, il recommencera de m'importuner.

– Tu as pourtant su déjouer ses manœuvres, quand il te menaçait d'un mariage avec MacKinnion.

– C'est vrai, et c'est heureux que père se soit décidé pour MacDonough en l'absence de William.

– C'est sir Alasdair que tu veux, alors ?

– Plutôt lui que William. Toutefois, je ne suis pas encore mariée, précisa-t-elle. Notre cousin a encore le temps de nous causer des ennuis. Je crains que, de dépit, il ne cherche à se venger.

– Pourquoi ne pas en parler à père ?

Elle secoua la tête.

– William nierait. Il dirait que c'est pure invention de ma part et père le croirait, sachant que je n'ai que mépris pour cet homme. Oui, il a confiance en William sans doute parce que c'était le cousin préféré de mère. (Elle se mordit les lèvres. Pourquoi avoir parlé de leur mère ? Celle-ci était morte quelques jours après la naissance de Niall, et le jeune garçon en avait conçu un étrange sentiment de culpabilité. L'évocation de leur mère le bouleversait toujours. Au contraire, Sheena, fierté et joie de son père, ne s'était jamais sentie très proche d'elle.) Pardonne-moi, Niall. Allons, nous ferions mieux de rentrer. Le soleil commence à être haut.

Ils venaient d'arriver sans encombre à Tower Esk et se dirigeaient vers les cuisines pour se restaurer quand ils entendirent un vif tumulte dans la cour. La patrouille revenait à bride abattue, ramenant un homme évanoui. La rumeur circula bientôt. L'homme capturé était un MacKinnion.

Ce fut un grand jour pour Dugald Fergusson. Il tenait dans son cachot un MacKinnion qu'il pourrait échanger contre son bétail volé depuis le début de l'été. Juste à temps pour le marché. Tout bien considéré, l'année ne serait pas si mauvaise. Tuer le prisonnier ne fut même pas envisagé. La riposte aurait été immédiate. Tuer un homme au combat était une chose, mais un prisonnier...

Sheena se coucha sans accorder une seule pensée au captif. William, en revanche, la préoccupait. Tant qu'il serait au château, il lui faudrait l'éviter. Niall, lui, resta éveillé toute la nuit. Une seule pensée l'obsédait. L'homme enfermé dans le cachot était un MacKinnion ! Un vrai MacKinnion, et en vie !

5

James MacKinnion se réveilla, une violente douleur à la tête. Il tâta son crâne et sentit sous ses doigts une bosse grosse comme un œuf. Ouvrant les yeux, il ne vit que ténèbres. Il les referma aussitôt. C'était trop d'effort de chercher à savoir où il se trouvait... À moins qu'il n'ait perdu la vue ?

Peu à peu, il prit conscience des choses autour de lui. Le froid contre son visage, c'était le sol. Une odeur de moisi l'enveloppait et la démangeaison au niveau de ses genoux nus était probablement due aux punaises. Il s'assit pour balayer les insectes de la main, mais la douleur l'élança de nouveau dans la tête, et il se rallongea, le plus doucement possible.

Ne pas savoir où il était commençait à le tourmenter. La dernière chose dont il se souvenait, c'était des Fergusson qui l'avaient encerclé, surgissant brusquement de nulle part ! En vérité, c'était sa faute. Il avait manqué de prudence, tandis qu'il observait le petit lac où la jeune fille lui était apparue. S'il était resté à cheval, il n'aurait pas été surpris et frappé à la tête sans même pouvoir se défendre. On l'avait donc capturé. L'odeur de moisi et l'humidité signifiaient qu'il était dans un cachot, sans doute à Tower Esk. Il eut envie de rire. Quel idiot il faisait ! Il s'était conduit comme un adolescent éperdu d'amour. N'était-il pas retourné dans ce glen une bonne dizaine de fois dans l'espoir de revoir la belle inconnue et d'apprendre qui elle était ? Mais elle n'était jamais apparue. Sans doute une mendiante de passage. Il ne la reverrait plus... Il s'était toujours aventuré seul dans ce petit bois, n'ayant parlé à personne, pas même à son frère, de cette jeune fille qui le hantait. Celui-ci ne commencerait donc à s'inquiéter de son absence qu'au bout de plusieurs jours. De toute façon, jamais il ne penserait qu'il était prisonnier des Fergusson. Combien de temps s'écoulerait avant que le vieux Dugald ne se résigne à le laisser partir ? Le vieux chef ne pouvait se permettre de garder un MacKinnion captif. Même s'il venait à apprendre qui il était, il le libérerait, Jamie n'en doutait pas.

Un craquement au-dessus de sa tête le mit en alerte. Il n'était plus seul. Toutefois, s'il n'avait pas entendu la trappe s'ouvrir, il aurait hésité à en croire ses oreilles lorsqu'une petite voix de lutin chuchota :

– Êtes-vous vraiment un MacKinnion ?

Il était toujours plongé dans l'obscurité, mais une bouffée d'air frais pénétra dans le cachot. Il prit le temps de respirer à pleins poumons avant de répliquer :

– Je ne parle pas à quelqu'un que je ne vois pas.

– Je n'ose pas allumer de bougie. On pourrait me repérer.

– Alors, tu ferais mieux de t'en aller, railla Jamie. Sûrement, tu ne dois pas parler à un MacKinnion !

– C'est donc bien vrai ? Vous en êtes un ?

Jamie ne répondit pas. La trappe se referma vivement pour s'ouvrir de nouveau quelques minutes plus tard. Une tête ronde hérissée de cheveux roux apparut. La lueur d'une bougie éclaira faiblement le cachot circulaire, un simple trou de sept pieds, creusé dans la terre. Jamie connaissait ce genre de geôles d'où il était absolument impossible de s'échapper. Pas besoin de gardien !

– Vous n'avez pas mangé, remarqua Niall.

Jamie s'adossa au mur avec précaution, soutenant de la main sa tête douloureuse.

– Je ne vois pas de nourriture.

– C'est là, dans ce sac, à côté, reprit Niall. Pour que les punaises ne s'attaquent pas au repas avant vous.

– Quelle charmante attention ! observa Jamie tout en saisissant le sac. (Il contenait une galette d'avoine et la moitié d'un coq de bruyère. Un peu frugal au goût du laird qui était habitué à mieux.) Si c'est là tout ce que l'on donne aux prisonniers, je crois qu'il faudra que je m'évade pour faire un repas normal !

– Vous n'êtes pas un invité, vous savez, répliqua le jeune garçon avec raideur.

– Eh bien, il faudra que ça change si on veut que je me tienne tranquille ! dit Jamie sans sourciller, comme si l'arrogance était quelque chose de naturel chez lui. Le vieux Dugald n'aimerait guère que je me mette en colère, tu peux me croire.

– Vous êtes bien insolent pour parler de vengeance du fond de ce cachot !

– Et à qui ai-je l'honneur ?

– Niall Fergusson.

– Je m'en doute bien, que tu es un Fergusson, mais lequel ?

– Le fils de Dugald.

– Le jeune laird, hein ? (Jamie ne cachait pas sa surprise.) Tu es bien jeune encore !

– J'ai treize ans, rétorqua l'adolescent, vexé.

– Treize ans, oui ! J'ai entendu dire que ce ne fut pas sans mal que les Fergusson ont eu un héritier ! ricana le prisonnier.

Un gémissement lui échappa. La douleur, en élancements fulgurants, lui torturait le crâne.

– Êtes-vous blessé ? demanda Niall, réellement inquiet.

– Non, juste une bosse.

Niall resta silencieux, examinant Jamie qui, de ses mains, déchira l'oiseau et se mit à manger. L'inconnu était grand, vêtu d'un tartan vert et or quadrillé de deux bandes de raies grises; ses jambes étaient longues, fermes et musclées, son torse puissant; le plaid qui l'enveloppait laissait deviner un corps robuste. Malgré la mâchoire énergique, la bouche sévère, le nez fin et légèrement busqué, son visage avait gardé un peu de la douceur de l'enfance. L'ensemble, d'une grande beauté, révélait un caractère fort.

– Vos cheveux font penser à l'or, déclara tout à coup Niall.

Jamie sourit et, regardant le jeune Fergusson :

– Vous l'avez remarqué ?

– On dit que le laird MacKinnion a des cheveux de cet or-là, et que rares sont ceux qui ont les mêmes !

– Oh, quelques-uns d'entre nous sont blonds grâce à un ancêtre normand !

– Normand ? Vraiment ? Un de ceux qui sont venus avec le roi Édouard ?

– Oui, voilà quelques siècles. Tu connais ton histoire !

– Ma sœur et moi, nous avons eu un bon maître.

– Tes sœurs, tu veux dire. Je sais que tu en as quatre.

– Une seule a étudié avec moi. (Niall se tut, se maudissant d'avoir parlé de Sheena à un Highlander. C'était presque sacrilège ! En fait, il n'aurait jamais dû venir jusqu'ici. Pourvu qu'on ne le découvre pas ! Il n'avait pu résister à la tentation de voir le prisonnier.) Vous le connaissez bien, le laird MacKinnion ?

Un sourire adoucit le visage de Jamie.

– On peut dire que je le connais mieux que quiconque.

– Vous êtes son frère, alors ?

– Non. Mais pourquoi toutes ces questions à son sujet ?

– On ne parle que de lui et de sa bravoure.

– Voilà qui lui ferait plaisir !

– Est-il aussi brutal qu'on le dit ?

– Qui dit ça ? grogna Jamie.

– Ma sœur.

– Ta sœur ne le connaît pas, que je sache !

– Non, mais on lui a raconté beaucoup d'histoires à son sujet.

– Qu'elle n'a pas manqué de te rapporter, je présume.

– Non, elle ne m'a rien dit, au contraire, pour ne pas m'effrayer.

– Ah ! Elle doit avoir une bien mauvaise opinion de moi. De quelle sœur s'agit-il ?

Niall ne répondit pas. Ébahi, il regardait le prisonnier. Celui-ci ne s'était pas rendu compte qu'il venait de se trahir.

– C'est vous ! s'exclama-t-il. Vous êtes le laird MacKinnion en personne ! Et mon père ne le sait pas.

Jamie se maudit tout bas.

– Tu es fou, mon garçon !

– Non, je vous ai bien entendu, reprit le jeune Fergusson, tout excité. Vous avez bien dit « une mauvaise opinion de moi », pas de lui ! Vous êtes James MacKinnion.

– Que compte faire ton père de moi ?

– Vous échanger.

– Et que ferait-il s'il savait qui je suis ?

– Je l'ignore, fit Niall, pensif. J'imagine qu'il vous laisserait partir sans exiger de rançon. Cela vous plairait, sans doute ?

– Non. À vrai dire, je ne suis guère fier de m'être laissé capturer. Je ne tiens pas à ce que ton père s'en amuse à mes dépens. J'aurai bien assez de railleries à supporter en rentrant chez moi.

– Il n'y a pas à avoir honte. Ils étaient cinq contre vous.

– J'aurais pu leur tenir tête. Si j'étais resté à cheval, ils n'auraient pas pu me prendre par surprise.

– Mais comment avez-vous fait pour ne pas les voir arriver ?

– Je n'étais pas sur la lande, mais dans un glen, au bord de l'eau.

Niall resta bouche bée. Il n'y avait qu'un seul lac sur les terres des Fergusson, celui où Sheena allait se baigner.

– Que faisiez-vous là ?

Jamie ne prêta pas attention au changement d'attitude du garçon.

– Je préfère garder le silence là-dessus, de peur d'ajouter à ma honte.

– Si vous me le dites, j'oublierai que vous êtes le laird MacKinnion.

Jamie saisit l'occasion au vol.

– J'ai ta parole ?

– Vous l'avez.

– Très bien. Alors, je vais te dire ce qui s'est passé, bien que je doute que tu puisses comprendre jusqu'où peut aller la folie d'un homme. Je voulais retrouver une jeune fille que j'avais aperçue un matin, se baignant dans ce lac.

De colère et de honte, le rouge monta au visage de Niall. Cet homme avait vu sa sœur ! Si elle l'apprenait, quelle humiliation !

– Quand était-ce ? fit-il d'une voix sourde.

– Pardon ? dit Jamie, perdu dans sa rêverie.

– Quand l'avez-vous vue, cette jeune fille ?

– Au printemps.

– Et ce matin ?

– Non, il n'y avait personne. (Jamie tendit vers Niall un visage plein d'espoir.) Tu la connais, peut-être ? Je me demandais si c'était une mendiante qui passait par là...

– Sans doute. Aucune Fergusson n'agirait de façon aussi insensée, affirma Niall avec hauteur. Cette jeune fille dont vous parlez est sûrement partie.

– Je ne croyais pas vraiment la revoir, reprit Jamie, un peu de mélancolie perçant dans sa voix. C'est cela, elle ne faisait que passer... Et pourtant, j'espérais...

– Qu'auriez-vous fait si vous l'aviez revue ?

Jamie sourit.

– Tu es encore bien jeune pour le savoir, il me semble !

– Alors, James MacKinnion, vous êtes bien le sauvage dont parle ma sœur, rétorqua Niall, furieux. Je ne vous parle plus.

MacKinnion haussa les épaules.

– À ta guise, mon garçon, répondit-il sèchement. Mais n'oublie pas, j'ai ta parole.

– Je n'en ai qu'une.

La trappe se referma. Resté seul, Jamie regretta de s'être moqué du garçon. Il avait vraiment apprécié sa compagnie. Maintenant, il allait devoir attendre plusieurs jours dans la solitude de sa prison.

De son côté, Niall retourna se coucher, mais ne put trouver le sommeil. Au bout d'un moment, sa colère tomba et il fut capable de réfléchir aux derniers événements. Le laird MacKinnion se trouvait dans leur cachot ! Il aurait beaucoup de mal à garder un tel secret. De plus, une rage folle s'emparait de lui en pensant que cet homme, leur ennemi, avait vu sa sœur nue. À l'avenir, Sheena ne devrait plus se baigner à cet endroit, il y veillerait. Et les sous-entendus de MacKinnion ne lui avaient pas échappé, malgré sa jeunesse. MacKinnion désirait sa sœur. Il n'aurait pas hésité à l'enlever s'il l'avait vue ce matin. Comment aurait-il pu la défendre, lui ? Heureusement, rien de tout cela ne s'était passé. MacKinnion était probablement arrivé quelques minutes après leur départ. Mais le danger subsistait. Cet homme mettrait tout en œuvre pour la retrouver. À aucun prix, il ne devait savoir que Sheena Fergusson et la jeune fille qu'il convoitait ne faisaient qu'une seule et même personne.

6

Vêtue de l'une de ses plus jolies robes dont le jaune pâle soulignait le roux profond de sa longue chevelure flottante, Sheena était assise dans la salle de couture. Aidée de deux servantes, elle travaillait sans joie à sa robe de mariée, toute de velours et de soie, et de deux tons de bleu, le bleu foncé s'harmonisant parfaitement avec la couleur de ses yeux. Une tâche bien désolante, en vérité, car le jour où elle porterait cette toilette signifierait la fin de sa liberté.

À vrai dire, elle s'était réfugiée là afin d'éviter ses sœurs. Bien que son mariage fût bel et bien décidé, leur agressivité à son égard n'avait en rien diminué. C'est Margaret qui montrait le plus d'hostilité, lui reprochant sans cesse de l'empêcher d'épouser Gilbert MacGuire. De plus, toutes trois lui en avaient toujours voulu de ressembler à leur père, un homme de belle prestance et solidement bâti, au regard d'un bleu limpide. Bien qu'il eût presque cinquante ans, ses cheveux gardaient ce roux foncé, si étonnant; à peine s'ils blanchissaient aux tempes. Ses sœurs, elles, moins jolies, étaient tout le portrait de leur mère. Elspeth avait bien les yeux de Dugald et de légers reflets roux éclairaient sa chevelure, mais Margaret et Fiona avaient le regard bleu délavé de leur mère, ses cheveux bruns ternes.

Le ressentiment des trois filles Fergusson était profond, presque violent. Toutefois, Sheena ne s'en souciait guère. Elle ne s'était jamais sentie très proche de ses sœurs.

Dugald avait appris à sa fille aînée des quantités de choses, ce qu'il n'aurait peut-être pas fait si Niall était né plus tôt. Il l'emmenait, tout enfant, chasser et pêcher. À la naissance de Fiona, désespérant de jamais avoir de fils, il lui offrit son premier poney. Elle avait cinq ans. La compagnie de ses sœurs qui, un peu trop délicates, préféraient rester dans les jupes de leur mère, ne l'intéressait pas. Le fossé se creusait peu à peu.

C'était aussi pour échapper à William MacAfee qu'elle s'était installée dans la salle de couture. Pourquoi son cousin lui déplaisait-il autant ? Elle l'ignorait. Toutefois, il y avait quelque chose de vil dans son regard, une expression cruelle et sournoise qui l'avait frappée depuis toujours. Il avait commencé à prêter attention à elle lorsqu'elle avait douze ans, l'attirant sans cesse pour lui parler, la grondant pour ceci, pour cela, l'empêchant de jouer avec Niall. Quand elle eut seize ans, il demanda sa main. Elle avait éprouvé alors ce sentiment de dégoût et de crainte qu'elle ressentait encore. Une chose était sûre, William avait beaucoup trop d'influence sur son père. De plus, une fois sa décision prise, celui-ci en général s'y tenait. En définitive, William n'avait pas complètement gagné la partie : Sheena allait se marier, mais avec MacDonough. Bien sûr,

Dugald pouvait encore changer d'avis, sous l'influence de William. Tant qu'elle n'était pas l'épouse d'Alasdair MacDonough, si détestable que cela lui parût, elle était toujours à la merci de son cousin. D'ailleurs, en ce moment même, William et son père n'étaient-ils pas ensemble, mettant au point une rencontre avec les MacKinnion en vue d'échanger le prisonnier contre une rançon ? Pourvu que Niall soit avec eux ! Il pourrait lui rapporter leur conversation... Au même instant, comme s'il avait suffi de penser à lui pour qu'il apparaisse, Niall fit irruption dans la pièce.

– Ah, te voilà ! Je t'ai cherchée partout. C'est bien le dernier endroit où je pensais te trouver !

– Eh bien, je suis là ! Peut-on savoir ce qui t'agite ainsi ? (Le jeune garçon regarda les deux servantes. Sheena les renvoya.) Alors, pourquoi es-tu dans cet état ?

Elle tapota la chaise à côté d'elle mais Niall était trop énervé pour avoir envie de s'asseoir.

– Je devais garder le secret ! s'exclama-t-il, les yeux pétillants. Mais je ne peux pas ! Il faut que je te le dise, Sheena, mais à toi seule !

Tant d'exubérance la fit sourire. Son frère avait le don de s'enflammer pour la moindre chose, accordant une importance démesurée au plus petit événement.

– J'ai vu le prisonnier !

– Quand ?

– Tard dans la nuit.

Sheena ne souriait plus.

– Tu sais que tu n'aurais pas dû, Niall.

– C'était plus fort que moi.

– Tu l'as donc vu ?

– Oui. (Il poursuivit avec un sourire enchanté :) Il est grand, Sheena, tu n'en croirais pas tes yeux. Il a vraiment l'air farouche. Il m'a parlé d'homme à homme, enfin la plupart du temps.

– Tu lui as parlé ! dit-elle, stupéfaite.

– Oui, et pendant un long moment. Mais ce n'est pas là ce que je voulais te dire. Le prisonnier est James MacKinnion, le laird en personne, pas un de ses hommes, et il est aussi intrépide qu'on le dit.

À ces mots, une chape de glace s'abattit sur Sheena. Elle avait du mal à respirer... Tous deux sursautèrent lorsqu'ils entendirent Margaret Fergusson faire écho :

– James MacKinnion !

La porte avait été mal fermée et Margaret, qui passait dans le couloir, avait surpris leur conversation. Elle partit en courant. Sheena retrouva sa voix.

– Rattrape-la, Niall ! Vite, avant qu'elle ne rapporte tout à père.

Niall se précipita hors de la pièce, mais trop tard. Margaret était déjà dans l'escalier qui conduisait au grand hall. Il l'entendit crier la surprenante nouvelle, et se retourna, impuissant, vers sa sœur. Jamais il n'avait eu l'air si malheureux.

– Que vais-je faire ? se lamenta-t-il.

Sa détresse brisa le cœur de Sheena.

– Ne t'en fais pas, Niall ! On ne t'avait pas interdit de t'approcher du cachot, après tout. Père sera en colère, mais il ne te punira pas.

– Ce n'est pas ce qui me tracasse, Sheena. C'est lui ! Je lui avais donné ma parole. Je devais garder son identité secrète.

Que Niall se tourmente à cause d'une promesse rompue avec un MacKinnion, même si c'était le laird en personne, irrita la jeune fille.

– Alors, il ne fallait rien me dire, répondit-elle sèchement.

– Mais toi, tu n'aurais rien rapporté !

– D'accord, mais vois ce qui arrive.

La vénération qu'il lui témoignait la touchait, mais elle devait rester ferme.

– Maintenant, il va me détester, déclara Niall, au bord des larmes.

– Mais enfin, que t'arrive-t-il ? s'écria-t-elle, exaspérée. Tu es un Fergusson. Il n'éprouve que de la haine pour nous tous. (Elle ajouta, baissant la voix :) J'aurais préféré que tu ne me dises rien. J'ai peur de ce que William peut faire maintenant.

Niall était en plein désarroi.

– Et si je mentais à père ? Je peux dire que Margaret s'est trompée ou que je plaisantais.

– Non. Père ira voir sans doute le prisonnier. Pourquoi celui-ci cacherait-il son nom ?

– Il a honte de s'être laissé capturer.

– Oh, les hommes et leurs idées saugrenues ! Il sera bientôt relâché. De quoi se plaint-il ? Père ne garderait jamais un laird prisonnier.

L'intendant apparut : Niall était attendu en bas.

– Tu m'accompagnes ? s'enquit-il, l'implorant du regard.

– À condition que tu fasses ton possible pour ne pas laisser William et père seuls ensemble. Je veux savoir ce qu'ils diront.

– Je resterai s'ils ne me renvoient pas.

Dugald Fergusson était bien plus contrarié que Sheena ne l'imaginait. Le regard de William se posa sur elle lorsqu'elle entra dans la grande salle. Il avait un air suffisant qui ne laissait présager rien de bon.

– Il paraît que tu es allé voir le prisonnier ? demanda Dugald à son fils.

– Oui.

– Tu savais pourtant que tu ne devais pas.

– Oui.

– Ce que tu as dit à ta sœur est-il vrai ? Notre prisonnier est bien James MacKinnion ?

Niall hésita un moment de trop avant de répondre et Dugald le gifla. Furieuse, Sheena s'interposa.

– Est-il besoin de le frapper ? Il n'a rien fait de si terrible.

– Il sait que le captif est James MacKinnion, et il ne vient pas me le dire.

– Il allait le faire.

– Quand ? Une fois que j'aurais rançonné un homme que je prenais pour un simple paysan ? tempêta Fergusson. Par le sang de Dieu, j'ai un fils qui me cache la vérité et une fille qui le défend !

– Quelle vérité ? rétorqua Sheena. Si vous étiez allé voir votre prisonnier, vous auriez découvert qui il était !

Dugald lui lança un regard noir de colère. Elle avait raison, et lui, il était là à perdre du temps à discuter. L'idée qu'il détenait James MacKinnion le glaçait. En ce moment même, son clan devait se préparer à attaquer Tower Esk !

– Je dois le libérer, reprit-il, soudain très las.

– Il n'y a pas lieu de se presser, intervint William. Nous avons humilié l'homme. Il ne doit pas nous porter dans son cœur ! Et doit plutôt ne penser qu'à sa vengeance.

– Je ne peux pas le garder prisonnier.

– Bien sûr que vous le pouvez ! Quelques jours de cachot ne lui feront pas de mal. Le temps de trouver une solution.

– Avez-vous une idée ?

– En effet, j'ai un moyen de mettre fin à la querelle, et pour de bon.

À ces mots, Sheena se raidit.

– Ne l'écoutez pas, père ! Libérez le prisonnier, et en échange, exigez la paix !

– La parole d'un MacKinnion ne vaut pas grand-chose, interrompit William d'un ton sans réplique.

– Qu'en savez-vous ? s'écria Sheena, lui faisant face, les yeux étincelants.

– Assez de discours ! lança Dugald à sa fille. Sors !

– Mais…

– Va-t'en ! Tu as autre chose à faire. Ton fiancé vient ce soir pour les derniers préparatifs du mariage. (Il attendit qu'elle quitte la salle avant de se tourner vers son fils.) Toi aussi, Niall, sors ! Et je te préviens, c'est l'Angleterre si tu t'approches encore du prisonnier !

Niall rejoignit sa sœur dans l'escalier.

– Que Dieu me vienne en aide ! s'exclama-t-elle, ne doutant pas de ce que William disait à son père. Je ne sais ce que je ferai si on me donne à MacKinnion !

– Ne dis pas ça ! gronda-t-il.

– Je hais William ! siffla-t-elle, furieuse. Je le tuerais si je n'avais pas peur de me retrouver en enfer !

– Tu t'inquiètes avant de savoir, Sheena. Père n'écoutera pas Willie cette fois-ci. Tu es déjà fiancée. Une rupture signifierait la guerre avec les MacDonough.

– Tu ne crois pas qu'une alliance avec les MacKinnion justifierait ce risque ?

– Peut-être, mais tu te fais toujours trop de souci, reprit Niall, fronçant les sourcils. D'ailleurs, qui sait si MacKinnion te voudrait pour femme ?

– C'est ce que j'ai dit à William, mais il prétend que n'importe quel homme en me voyant me désirerait, répondit-elle, découragée. Oh, pourquoi faut-il qu'il en soit ainsi ?

Le cœur de Niall se serra. MacKinnion avait vu Sheena et la désirait bel et bien. Il comprenait le désarroi de sa sœur, mais que pouvait-il faire pour l'aider ?

– Il ne sait pas que tu es celle qu'il veut, dit-il, s'efforçant de la rassurer.

Intriguée, elle fronça les sourcils.

– Que veux-tu dire ? J'aimerais savoir.

– Eh bien… Il ne t'a pas encore vue… Aussi, il ne peut pas savoir si tu lui plais ou non…

– Et si père nous fait nous rencontrer ?

– Je te cacherai, s'il le faut, répliqua Niall impulsivement, rappelant tout à coup à Sheena qu'il n'était après tout qu'un enfant.

– C'est impossible ! La lande n'offre aucun refuge et pas un paysan n'oserait s'opposer à son laird et me cacher.

– J'ai une idée. Ne crains rien !

Elle esquissa un sourire pour lui montrer qu'elle lui faisait confiance.

– Je te prends au mot, petit frère, car je le jure, je n'épouserai pas MacKinnion. Plutôt mourir !

7

Jamie se protégea les yeux de la lumière soudaine. Tout aussi brusquement, un gros sac fut jeté par l'ouverture de la trappe. Une couverture, un oreiller même. Il fronça les sourcils. Pourquoi tant d'égards ? La lumière disparut, puis brilla de nouveau. Un homme descendit par une échelle de corde, chargé de deux autres sacs. Il les posa à terre.

– Votre repas, annonça-t-il en se tournant vers le prisonnier. Et voici du vin, une bougie et d'autres bricoles...

– Traitez-vous tous vos prisonniers avec autant de générosité ? fit Jamie, imperturbable.

– Je n'irai pas par quatre chemins avec vous, mon garçon. Je sais qui vous êtes. Nous ne nous sommes jamais rencontrés vraiment. Je suis Dugald Fergusson.

Courtois, Jamie se redressa.

– Et qui suis-je censé être ? demanda-t-il.

– Vous refusez d'admettre que vous êtes James MacKinnion ? reprit Dugald en fronçant ses sourcils roux.

Jamie soupira.

– Non, je l'admets. Et où cela nous mène-t-il, Fergusson ?

– Je ne désire pas plus que vous votre présence ici, mais les choses sont ce qu'elles sont et je serais bien sot de ne pas en profiter.

– Naturellement. (Jamie eut un nouveau soupir.) Avez-vous alerté mon clan ?

– Non, répondit Dugald, après une légère hésitation. C'est avec vous que je traite, pas avec vos hommes.

– Avec moi, qu'est-ce à dire ?

– Il m'a été suggéré de vous faire épouser l'une de mes filles.

Le jeune laird se raidit, outré par une telle proposition. C'était bien la dernière chose à laquelle il s'attendait !

– Et qui donc hait vos filles au point de vous avoir soufflé pareil projet ?

Fergusson se rembrunit. Il n'avait pas pensé à cela. En vérité, c'est Sheena que William avait mise en avant, et non pas l'une ou l'autre de ses filles. William haïssait-il donc Sheena ? Voilà qui était pour le moins déroutant.

– Je n'aime pas votre ton, MacKinnion.

– Et moi, je n'aime pas votre proposition. Je n'ai pas l'intention de me marier et, si je devais le faire, je ne choisirais pas une Fergusson.

– Ne croyez pas que c'est le cœur léger que je vous propose ce marché.

– Pourquoi en parler, alors ?

– Je désire la paix, jeune homme.

– La paix ? Il fallait y penser avant de réveiller la querelle.

Dugald resta stupéfait.

– Ce n'est pas moi qui ai rompu la trêve, c'est vous !

Jamie aurait pu en rire si les derniers événements n'avaient pas été aussi tragiques. Il ne s'était pas trompé sur son compte : Dugald Fergusson était bel et bien fou. Poursuivre cette discussion était vain. Il soupira.

– Vous désirez la paix, moi aussi. Vous avez ma parole.

– Si seulement je pouvais y croire, jeune homme ! Mais ce serait folie de vous faire confiance.

– Tout cela ne mène à rien.

– Vous vous trompez, car vous restez mon prisonnier tant que vous n'acceptez pas mes conditions.

Le ton de Jamie se fit glacial.

– Vieil homme, vous courez un grand risque en me retenant ici !

– Je n'en suis pas si sûr. Votre clan ne pourrait attaquer sans mettre votre vie en danger.

– Si vous me menacez, mes hommes détruiront votre tour pierre après pierre, explosa Jamie.

– Alors, vous mourrez, cria Dugald, tout aussi en colère. (L'entrevue ne se passe pas comme l'avait prévu William, pensa-t-il.) Quand vous en aurez assez d'être ici, vous changerez d'avis.

À ces mots, Jamie se sentit bouillir de rage. Cet homme ne préviendrait pas son clan. Il essaya une autre tactique.

– Très bien, Fergusson. J'épouse l'une de vos filles, mais à une condition.

– Vous êtes mal placé pour poser des conditions, riposta Dugald, l'air mauvais.

– Alors, nous n'avons plus rien à nous dire.

Dugald lui lança un regard furieux.

– Quelle condition ? Je vous écoute car je suis un homme raisonnable.

– J'ai déjà été marié...

– Presque tout le monde est au courant.

Jamie haussa les épaules. Son mariage malheureux était connu de tous, mais très peu savaient la vérité.

– Je n'avais jamais rencontré ma femme avant de l'épouser, poursuivit-il froidement. Inutile d'en parler davantage, il suffit de dire que ce mariage était une erreur.

– Je ne vois pas le rapport avec mes filles.

– Si j'avais mieux connu ma fiancée, j'aurais su qu'elle était maladivement craintive et ne supportait aucun contact. J'ai juré de ne pas me remarier en commettant la même maladresse. Je vous demande donc de me laisser vivre avec vos quatre filles pour que je puisse faire mon choix...

Avant même que Jamie ne termine sa phrase, Dugald grondait, rouge de colère :

– Il n'en est pas question ! Je vous propose une épouse, pas une maîtresse ! Et vous aurez à choisir entre trois filles et non quatre.

Retrouvant son insolence, Jamie ne put résister au plaisir de tourmenter Fergusson.

– Vous avez bien quatre filles pourtant, et aucune n'est encore mariée. Pourquoi en cachez-vous une ?

– Elle est fiancée.

– Vous m'étonnez. Croyez-vous donc que je ne sache pas ce qui se passe ici ? Au contraire, je suis parfaitement au courant des trois mariages que vous venez de conclure pour vos trois aînées et avec quels clans. S'il s'agit de votre cadette, pourquoi ne pas le dire ?

– Il ne s'agit pas de la cadette, mais de l'aînée.

– Et pourquoi ? Fait-elle un mariage d'amour ?

– C'est la seule qui ne désire pas se marier encore et si nous faisons la paix, elle n'y sera pas obligée.

– Ah ! Je comprends ! Et c'est aussi votre préférée, non ? Trop bien pour ce sauvage de MacKinnion.

– Quand vous en aurez assez de ce trou, jeune homme, je vous présenterai à mes filles et vous vous déciderez.

Jamie cessa son persiflage et répondit, glacial :

– Je ne plaisantais pas tout à l'heure. Je veux vivre avec celle qui sera ma femme avant de l'épouser.

– D'ici quelque temps, vous changerez d'avis, se contenta de répéter Dugald avant de se retirer.

Jamie se retrouva seul et doublement furieux. À aucun moment, Fergusson n'avait laissé entendre qu'il le relâcherait. Et dire qu'il ne s'était soucié que des railleries de ses compagnons ! De plus, on voulait lui dicter sa conduite ! Si seulement ses amis savaient où il se trouvait ! Le vieux Dugald cherchait à l'impressionner. En réalité, confronté à une attaque, il n'aurait d'autre choix que de le libérer. Mais qui pouvait prévenir son clan ?

Bientôt, la fiasque de vin reposait, vide, sur ses genoux. La colère lui laissait toute sa lucidité. Des heures durant, il imagina mille façons de se venger, mille façons de faire souffrir la femme qu'il serait obligé d'épouser et qu'il ne désirait pas. Et – vengeance suprême ! – il ne tuerait pas Dugald Fergusson. Il le garderait prisonnier et lui rapporterait, jour après jour, en détail, les humiliations qu'il ferait subir à sa fille. Dommage qu'il ne puisse avoir sa préférée entre les mains ! La colère bourdonnait à ses oreilles. Il ne se souvenait pas d'avoir éprouvé une telle impuissance. Même lorsque son premier mariage avait été conclu, sans qu'on le consultât, il ne s'était pas senti piégé de cette façon. Il ne voulait pas de la jeune MacKintosh, bien qu'elle fût fort jolie. Mais son père tenait à ce mariage, et il n'avait pas songé un seul instant à lui désobéir. Plus tard, tous deux avaient regretté cette union. Au lieu de l'alliance espérée, c'est d'un nouvel ennemi qu'ils avaient hérité. Le laird MacKintosh les tenait pour responsables de la mort de sa fille.

Tout à coup, le grincement de la trappe avertit Jamie d'une nouvelle visite.

– Si c'est encore vous, Fergusson, je vous serais reconnaissant de me laisser tranquille. Je n'ai pas fait le compte de toutes les souffrances que je ferai endurer à votre fille quand elle sera ma femme ! (Une exclamation étouffée lui répondit.) Si ce n'est pas vous, vieil homme, qui est là ?

– C'est moi.

– Qui, moi ? grogna Jamie.

– Niall Fergusson.

– C'est ton tour, maintenant ? ricana Jamie en s'appuyant contre le mur. Tu viens sans doute rire aux dépens de ce MacKinnion assez sot pour croire que tu avais une parole d'honneur ! Une parole qui n'a duré que quelques heures...

– Je n'ai pas voulu vous trahir, répondit Niall, piteux.

– Et en plus tu m'insultes avec tes mensonges, traître !

– Je n'ai fait que parler à ma sœur, protesta le jeune garçon. Elle aurait gardé le secret…

– Cette chienne…

– Je vous interdis ! (La violence de cette réponse les décontenança tous deux. Après un silence, un peu plus maître de lui, Niall reprit :) C'est une autre de mes sœurs qui a surpris mes paroles et s'est précipitée chez mon père avant que je n'aie pu faire un geste. Je ne nie pas ma responsabilité, je suis coupable. Et c'est pour vous dire combien je suis désolé que j'ai pris le risque de revenir vous voir.

– Plus désolé que moi, tu ne peux pas l'être ! Je jure que si j'avais mes mains autour de ton cou, tu verrais comment je traite ceux qui me trahissent.

Niall respira avec difficulté comme si deux mains enserraient bel et bien sa gorge.

– Que vous a dit mon père pour vous mettre dans une telle colère ?

– Assez de belles paroles ! siffla Jamie. Ne fais pas l'ignorant !

– Je ne sais rien ! Mon père est furieux de ne pas avoir appris de ma bouche qui vous étiez.

– Dans ce cas, j'ai l'honneur de t'annoncer que nous serons bientôt beaux-frères, fit Jamie, sarcastique.

– Je ne vous crois pas ! s'écria Niall, la voix brisée. Il ne vous la donnerait pas… C'est sa fille préférée…

Jamie plissa les yeux, sa curiosité éveillée.

– L'idée que je l'épouse, cette sœur, n'a pas l'air de te plaire.

– Pourquoi l'épouseriez-vous ?

– Parce que, sinon, ton père me laissera moisir dans ce trou.

– Mais vos hommes vont venir…

– Ton père menace de me tuer si mon clan vient

à mon secours. Il a pensé à tout pour m'obliger à épouser ta sœur.

– Elle préférerait mourir plutôt que de vous épouser, grommela Niall.

Jamie éclata de rire. Il était clair que père et fils avaient la même préférence. Le jeune Fergusson méritait de souffrir un peu. Qu'il croie donc que la promise était sa sœur bien-aimée !

– En effet, dit-il d'un ton menaçant, une fois à moi, elle souhaitera mourir mais... je ferai en sorte qu'elle vive !

– Vous ne la feriez pas souffrir vraiment ?

– Bien sûr que si ! On m'oblige à l'épouser et sache que je n'aime pas être contraint.

– Mais elle n'y est pour rien, insista Niall. On ne lui demande pas son avis, à elle non plus !

– Si ton père s'en moque, pourquoi n'en ferais-je pas autant ?

Tant de dureté épouvantait l'adolescent.

– Vous ne connaissez pas ma sœur, MacKinnion, mais elle est très belle. Ma parole, vous serez heureux de l'avoir pour femme !

– Tu ne comprends pas, mon garçon, reprit Jamie froidement. Belle ou pas, elle est la fille de Fergusson et je le lui ferai payer ! Sitôt mariés, je l'enfermerai à vie dans une tour où je lui rendrai, chaque jour, deux visites : une pour la battre, une pour la violer. (Un silence suivit ce discours que le prisonnier rompit en demandant :) Rien à ajouter, Niall Fergusson ?

– J'aurais dû vous tuer !

– Essaie toujours, si ça te fait plaisir ! Si tu tues MacKinnion, tu ne vivras pas assez longtemps pour t'en glorifier. Comprends bien que ta sœur, toi et toute ta famille, vous finirez égorgés.

La trappe claqua.

Jamie serra les lèvres en un rictus plein de hargne. Railler le garçon n'avait pas suffi à calmer la colère qui le dévorait. Une heure après, la trappe s'ouvrait de nouveau et la tête de Niall réapparaissait. Jamie haussa les épaules. Sans doute s'était-il empressé de rapporter leur conversation.

– Tu as vu ton père, c'est cela ?

– Non, il ne changera pas d'avis, et puis, il est tellement furieux contre moi qu'il ne m'écouterait pas.

Jamie se détendit. Niall ignorait toujours que sa sœur préférée n'avait rien à craindre.

– Alors, pourquoi es-tu revenu ?

– Après ce que j'ai appris, je ne pourrai voir ma sœur demain, comme si de rien n'était. Je ne peux supporter l'idée de son malheur. Vos menaces confirment les horribles rumeurs qu'elle avait entendues à votre sujet. Elle préférera mourir plutôt que de vous suivre.

– Tu crois que je laisserais ma deuxième femme se tuer ? Elle ne mourra pas. J'y veillerai.

– Je ne sais ce qui vaut mieux, hoqueta Niall.

– Tu as encore beaucoup à apprendre, ricana Jamie. Tant qu'il y a de la vie, il y a de l'espoir.

– De l'espoir, vous ne m'en avez guère donné. (Niall poursuivit courageusement :) Je suis venu vous supplier d'épargner ma sœur qui est innocente de tout ce qui vous arrive… Je vous en prie !

Jamie était touché. Ce gamin avait du cran, et il aimait sa sœur.

– Écoute-moi bien. C'est ton père que tu dois supplier. Moi, je n'ai pas le choix.

– C'est faux. Vous pouvez ne pas vous venger sur elle, si vous le désirez.

– Mais je ne le désire pas ! Après tout, je ne suis qu'un sauvage !

– Alors, je ferai tout pour que vous ne l'épousiez pas.

– Si tu as le moyen d'empêcher ce mariage, je t'en serais reconnaissant.

Ce n'était qu'une boutade. Jamie ne prenait pas le gamin au sérieux.

– Je vais vous faire sortir d'ici, articula Niall après un silence.

– Quoi ?

– Je vais vous faire sortir d'ici, répéta-t-il avec fermeté. C'est le seul moyen. Vous parti, elle n'aura plus rien à craindre.

Jamie bondit sur ses pieds. Il avait du mal à contenir son excitation.

– Es-tu sérieux ? Quand ?

– Maintenant, pendant que tout le monde dort.

Sans plus tergiverser, Niall fit descendre l'échelle de corde, la retenant toutefois hors d'atteinte de Jamie qui déjà tendait les bras.

– Quel est ce jeu cruel ? s'enquit ce dernier, ne pouvant cacher sa colère et sa déception.

– Une fois libre, n'allez-vous pas m'étrangler ?

– N'aie crainte ! Si tu me sors de ce château, tu peux compter sur mon amitié, et pour la vie !

L'échelle redescendit. Jamie grimpa prestement malgré ses contusions.

– Oh, mais vous êtes plus grand encore que je ne le croyais ! fit Niall d'un ton où crainte et admiration se mêlaient.

– Et toi, aussi petit que je l'imaginais, grogna Jamie. (Le temps pressait.) Montre-moi où se trouvent les écuries.

– Non, vous ne pouvez pas y aller ! chuchota Niall, regrettant déjà sa décision. Les valets vont se réveiller, vous serez découvert. J'aurai risqué tout cela pour rien !

– Je ne peux pas partir sans mon cheval. Ne crains rien, je ne tuerai personne, à moins d'y être obligé. Je ne tiens pas à me retrouver dans ce cachot.

– Mais l'alarme sera donnée !

– Aucune importance ! Une fois à cheval, ils ne me rattraperont pas. Allons, tu t'inquiètes pour des choses qui n'en valent pas la peine !

– C'est pour moi que j'ai peur, MacKinnion, avoua Niall à contrecœur. Vous, vous serez parti, mais moi, je serai là pour affronter la colère de mon père.

– Je t'emmène avec moi, si tu veux.
– Je ne suis pas un traître ! Ce que j'ai fait, je l'ai fait pour ma sœur, et seulement pour elle !
– Je sais, reprit Jamie doucement, et pour être tout à fait franc, je dois te dire que ta sœur aînée n'est pas…
Il n'eut pas le temps de finir sa confession. Une lumière apparut dans l'escalier. Niall eut juste le temps de le tirer en arrière. Ils se tapirent à l'abri de deux gros tonneaux de farine.
– Niall, appela une voix féminine. Si tu es là, réponds-moi !
– Qui est-ce ? chuchota Jamie.
– Ma sœur. Elle a dû s'apercevoir que je n'étais pas dans ma chambre et elle me cherche.
– J'aimerais bien voir la jeune fille qui justifie une telle dévotion, fit Jamie en se redressant.
– Oh non ! (Pris de panique, Niall le retint par le bras, et poursuivit :) Si elle vous voit, elle criera et donnera l'alerte avant même que vous n'ayez atteint la cour. Vous serez cerné. Vous n'avez aucune arme pour vous défendre.
– Tu as raison. Et puisque tu parles d'armes, il m'en faudrait une.
– Impossible, MacKinnion ! Ce serait vous aider à tuer mes propres parents !
– C'est vrai, tu en as déjà assez fait. Je m'arrangerai.
Jamie avait repéré une planche qui pourrait lui être utile. La jeune fille n'appelait plus. La lumière s'éloigna. À ce moment-là, une autre voix s'éleva.
– Que faites-vous ici à pareille heure ?
Jamie entendit Niall grommeler.
– Qui est-ce ?
– Mon cousin William.
– Va-t-il descendre ?
– Je ne sais pas…
– Eh bien, ma cousine ? disait l'homme.
– Je… Cela ne vous regarde pas, Willie, répliqua la jeune fille d'un ton cassant.

– Vous rendez visite à votre futur époux, hein ?

– Jamais je ne ferais cela, et vous le savez fort bien.

– Vous le verrez bien assez tôt quand vous l'aurez épousé, concéda William, plein de rancœur.

– Pas de doute, William MacAfee, vous n'êtes qu'un méprisable bâtard ! siffla-t-elle. Laissez-moi passer !

– Vous n'avez toujours pas répondu à ma question. Que faisiez-vous par ici ?

– Je n'arrivais pas à dormir. J'ai marché un peu.

– Ne revenez-vous pas plutôt d'un rendez-vous amoureux avec MacDonough pour profiter des derniers moments avant que vos fiançailles ne soient rompues ?

– Et si cela était ? Ce ne sont pas vos affaires. Il y a d'ailleurs beaucoup d'autres choses qui ne vous regardent pas !

La lumière disparut. Quelques instants après, les pas de l'homme s'éloignèrent.

– Ta sœur n'aime guère son cousin, n'est-ce pas ?

– Moi non plus, riposta Niall amèrement. C'est par dépit qu'il a poussé mon père à vous la donner en mariage. Il la voulait mais elle l'a refusé.

– Et MacDonough se trouve ici ? Serait-elle allée le retrouver, comme ton cousin l'a laissé entendre ?

– Non, repartit Niall, offusqué. Mais, c'est vrai, MacDonough est arrivé au château ce soir.

Jamie eut un petit rire.

– J'ai signé un traité de paix avec sir Alasdair. Puisqu'il est ici, c'est lui qu'on accusera, nul doute, de m'avoir libéré.

– Vous croyez ? demanda Niall, reprenant espoir pour la première fois.

– Ma foi, oui ! Avant de soupçonner un Fergusson, ton père pensera à MacDonough.

– MacDonough ignore que vous êtes là.

– Il aurait pu surprendre une conversation. Allez, courage, mon garçon !

Ils se dirigèrent vers la cour.

– Ils dorment, je suppose, chuchota Niall, montrant l'écurie et le pavillon des gardes.

– Retourne dans ton lit. Si l'alerte est donnée, il vaut mieux qu'on ne te trouve pas dans les couloirs. J'espère seulement qu'on ne remarquera ma disparition qu'au petit matin.

– Je ne vous verrai plus, alors ? dit Niall, plein de regret.

– Je crains que non. Tu es un brave, Niall Fergusson, cela ne fait aucun doute. Je ne t'oublierai pas.

– Je ne vous oublierai pas non plus. Vous auriez fait un piètre beau-frère, mais vous êtes un bon ennemi, James MacKinnion !

– Ou peut-être un ami, rétorqua Jamie en ébouriffant gentiment les cheveux du garçon. J'y vais maintenant. Je souhaite de tout cœur que tu n'aies pas d'ennuis.

– Je n'en aurai pas, j'espère. Si MacDonough est accusé, cela m'est bien égal. De toute façon, elle ne voulait pas de lui !

– Tu n'oublies jamais ta sœur, observa Jamie en riant, et tu ne m'as même pas dit son nom.

– Si mon père ne vous l'a pas dit, je le tais, moi aussi. Adieu et bonne chance, MacKinnion !

8

Quand Sheena s'éveilla, le soleil filtrait déjà par la petite fenêtre de sa chambre. Elle s'habilla à la hâte et sortit pour aller retrouver Niall. Il était encore couché.

– Allons, petit frère ! dit-elle en le secouant.

– Laisse-moi, Sheena, marmonna-t-il, je n'ai pas beaucoup dormi.

– Je le sais et je veux savoir pourquoi, fit-elle

sévèrement. Je voulais te parler la nuit dernière mais je ne t'ai pas trouvé dans ton lit. Où donc étais-tu passé ?

– Je ne peux pas te le dire, grogna-t-il, tout ensommeillé. Il vaut mieux que tu l'ignores.

Elle fronça les sourcils et soudain frissonna. Avec MacKinnion, sans doute !

– Oh, Niall ! Pourvu que personne ne l'apprenne !

Mais déjà il se rendormait.

Dans la grande salle du château, elle ne rencontra qu'une servante qui considérait, intriguée, les galettes de céréales refroidies, la crème fraîche, les bols de porridge du petit déjeuner à peine touchés. Une inquiétude l'envahit.

– Mais... Que se passe-t-il, Alice ? Où donc se trouvent mon père et ses hommes ?

– Moi aussi, j'aimerais bien le savoir ! répliqua la servante sur un ton irrité. Il y a eu tout un tumulte dans la cour tantôt, l'intendant est arrivé en courant pour voir votre père et ils viennent tous de partir à l'instant.

Sheena allait sortir à son tour quand surgirent Margaret et Elspeth qui lui barrèrent le passage.

– Ah, te voilà ! s'exclama Margaret avec son aigreur habituelle. Où avais-tu disparu ?

– Je descends à l'instant. Que s'est-il passé ?

– Comment ? Tu n'es pas au courant ? s'écria Elspeth. MacKinnion s'est évadé ! Sans l'affirmer, père est à peu près certain que MacDonough l'a aidé. Qui d'autre l'aurait fait ?

– N'en profite pas pour rompre tes fiançailles, Sheena ! ajouta Margaret. Je ne supporterai pas que mon mariage soit encore retardé. Et Gilbert non plus.

Sur ces mots, elles tournèrent les talons, laissant leur sœur aînée clouée sur place.

Alasdair ignorait que MacKinnion était dans ce cachot. Il n'a donc pu le faire évader, pensa-t-elle. Oh, Niall, Niall ! Qu'as-tu fait ?

Défaillant à moitié, elle s'appuya contre le mur. Oui, plutôt que de la laisser épouser leur cruel ennemi, Niall avait préféré le faire évader. La surprise et la crainte qui l'avaient tout d'abord saisie firent place au soulagement. Elle n'avait donc plus rien à redouter du terrible Highlander. MacDonough allait être accusé, et elle n'aurait plus à l'épouser.

Sheena eut envie de se précipiter chez son frère et de l'embrasser pour lui exprimer sa reconnaissance.

Un grand sourire illuminait son visage lorsque son père et ses hommes revinrent dans la salle.

– Pourquoi as-tu l'air si contente ? Il n'y a vraiment pas de quoi, dit Dugald sèchement.

– En effet, je suis bien contente et je ne le cache pas. J'aurais dû l'épouser, jamais je ne vous l'aurais pardonné !

Sheena n'avait pas vu William s'approcher de son père.

– Vous vouliez une raison, Dugald, vous l'avez.

– Qu'est-ce à dire ? rétorqua Sheena, affrontant le visage sévère de son père et le regard accusateur de son cousin.

– Nies-tu t'être trouvée tard cette nuit dans la cour ? interrogea Dugald.

– Je n'arrivais pas à dormir, père, aussi suis-je allée marcher un peu. Où est le mal ?

– L'excuse est facile, glissa William d'un ton fielleux.

– Et vous, quelle est votre excuse ? interrogea Sheena, les yeux flamboyant de colère. Vous étiez là aussi, vous oubliez de le dire !

– Je n'ai pas besoin de me justifier, moi, répliqua-t-il en lui lançant un regard noir. Je n'avais nul intérêt à ce que MacKinnion s'enfuie tandis que vous venez d'avouer que c'est ce que vous espériez.

Son intention était claire. Sheena resta suffoquée.

– Et je l'aurais libéré ?

– Vous ou bien votre frère.

– Comment osez-vous accuser Niall ? demanda-t-elle, outrée. Père lui avait interdit d'aller voir le prisonnier, il n'aurait pas désobéi.

– Elle a raison, intervint Dugald gravement. Le garçon n'est pas en cause.

– Et moi ? questionna Sheena, commençant à prendre peur. (Ce silence de son père l'accusait. Comment pouvait-il croire une chose pareille ? On faisait cercle autour d'eux. Son fiancé était là aussi, bouleversé. Tous la condamnaient.) Pourquoi m'accuse-t-on et pas lui ? reprit-elle, pointant un doigt dans la direction de MacDonough. Il avait plus que moi des raisons d'agir ainsi, pourtant.

Les yeux gris d'Alasdair la foudroyèrent.

– Je refuse de répondre, dit-il avec raideur, comme je refuse d'épouser une fille qui accuse son fiancé et trahit les siens.

Il quitta la salle tandis que Margaret poussait des cris aigus.

– Les fiançailles sont rompues ! Elle l'a fait exprès !

– Est-ce la vérité, Sheena ? gronda son père.

Elle se raidit.

– C'est un fait, je ne voulais pas l'épouser, mais je n'aurais jamais agi de pareille façon pour empêcher ce mariage. Pourquoi laissez-vous partir MacDonough sans même l'interroger ?

– Je sais qu'il n'a pas bougé, sa chambre était surveillée. Crois-tu que j'allais laisser un allié de mon prisonnier se promener librement dans le château ?

Aux yeux de son père, la seule coupable, c'était elle. Cela lui fit mal de voir qu'il était si prompt à l'accuser.

– Sheena, as-tu libéré MacKinnion ?

– Il est trop tard pour me poser cette question, répondit-elle d'une voix étouffée. Vous m'avez déjà accusée.

– Et voilà, elle ne peut pas nier, s'empressa de

dire William. Elle mérite d'être pendue pour cette trahison.

– Je ne pendrai pas ma fille pour un acte désespéré ! tonna Dugald. Qui lui a dit qu'elle était promise à MacKinnion ? Cela ne peut être que toi, William. Ta conduite est aussi blâmable que la sienne. Je te serais reconnaissant de ne plus te mêler de cette affaire.

William eut l'intelligence de garder le silence.

– Vous ne pouvez pas rester sans réagir, père ! s'écria Margaret. Vous l'avez toujours préférée à nous trois, et voyez comme elle vous rend votre affection !

– Tais-toi, je te prie !

– Non, j'ai mon mot à dire moi aussi, insista Margaret. Je refuse que mon mariage soit encore retardé. Il nous a fallu attendre pour ne pas lui faire honte, et maintenant, c'est elle qui nous humilie ! Aucun homme ne voudra plus jamais d'elle, car si elle a trahi sa famille, elle n'hésitera pas à trahir son mari !

– Ton mariage ne sera pas retardé, Margaret, répondit Dugald d'un ton triste et las. (Il regrettait peut-être d'avoir été si prompt à accuser Sheena, mais il ne pouvait revenir en arrière.) Elle quittera Tower Esk.

Sheena regarda son père, incrédule et horrifiée à la fois. L'exil ? Allait-on l'envoyer loin de sa maison et de sa famille ?

– Ne me regarde pas ainsi, dit son père, la voix déchirée.

– Où m'envoyez-vous ? demanda-t-elle, la gorge nouée.

– Chez ta tante à Aberdeen. Un séjour au couvent t'aidera peut-être à comprendre le mal que tu as causé à ta famille. Maintenant, monte dans ta chambre, et restes-y. Tu partiras demain.

Sheena quitta la salle en courant. Personne ne devait la voir pleurer ! Avant d'entrer dans la chambre de Niall, elle essuya ses larmes. Il dormait toujours. Elle demeura un moment immobile, s'efforçant de mettre un peu d'ordre dans ses pensées. Enfin, elle s'assit sur le lit.

– Niall, réveille-toi ! Il faut que tu m'écoutes.

Il se redressa et la regarda :

– L'alerte a été donnée ? Ils savent qu'il est parti ?

– Oui.

Croyant qu'elle le désapprouvait, il s'écria :

– Il le fallait, Sheena ! MacKinnion disait qu'il te battrait, te violerait, te ferait souffrir toute ta vie, si on l'obligeait à t'épouser !

– Oh, mon Dieu ! murmura-t-elle.

– Tu comprends, il fallait qu'il parte, je ne pouvais pas lui faire entendre raison. Il disait que l'on ne contraint pas un MacKinnion.

– Alors, je te suis vraiment reconnaissante, reprit-elle, affectueusement.

– Reconnaissante ? Tu n'es pas en colère ?

– Non, je sais que tu as agi par amour pour moi. Je t'en remercie. Je me suis laissé accuser, surtout ne t'en sens pas coupable.

– Mais, MacDonough...

– Sa chambre était surveillée, Niall. Père sait donc qu'il n'a pu agir, et William a tout fait pour m'accabler.

– Mais, Sheena...

– Écoute-moi, dit-elle en l'interrompant d'un geste de la main. En définitive, les choses ne se passent pas si mal pour moi. MacDonough a rompu nos fiançailles, MacKinnion s'est enfui. Grâce à toi ! (Elle sourit.) Je dois aller chez tante Erminia, à Aberdeen. Ce n'est donc pas si terrible. Je préfère cet exil au mariage.

– Tu ne vas pas entrer au couvent ?

– Père ne m'en a pas parlé. Ne t'en fais pas. J'aurai plaisir à retrouver tante Erminia que je n'ai pas vue depuis des années. Vraiment, Niall, je ne suis pas malheureuse.

– Mais tu reviendras ?

– Sur ce point, je ne peux rien dire. Père était très en colère, et peut-être m'obligera-t-il à devenir religieuse. Mais tout, n'importe quoi, plutôt qu'un mariage sans amour !

– Tu ne parles pas sérieusement, Sheena.

– Si, je t'assure. Nos parents ne s'aimaient pas, Niall. Tu ne les as jamais vus ensemble, mais moi, je m'en souviens très bien. Si je ne suis pas amoureuse, je préfère ne jamais me marier.

– Je parlerai à père.

– Tu n'en feras rien. Si je restais ici, il me trouverait un autre mari. Mieux vaut partir. N'essaie pas de m'en empêcher et n'avoue jamais ce que tu as fait. C'est promis ?

Niall acquiesça, bien à contrecœur. Ce n'était pas ainsi qu'il avait espéré que les choses tourneraient. Il avait agi impulsivement, par amour pour sa sœur, mais dorénavant, il n'était plus maître des événements.

– J'irai te voir bientôt.

– Je serai heureuse de te retrouver, si père t'y autorise.

Elle sourit. Soudain, Niall se jeta dans ses bras en sanglotant.

– Oh, Sheena, pardon !

– Chut, maintenant, Niall chéri, il ne faut pas t'inquiéter pour moi. Je serai très bien à Aberdeen, et puis, c'est la première fois que je voyagerai aussi loin vers le nord. En fait, je suis même très impatiente de partir. Il vaut mieux que nous soyons séparés pendant quelque temps, père et moi. Je ne pourrais pas continuer à vivre sous le même toit que lui.

9

Durant les semaines qui suivirent, Sheena eut souvent le temps de repenser à sa dernière conversation avec Niall.

Aberdeen, à quatre-vingts kilomètres au nord de Tower Esk, était pour elle comme une terre étrangère. Dans cette prospère ville de marché aux ruelles sales et encombrées – on ne pouvait s'y promener sans risquer de recevoir le contenu d'un pot de chambre ou des détritus sur la tête ! – se retrouvaient tous les corps de métiers qui en faisaient un lieu plein de pittoresque. Le port aussi débordait d'activité.

Sheena passa les premiers jours à explorer la ville, mais bien vite, elle s'en lassa. Bien sûr, il y avait des choses prodigieusement belles et intéressantes à découvrir : les abbayes, l'université, les échoppes d'artisans. Mais on y rencontrait beaucoup trop de Highlanders, facilement reconnaissables à leurs jambes nues. (Les Lowlanders, eux, portaient des chausses et des pantalons.) Si les impressionnants Highlanders n'arrivaient pas à l'intimider, en revanche, les vagabonds qui sans cesse l'accostaient à chaque coin de rue lui ôtèrent bientôt toute envie de continuer ses promenades. Aberdeen, en effet, était infestée de miséreux en quête d'un travail et de mendiants professionnels.

Chaque matin, Sheena quittait la chambre austère du couvent où elle demeurait auprès de sa tante, pour se rendre à l'hospice des pauvres, vétuste construction de pierre. À l'origine réservé aux voyageurs afin qu'ils puissent se restaurer et dormir une nuit ou deux, le temps de trouver un travail, c'était peu à peu devenu le refuge des mendiants et des vagabonds. Seule la règle des deux nuits était toujours appliquée. Les pensionnaires devaient laver leurs draps et faire leur vaisselle, mais jamais personne n'obéissait, et c'était grâce à la seule bonne volonté des religieuses que l'hospice ne se transformait pas en un véritable nid à punaises ! Un prêtre habitait sur place et veillait à la distribution des repas. Trop âgé, il ne pouvait cependant faire face seul à toutes les tâches, et c'est pour l'aider que la tante de Sheena se rendait tous les jours à l'hospice.

Quand Sheena vit combien sa tante rentrait épuisée à la fin de la journée, elle insista pour l'accompagner. Sa tante passait en général la matinée à l'hospice, l'après-midi à l'hôpital et retournait une dernière fois à l'hospice avant de rentrer au couvent. Pauvre tante Erminia ! Elle avait près de cinquante ans. Il n'y avait aucune raison pour que Sheena, avec l'énergie de sa jeunesse, ne l'aide pas, afin d'alléger ses journées de labeur. Cela leur permettrait à toutes deux de se réserver quelques heures de détente, à parler et à coudre dans l'atmosphère paisible du couvent.

Si Sheena languissait de sa maison, elle ne le montrait pas. Son frère pourtant lui manquait terriblement. Il n'y avait personne d'un peu gai et jeune au couvent. En vérité, elle se sentait très seule. Au bout d'un mois de cette nouvelle vie, aucune missive des siens ne lui était encore parvenue. Elle avait reprisé le linge et les plaids des pauvres, appris un nombre incalculable de points de couture, rénové sa garde-robe... Coudre finissait par lui faire horreur ! Comme elle regrettait de ne pouvoir monter à cheval, chasser, nager avant les premières chutes de neige ! Elle avait soif d'aventure, envie de rire et de s'amuser. Mon Dieu, comme Niall lui manquait ! Septembre touchait à sa fin et pour la première fois son frère participerait aux raids. C'était en automne qu'on « levait » le bétail, ainsi qu'on nommait couramment le vol d'animaux. Cette année, les Fergusson ne vendraient probablement pas leurs bêtes au marché, les MacKinnion leur ayant infligé trop de pertes.

Ce matin-là, le temps était particulièrement lugubre tandis que Sheena poussait la brouette pleine de draps à étendre. Dans le ciel sombre et morne des nuages noirs s'amassaient, laissant prévoir un orage. La jeune fille s'inquiéta pour son linge. Elle avait l'habitude de l'étendre près de la rivière, où la brise le séchait plus vite que dans le jardin de la paroisse entouré de murs. Pourvu qu'il ne pleuve pas ! Elle n'avait guère envie de retourner à l'hospice en fin d'après-midi avec ses draps mouillés. C'était l'heure où les mendiants surgissaient et elle préférait ne pas voir ces visages amaigris, ces vêtements crasseux et déchirés...

Elle se dépêcha d'étendre les draps, s'écorchant les mains à la besogne. Ses pauvres mains, si blanches, si douces auparavant, désormais toutes rougies et gercées !

– Puis-je vous aider, demoiselle ?

Surprise, Sheena se retourna vivement. Elle n'avait pas entendu le jeune homme approcher à cheval, tellement le vent soufflait fort. Les couleurs du plaid de l'inconnu ressemblaient à celles de son clan. C'était un jeune Highlander, de son âge environ. Il était beau et avait quelque chose de sympathique qui la mit tout de suite à l'aise.

– C'est bien gentil à vous, répondit-elle, amusée, un sourire aux lèvres, mais je ne vois guère un Highlander s'occuper du linge des pauvres.

– Comment, vous venez de l'hospice ?

L'étonnement qu'il affichait la fit rire de bon cœur.

– Naturellement ! Vous croyez que je ferais la lessive si je n'étais pas pauvre ?

– Pourtant, vous n'avez pas l'air d'une mendiante...

– Je ne connais les rigueurs de la vie que depuis peu.

– Vous n'avez donc pas de famille ?

– Oh, vous posez trop de questions ! Vous me

faites perdre mon temps ! (Son ton se voulait sévère, mais ses yeux brillaient, malicieux. Cela faisait si longtemps qu'elle n'avait pas parlé à quelqu'un de son âge !) Il va bientôt pleuvoir et mes draps ne seront pas secs, ajouta-t-elle en laissant échapper un soupir.

Elle se pencha pour essorer le dernier drap et l'étendit avec les autres sur les arbres de la rive. Quand elle se retourna, le jeune homme était descendu de cheval et se tenait tout proche, juste derrière elle.

– Vous êtes bien jolie, d'une rare beauté même ! dit-il d'une voix émerveillée. Je vous ai vue tantôt longer la ferme.

– Et vous avez décidé de me suivre ?

– Oui.

– Suivez-vous toujours les filles que vous trouvez jolies ? plaisanta-t-elle.

Il resta sérieux.

– Puis-je vous embrasser ?

– Vous recevrez une bonne paire de gifles ! répliqua-t-elle sèchement, profondément choquée.

Il rit, se détendant quelque peu.

– Un brin impertinente !

– Et vous, un peu trop hardi, à mon goût ! reprit-elle, mal à l'aise maintenant sous le regard du garçon.

Comme elle faisait mine de s'en aller, il tendit un bras pour la retenir.

– Vous n'allez pas déjà partir alors que je viens à peine de vous trouver ! Vous êtes peut-être une vision, mais je ne vous laisserai pas vous évanouir !

Si elle faisait un seul mouvement, il était prêt à l'empoigner. Voilà qui ne lui plaisait guère ! Il était jeune mais solide et, de plus, highlander !...

– Que voulez-vous ? fit-elle en lui jetant un regard furieux.

– Vous êtes bien trop jolie pour mendier. Je veux vous garder avec moi et vous protéger.

Ces paroles la clouèrent sur place. Mais n'était-ce

pas typique d'un Highlander d'agir toujours de façon aussi impulsive ?

– Vous n'avez guère de bon sens, mon garçon, se moqua-t-elle, vous êtes encore un gamin ! Comment pourriez-vous prendre soin de moi ?

Il se rembrunit. Elle regretta aussitôt sa désinvolture. Les Highlanders n'aimaient pas être ridiculisés, et celui-ci avait l'air d'être particulièrement fier.

– Je n'aurais pas dû vous demander de permission.

– Je suis ravie que vous compreniez.

– Non, je voulais dire que j'aurais dû faire comme mon frère. Il vous aurait tout simplement enlevée, et c'est d'ailleurs ce que je vais faire !

Il la saisit par le bras. Elle cria, se débattit... Une lueur d'amusement parut dans les yeux du jeune homme. Sans perdre de temps, il la jucha sur son cheval, sauta en selle, la maintenant fermement contre lui. Le cheval traversa au galop la rivière peu profonde, prenant la direction du sud.

Sheena ne pensait qu'à sa tante et au désarroi qu'éprouverait la vieille dame. Comment pourrait-elle comprendre sa disparition ? Elle préviendrait sûrement sa famille. Pauvre Niall ! Croirait-il qu'elle s'était enfuie ? Et son père ? Il serait bouleversé. Ne l'avait-il pas chassée de Tower Esk ?

– Mais où m'emmenez-vous ? cria Sheena, ses paroles emportées par le vent.

– Chez moi ! Et pour toujours !

Quelle folie ! L'emmener chez lui comme un chien abandonné ! La garder pour toujours ! Quelle sottise ! C'étaient bien là paroles de vantard ! Elle retrouverait son chemin jusqu'à Aberdeen. Ou alors, sa famille viendrait la chercher. Cela ne se passerait pas comme ça !

10

Ils avaient à peine parcouru un kilomètre que l'orage qui menaçait éclata. Bien triste présage ! pensa Sheena tandis qu'ils galopaient. Le Highlander lui donna son plaid pour la protéger de la pluie. Il pressait sa monture, semblant lutter de vitesse avec les éléments déchaînés. Les kilomètres défilaient sous les sabots du cheval. Enfin, la pluie s'arrêta. Ils ralentirent l'allure. Sheena écarta le plaid mouillé, tremblante de froid. C'était encore l'après-midi, mais il faisait si sombre qu'elle avait perdu toute notion du temps. Ils avançaient au fond d'une vallée encaissée entre deux chaînes de montagnes, énormes masses grises couronnées de nuages noirs. Ils longeaient une rivière. Elle frissonna, comprenant qu'ils s'enfonçaient de plus en plus au cœur des Highlands. Elle ravala les larmes qui brûlaient ses yeux, voulant cacher sa détresse. Le cheval allait lentement, encore essoufflé après cette longue course.

Sheena se retourna un instant pour faire face à son ravisseur, puis regarda de nouveau droit devant elle.

– Vous n'avez pas le droit de me garder. Ma famille vous le fera payer cher !

– Mais vous n'en avez pas, fit-il doucement. Et quand bien même, reprit-il gaiement, une famille de mendiants n'a aucun pouvoir. Vous êtes mienne et vous avez bien de la chance de m'avoir rencontré.

– De la chance ?

– Eh oui, dit-il d'un ton assuré. Je vous offrirai de belles robes, des bijoux qui feront ressortir le bleu profond de vos yeux. Vous n'aurez plus jamais à mendier, vous devriez être contente !

– Il ne vous vient donc pas à l'idée que vous

m'avez « volée » ? répondit-elle, sentant une colère impuissante la gagner.

– Quand vous serez mon épouse, vous vous féliciterez de cette aventure, assura-t-il en riant.

– Votre épouse ? souffla-t-elle en se retournant.

– Bien sûr ! Vous ne pensez tout de même pas que je vous ferais le déshonneur de ne pas vous épouser !

– Mais vous ne me connaissez pas !

– Mais si ! Vous êtes unique, et j'ai tout de suite compris que c'était vous que je voulais.

– Moi, je ne vous veux pas !

– Vous êtes têtue, mais vous changerez d'avis, conclut-il avec confiance.

La colère qui grondait en elle fit place à la peur quand apparut au loin un imposant château de pierre. Des nuages noirs flottaient au-dessus de ses hautes tours. Depuis le milieu de la journée, ils avaient bien parcouru une trentaine de kilomètres et, maintenant, il leur restait à gravir une pente abrupte pour arriver à destination. La nuit tombait.

– Est-ce votre demeure ? demanda-t-elle d'une voix tremblante.

– Oui, acquiesça-t-il avec fierté. Un peu sinistre d'apparence, je sais, mais je vous assure que la vie y est très agréable.

– Un château aussi vaste ! Êtes-vous apparenté au laird d'ici ?

– Je suis son frère.

Devait-elle reprendre courage à cette nouvelle ? Peut-être le laird veillerait-il à ce qu'elle rentre à Aberdeen. Peut-être aussi passait-il à son frère tous ses caprices.

– Il faudra que je vous cache pendant quelques jours, reprit le garçon, mal à l'aise pour la première fois, tandis qu'ils approchaient du poste de garde situé au milieu du mur d'enceinte. Je veux obtenir l'agrément de mon frère avant qu'il ne sache que je vous ai enlevée.

– Avez-vous peur de lui ?
– Peur ?
Il se mit à rire, mais ne réussit pas à la convaincre.
– Vous avez pourtant besoin de sa permission pour m'épouser ?
– Oui.
– Et vous pensez qu'il vous autorisera à prendre pour femme une mendiante ?
Elle commençait à entrevoir une lueur d'espoir.
– Quand il saura combien je vous désire, il dira oui.
Les portes s'ouvrirent. Ils pénétrèrent dans une vaste cour intérieure. En face d'eux, s'ouvrait la grande salle du château, flanquée de deux tours; accolée à la gauche, s'élevait une construction carrée de trois étages, avec en façade deux volées d'escaliers; à droite, se situaient les écuries, et d'autres bâtiments de moindre importance.
– Bienvenue au château ! dit le cavalier d'un air charmant.
Sheena ne répondit pas. Un jeune homme aux cheveux roux s'approcha.
– Tu rentres tôt, Colen.
– Oui. Mon frère est là ?
– Dans la grande salle. Où sont passés les autres ?
– Je les ai laissés à leurs divertissements. Je ne les ai pas attendus, pressé de rentrer.
– Et qui as-tu avec toi, Colen ?
La voix de l'inconnu était chaude et profonde. Sheena voulut se retourner pour voir qui parlait, mais son ravisseur fit un mouvement pour la cacher. Elle sentit à quel point il était nerveux.
– Cela ne te regarde pas, Black Gawain, rétorqua ce dernier avec aigreur.
– Un secret, hein ? (L'homme gloussa.) Ton frère sait-il que tu ramènes quelqu'un ?
– Non, et je te prierai de ne rien lui dire. Je lui parlerai moi-même quand je l'aurai décidé.
Il sauta à terre et emporta prestement Sheena loin des regards de Black Gawain.

– Colen, c'est cela ? dit-elle.
– Oui.
– Où m'emmenez-vous ?
– Dans ma chambre. Vous y habiterez quelque temps.
– Je n'habiterai pas dans la même chambre que vous, répliqua-t-elle avec fermeté.
– Ne vous fâchez pas. Vous n'avez rien à craindre. Je ne vous toucherai pas tant que nous ne serons pas mariés.
– Non, ce n'est pas convenable, reprit-elle, guère convaincue par la promesse de Colen.
– Mais c'est la seule solution pour l'instant, décréta-t-il, exaspéré. Je ne peux vous donner une chambre sans mettre mon frère au courant.
– Alors, parlez-lui !

Comme elle se débattait, il la posa à terre, étouffant ses cris de la main. Puis, la tenant fermement, il la traîna jusqu'en haut de l'escalier du grand bâtiment carré.

Black Gawain les suivit du regard, puis secoua la tête tout en se dirigeant vers le hall. Après tout, le jeune Colen pouvait bien avoir une maîtresse auprès de lui, même s'il devait la retenir de force. Cela ne le regardait pas ! Mais pourquoi dissimuler cette fille ? Le laird ne verrait pas d'inconvénient à ce que son frère ait une maîtresse. Lui-même en avait plusieurs ! Black Gawain sourit, se demandant combien de temps pareil secret pourrait échapper à la sagacité du chef du clan.

11

Ce n'est que six jours plus tard que Sheena apprit où elle se trouvait. Durant tout ce temps, elle resta enfermée dans la chambre de Colen. Celui-ci avait réussi à savoir son prénom, mais rien de plus, car elle était fort têtue.

– Êtes-vous sérieux, Colen ? Votre frère aurait passé la journée entière dans sa chambre avec sa maîtresse ? Il n'en serait pas même sorti pour manger ?

– Cela lui arrive souvent quand il a une nouvelle amie, tenta d'expliquer le jeune homme.

– Combien de temps dois-je encore patienter ? D'abord, il est occupé, ensuite, il disparaît, après, il est en colère… Toutes les raisons vous sont bonnes pour ne pas lui parler ! Et pendant ce temps, vous me retenez prisonnière ! J'en ai assez !

– Sheena, je vous en prie !

– Non, je n'accepte plus d'excuses ! Jusqu'à présent, je ne vous pressais pas car je voulais partir d'ici sans faire d'histoires. Mais ce n'est plus possible ! Je ne peux attendre indéfiniment ! Cela fait six jours que ça dure !

– Je lui ai dit que j'étais prêt à me marier, se défendit Colen.

– Mais lui avez-vous parlé de moi, de moi qui suis ici, dans son château ? Et quand il vous a posé des questions concernant la dot de votre future femme, vous vous êtes tu, j'imagine !

– C'est vrai, le moment était mal choisi pour lui annoncer que vous n'aviez aucune fortune. Il faut qu'il soit de bonne humeur.

– Je dois donc attendre que votre frère daigne changer d'humeur ? La vérité est que vous avez peur de lui, peur de sa réponse !

– C'est trop important pour moi ! Je ne supporterai pas qu'il s'oppose à notre mariage, répondit Colen, soudain pris de découragement.

– De toute façon, comment ferez-vous puisque moi, je m'y oppose ?

– Les femmes sont inconstantes et changent d'avis. Ce n'est pas vous qui me tracassez, mais mon frère.

– Inconstantes ? Qui vous a dit pareille sottise ? Non, ne répondez pas, répliqua-t-elle sèchement, je le sais : votre gentil frère chéri !

– Voilà bien la première fois qu'on l'appelle ainsi ! s'esclaffa Colen.
– Est-il donc si redoutable ?
– Souvent. Le caractère impétueux des MacKinnion est légendaire, et Jamie peut être terrible !
– MacKinnion ?
– Que se passe-t-il ?
Elle était devenue blême.
– Vous êtes un MacKinnion... et Jamie... c'est James MacKinnion ?
– Qu'avez-vous donc, Sheena ? demanda Colen, alarmé par sa pâleur. Vous n'ignoriez pas qui j'étais !
– Vous ne m'en aviez rien dit !
– Mais si ! Qu'avez-vous, Sheena ?
– Ce n'est pas possible !
Elle fut secouée d'un rire nerveux qui acheva de déconcerter le pauvre Colen. Soudain, elle s'élança vers la porte. Il courut derrière elle et la saisit par le bras. À son contact, elle poussa un hurlement :
– Ne me touchez pas !
Il la gifla et le coup résonna sec comme un claquement de fouet. Elle resta un instant hébétée, puis, furieuse, le gifla à son tour avec autant de violence. Colen, choqué, recula, la main sur sa joue.
– Vous m'avez frappé !
– Et avec raison ! Jamais je ne souffrirai qu'on lève la main sur moi !
– Vous étiez comme folle. Je voulais vous calmer.
– Peut-être, en effet, soupira-t-elle. (Le moment de panique passé, son esprit était plus clair.) Mais essayez de me comprendre. Vous êtes deux fois plus fort que moi, vous n'avez pas le droit de vous comporter ainsi ! (De nouveau, elle élevait la voix.) Et je refuse de rester plus longtemps ici !
– C'est vrai, vous avez raison, admit-il d'un air penaud qui la surprit. Pardonnez-moi, Sheena. Je parlerai à mon frère ce soir. C'est promis.
– Pourquoi pas maintenant ?
– Je dois partir pour récupérer des chevaux que

l'on nous a volés l'autre nuit. Mais dès que je rentre, je parle à mon frère.

– C'est promis, Colen ?

Il fit de la tête signe que oui et se dirigea vers la porte. Sur le seuil, il s'arrêta, frottant sa joue d'un air songeur.

– C'est bien la première fois qu'une fille me gifle !

– Alors, il était grand temps ! Je n'ai jamais rencontré un garçon aussi têtu que vous !

– Et vous, vous avez bien du cran ! dit-il en riant. Si jamais une MacKinnion rendait une gifle à son mari, elle recevrait une bonne correction !

– C'est le sort que vous réservez à votre femme ?

– Oh, Sheena ! Jamais je ne pourrais vous faire du mal !

– Naturellement, répondit-elle, sarcastique, à condition que tout se passe selon vos désirs ! Une règle de conduite que j'ai d'ailleurs observée jusqu'à présent !

– Je vous en prie, vous voulez bien rester tranquille aujourd'hui encore, pour la dernière fois ? demanda Colen avant de partir.

Pour l'inquiéter un peu, Sheena fit mine d'hésiter. En réalité, elle préférait ne pas faire de scandale pour ne pas alerter MacKinnion.

– Aujourd'hui, et c'est tout, concéda-t-elle enfin.

– Si je ne suis pas là à la nuit tombée, une servante vous montera un repas. Ne vous tourmentez plus, conclut-il en souriant.

Il partit. Elle avait maintenant tout le temps de réfléchir à ce qu'elle avait appris. MacKinnion ! L'ennemi juré de sa famille était derrière cette porte, dans la pièce voisine, partout. Un véritable cauchemar ! Elle s'assit sur le lit, s'efforçant de mettre de l'ordre dans ses pensées.

12

Le laird, inquiet d'avoir appris que Colen n'était toujours pas rentré, était retourné dans la grande salle du château. L'un de ses chevaux de prix avait été volé au cours d'un raid, et il voulait rentrer en sa possession. Son frère s'était montré si nerveux ces derniers temps qu'il avait jugé bon de le charger de cette expédition afin qu'il se distraie un peu. Mais, en définitive, il aurait dû s'en occuper lui-même.

La nuit était calme. Comme il n'y avait aucun invité au château, une longue table seulement était dressée. Y avaient pris place les compagnons de Jamie. Les domestiques s'affairaient, apportant les plats de viande, versant l'ale. La table personnelle du laird n'était pas encore servie : on attendait toujours que celui-ci vienne s'y asseoir. Si quelque chose le mettait en rage, c'était bien de manger froid ! Les nouveaux serviteurs l'apprenaient à leurs dépens, tout le monde se faisant un devoir de garder le silence sur cette exigence du maître. Assister à une colère de Jamie était un spectacle fort divertissant – tant que l'on n'était pas en cause, bien entendu !

Ce soir-là, à la table d'honneur, Jessie Martin, une cousine de Dobbin, le beau-frère de Jamie, était seule, l'air boudeur. Ayant accompagné Dobbin et Daphnée, la sœur de Jamie, en visite à Castle Kinnion trois semaines auparavant, elle avait prolongé sa visite. Au cours de son séjour, elle avait fait clairement comprendre à Jamie qu'elle était libre, et il avait finalement succombé à son charme. Depuis la veille, néanmoins, cette liaison commençait à lui peser, bien que, ce soir encore, en la voyant dans sa robe de velours grenat au profond décolleté, il ne pouvait que reconnaître qu'il avait rarement eu maîtresse aussi séduisante. Si seulement tante Lydia ne montrait pas autant d'aversion pour Jessie ! La trouvant trop effrontée à son goût, elle n'était pratiquement plus sortie de sa chambre. Pourtant, un homme avait parfois besoin d'une femme de ce genre, surtout un homme qui voulait garder sa liberté. Elle avait une grande expérience des choses de l'amour, cette Jessie ! Après s'être fiancée quatre fois, elle affirmait qu'elle avait renoncé à se marier. Pourtant, Jamie n'en était pas si sûr. Il n'avait encore jamais rencontré de femme qui ne désirât le mariage. Si c'était ce qu'elle cherchait, en vérité, elle serait vite déçue avec lui !

– Peut-on commencer maintenant ? demanda Jessie avec humeur comme Jamie prenait place à ses côtés.

– On va nous servir, répondit-il sans prêter attention à son irritation, mais il ne fallait pas m'attendre.

– On attend toujours que vous soyez là pour servir cette table, lui rappela-t-elle d'un ton acerbe.

Elle regretta aussitôt ces paroles.

– À l'autre table, il y a de la place et de quoi vous restaurer.

C'était en effet un privilège de s'asseoir à la table du laird, ce que Jamie ne se privait pas de souligner devant la jeune femme. Il était dur par moments. Mais elle le désirait terriblement. Jamais elle n'avait connu un homme aussi beau. Beau, riche, puissant, il représentait ce qu'elle avait toujours cherché. Elle s'en était rendu compte en le voyant pour la première fois, au mariage de son cousin. Depuis ce jour, elle n'avait cessé de harceler, supplier, cajoler Dobbin pour qu'il l'emmène avec lui à Castle Kinnion. Pendant trois ans, il avait fallu ruser pour qu'enfin il accepte ! Maintenant qu'elle était là, elle n'avait aucune intention de quitter la place.

– Oh, Jamie ! Ne faites pas attention ! fit-elle,

minaudant. Quand j'ai faim, je suis facilement désagréable. Mais, c'est juré, je ne passerai plus ma mauvaise humeur sur vous !

Son compagnon ne s'y trompa point.

– J'y compte bien, Jessie, car je serai franc avec vous. Je n'apprécie guère les femmes qui ont mauvais caractère. Vous êtes une jolie fille, et je veillerai sur vous tant que vous partagerez ma couche, mais rien d'autre ne nous lie.

– Je sais, je ne veux pas vous agacer, s'empressa-t-elle de dire pour le rassurer, désireuse de changer de sujet de conversation. Ah, voilà notre dîner...

Elle ne termina pas sa phrase : la servante, qui sortait des cuisines avec un plateau, se dirigeait vers le couloir qui menait aux chambres, au lieu de venir vers eux.

Jamie, intrigué, se leva.

– Où allez-vous encore ? interrogea Jessie, ayant déjà oublié sa promesse.

Il ignora sa question.

– Gertie, dit-il à une autre servante qui s'avançait vers eux pour les servir, veille sur la demoiselle Martin, je te prie. Elle est près de tomber d'inanition.

La vieille femme le regarda et répondit avec une gravité feinte :

– Oui, sir Jamie, on ne voudrait pas de cela, bien sûr !

– Où va donc la jeune Doris ?

– Doris ? Je ne sais pas, quelque chose à faire pour votre frère, je crois.

– Ah bon !

Jamie gravit l'escalier à la suite de Doris, vers le deuxième étage où se trouvaient sa propre chambre et deux autres, plus petites, réservées aux invités. Doris ne s'était pas arrêtée. Il l'aperçut au bout du couloir, se dirigeant vers l'étage supérieur où Colen occupait l'une des quatre pièces.

– Doris !

Elle se retourna et s'immobilisa sous la lumière d'une torche qui éclairait la volée de marches.

– Où portes-tu ce plateau ? demanda Jamie lorsqu'il l'eut rejointe. Quelqu'un serait-il malade et on ne me l'aurait pas dit ?

– Non, elle n'a pas l'air malade.

– Elle ?

– La jeune fille que Colen a dans sa chambre, expliqua Doris, hésitante.

Elle répugnait à parler mais on ne pouvait rien cacher au laird.

– Il y a une jeune fille dans sa chambre ? Qui est-ce ?

– Je l'ignore, sir Jamie. Je ne l'ai pas vue. Mais c'est étrange, car il m'a bien recommandé de tirer le loquet après avoir déposé mon plateau. Pourquoi enfermer cette pauvre fille ? C'est mal !

– En effet, pourquoi ? (Jamie éclata de rire.) Donne-moi ce plateau. Je vais le lui apporter. J'en profiterai pour en savoir un peu plus sur cette histoire !

Ainsi, son frère avait une maîtresse qu'il voulait garder pour lui tout seul ! Voilà qui expliquait sa nervosité ! Le garçon vivait sans doute son premier amour. Jamie aussi avait eu la tête tournée par une fille, à l'âge de Colen. Il s'en souvenait très bien. Cela n'avait pas duré ! Depuis, il n'avait plus jamais éprouvé un sentiment aussi fort... Il enviait presque son frère de connaître cette émotion intense. Le garçon avait bien le temps d'apprendre que l'amour, c'était autre chose ! Les désillusions viendraient assez tôt. La chambre de Colen était bel et bien fermée. Il poussa le loquet. La lumière du couloir n'éclairait que le seuil de la pièce obscure.

– Où êtes-vous, demoiselle ? fit-il en clignant des yeux.

– Ici.

Il avança vers cette voix où perçait un certain entrain.

– Les bougies ne manquent pas au château, que je sache ! reprit-il, quelque peu irrité. Êtes-vous donc si laide que Colen vous garde dans le noir ?

– Il y a une bougie sur la table.

– Pourquoi ne l'allumez-vous pas ?

– À quoi bon ? répliqua la jeune fille semblant soudain prise de découragement. Je n'ai rien à faire qui nécessite de la lumière.

Jamie s'esclaffa. Colen avait trouvé là une fille plutôt rare, prête à lui obéir au doigt et à l'œil. Ses yeux s'accoutumant à l'obscurité, il la distingua, assise au bord du lit.

– C'est une servante qui devait m'apporter mon repas, remarqua-t-elle, tandis que Jamie posait le plateau sur la table.

Il ne répondit pas, occupé à allumer la bougie. Bientôt, la lumière éclaira la pièce.

– Maintenant, dites-moi qui...

Les mots moururent sur ses lèvres. Il retint son souffle.

L'ovale délicat de ce visage, ces grands yeux d'un bleu étonnamment limpide, la masse sombre de ces cheveux roux... Quand donc avait-il eu ce rêve ? Elle l'observait sans cacher sa curiosité. Sous ce regard intense, Jamie demeurait immobile, comme pétrifié. Il ne parlait pas, de peur que la vision ne disparaisse... Brusquement, il comprit. C'était elle ! La fée de l'onde au fond du glen ! L'image qu'il en avait gardée s'était estompée avec le temps, mais l'émotion qu'il avait ressentie était intacte, toujours aussi forte. Comme le silence se prolongeait, elle sourit, et ce sourire avait un tel éclat que le cœur de Jamie cessa de battre. Puis un rire frais et mélodieux s'échappa de sa gorge.

– On m'a déjà dit que je tournais la tête aux hommes, déclara-t-elle, amusée, une lueur espiègle au fond des yeux, mais je n'en ai jamais rencontré un qui soit ainsi resté sans voix ! Cela n'est pas pour me déplaire !

– Cela ne m'était jamais arrivé encore… Qui êtes-vous ?

– Je ne vous le dirai pas.

– Pourquoi ?

Haussant légèrement les épaules, elle détourna la tête.

– Je l'ai caché à Colen, pourquoi vous le dirais-je ? répondit-elle avec effronterie, tout en prenant un petit gâteau.

– Vous n'êtes pas une MacKinnion ?

– Dieu m'en garde !

– D'où venez-vous, alors ? interrogea Jamie en se rembrunissant.

– Colen m'a rencontrée à Aberdeen…

– Y habitez-vous ?

– Je n'habite nulle part, à vrai dire, reprit-elle, songeuse. Mais qui êtes-vous pour me poser toutes ces questions ?

– Colen ne vous a donc pas parlé de moi ?

– Il ne m'a parlé que d'un frère.

– Je suis ce frère.

Ce fut au tour de Sheena de rester interdite.

– Alors, vous…

Surpris, Jamie la vit reculer précipitamment et se plaquer contre le mur de la chambre, comme si elle voulait s'y fondre.

– Qu'avez-vous ? demanda-t-il. (La jeune fille semblait terrorisée.) Allez-vous me répondre, à la fin ! fit-il d'un ton sévère.

– Que fais-tu ici ? dit tout à coup une voix derrière lui. (C'était Colen, et la jeune fille courut se réfugier dans ses bras. Un sentiment de jalousie étreignit Jamie. Cette créature de rêve qu'il avait cherchée partout était là, dans les bras de son frère.) Que lui as-tu fait ? reprit Colen, furieux.

– Fait ? explosa soudain Jamie. Mais rien ! Je bavardais avec elle. Quand elle a su qui j'étais, elle a pris peur comme s'il s'agissait du diable en personne ! J'aimerais comprendre !

Ne sachant que penser, Colen fronça les sourcils.
– Sheena ? dit-il, attendant une explication.
Elle refusait de parler et s'agrippait toujours à lui.
– Eh bien ? s'impatienta Jamie.
– Assez ! Tu ne vois donc pas qu'elle est bouleversée ?
– Moi aussi, gronda Jamie. Je veux savoir qui elle est, et pourquoi tu as éprouvé le besoin de l'enfermer dans ta chambre.
– C'est une pauvre fille qui n'a plus ni maison ni famille. Elle était à l'hospice des pauvres d'Aberdeen.
– Je vois, une mendiante. Et après ?
– Ce n'est pas le moment... Aïe !
Sheena l'avait pincé.
– Vous allez tout lui dire, Colen, fit-elle en le repoussant. Maintenant.
– La demoiselle a donc retrouvé sa langue !
À ces mots, elle recula, ne pouvant se résoudre à faire face au laird, encore moins à lui parler. L'émotion l'avait empêchée de remarquer à quel point les deux frères se ressemblaient. Colen avait les cheveux roux clair alors que ceux de Jamie étaient d'un blond doré. Elle se rendit simplement compte que James MacKinnion avait l'air bien jeune, et que son visage, très beau, ne révélait aucune cruauté. Était-ce là vraiment son ennemi tant redouté ? Il n'avait rien du barbare qu'elle avait imaginé !
– Colen, soupira Jamie en s'asseyant sur le lit, je suis près de perdre patience avec vous deux. Pour la dernière fois je te prie de m'expliquer ce qui se passe ici.
Le jeune homme avala sa salive avec difficulté avant de bredouiller :
– Je veux l'épouser.
– L'épouser ? (Jamie s'esclaffa.) Mais puisqu'elle est déjà à toi !
Sheena devint écarlate. Tant d'arrogance ne l'étonnait guère de la part d'un Highlander, et en particulier de celui-ci.

– Ne l'insulte pas, répondit Colen d'un air sombre. Ce n'est pas ce que tu crois.

– C'est elle qui veut se marier, n'est-ce pas ?

– Elle ne s'est pas encore décidée.

– Colen ! intervint Sheena.

– D'accord ! répliqua-t-il, furieux. En fait, elle refuse.

– Elle t'a suivi jusqu'ici, pourtant ?

– Je l'ai enlevée, avoua Colen.

Jamie se renversa sur le lit, riant de bon cœur.

– Oh, mon Dieu ! Que vais-je faire de toi, Colen ? Il y a tant de filles impatientes de se marier ! Pourquoi en choisir une qui ne veut pas ?

– Sheena est unique.

À ces mots, Jamie reprit son sérieux. C'était la vérité. Aucune fille n'avait sa beauté. Il éprouva un vif soulagement en apprenant qu'elle ne voulait pas épouser son frère.

– Eh bien, nous voilà dans une drôle d'histoire ! déclara-t-il, pensif. Tes intentions sont sérieuses, Colen, je n'en doute pas. Néanmoins, tu as enlevé la demoiselle !

– Si elle acceptait de m'épouser, donnerais-tu ton consentement ? insista Colen.

Jamie ne quittait pas la jeune fille des yeux. Comment pourrait-il supporter qu'elle devienne l'épouse de son frère ? Pourtant avait-il le droit de placer son désir avant le leur ?

– Si elle accepte, je consens au mariage, finit-il par dire à contrecœur. Mais je veux d'abord l'entendre. Sheena, c'est cela ? (Elle acquiesça de la tête.) Désirez-vous épouser mon frère ?

Avec force, elle fit signe que non. Elle savait que son silence exaspérait le laird, mais ne pouvait se résigner à lui adresser la parole.

– Vous avez une voix pour parler, reprit Jamie, s'étonnant de sa propre patience. Si vous refusez le mariage, dites-moi ce que vous voulez. Sinon, je ne puis vous aider.

Cette fois-ci, il n'était plus possible de se dérober. Elle s'éclaircit la gorge, ne réussissant cependant qu'à murmurer :

– Je veux partir d'ici.

– Pour aller où ?

– Je veux retourner à Aberdeen.

– Ne l'écoute pas, Jamie ! s'empressa d'intervenir Colen, elle n'a personne là-bas. Elle sera réduite à la mendicité.

– Alors, que suggères-tu, frère ? Tu ne peux pourtant pas l'obliger à t'épouser !

– Non, bien sûr, mais elle peut habiter ici. Elle y vivra plus confortablement.

Sheena demeurait interdite. Ainsi, Colen projetait de la retenir, espérant qu'elle finirait par fléchir. Pourraient-ils vraiment l'empêcher de partir ? La peur qui la gagnait lui donna le courage de parler.

– Dites-lui pourquoi vous voulez que je reste, Colen, dites la vérité.

– Je ne supporterais pas de vous savoir seule, sans protection, perdue à Aberdeen, répondit-il en se tournant vers elle.

– Cela ne regarde que moi ! (Troublée par le regard de Jamie, elle bredouilla :) Il est persuadé que je finirai par l'épouser, si je reste ici. C'est l'unique raison qui le pousse à me garder au château.

– C'est bien possible, après tout, dit Jamie.

– Non, ce mariage ne se fera pas ! affirma-t-elle de toutes ses forces. Je n'épouserai pas un garçon plus jeune que moi, et encore moins un Highlander !

Elle regretta aussitôt ses paroles, se rendant compte qu'elle venait de les insulter tous deux. Pourtant, Jamie s'esclaffa.

– C'est une Lowlander que tu as enlevée, Colen !

– Quelle importance ! répliqua celui-ci.

– Pour elle, c'est important. Ces gens-là ne nous aiment guère, nous sommes de véritables sauvages pour eux !

– Si elle vit avec nous, elle s'apercevra que c'est faux.

– En effet.

– Je ne resterai pas ! s'écria Sheena, hérissée de colère.

– Assez de discussions ! s'exclama Jamie à son tour. (Avec humeur, il se tourna vers son frère tandis qu'elle reculait, les yeux agrandis par la peur.) Ma patience est à bout, Colen ! Quand elle n'affichera plus ces airs épouvantés, nous reparlerons de tout cela.

Là-dessus, il quitta la pièce avec hauteur. Sheena s'effondra dans un fauteuil.

– Que va-t-il décider ?

– Vous resterez, répondit Colen avec un grand sourire, car il avait obtenu gain de cause.

– Jamais de la vie !

– Si, vous resterez. Personne ne vous raccompagnera à Aberdeen.

– Alors, je partirai seule.

Colen secoua la tête en souriant.

– C'est vous qui vous êtes mise dans cette situation. Pourquoi avoir peur de lui ? Il n'a pas du tout apprécié votre attitude ! De plus, on ne dicte pas à Jamie sa conduite, Sheena. C'est le laird, il fait ce qu'il veut.

– Sauf quand il s'agit de moi !

– Dites-le-lui, si vous l'osez. Mais c'est risquer sa colère et je ne pourrai pas vous aider.

Sheena se ressaisit.

– Je crois que je saurai parler à votre frère, maintenant.

Il hésita, puis baissa la tête.

– Il vaut mieux laisser passer un peu de temps. Pour une raison que je comprends mal, l'effroi que vous avez manifesté à sa vue l'a rendu furieux.

– Voulez-vous dire qu'il me retiendrait ici par dépit ? par colère ?

– C'est plus que probable.

– Oh, mon Dieu ! Mais que vais-je faire ?

– Ne le prenez pas ainsi, Sheena. Personne ne

vous fera de mal. Et maintenant que je n'ai plus à vous cacher, je vous fais visiter votre nouvelle maison dès demain !

13

La matinée passait vite. Jamie s'attardait néanmoins dans la grande salle. La plupart de ses hommes vaquaient déjà à leurs occupations, excepté quelques compagnons qui l'attendaient, plaisantant avec les domestiques tout en finissant leur petit déjeuner. Ce moment de détente inattendu était le bienvenu, et ils ne cherchaient pas à en connaître la raison.

Jamie, lui, s'interrogeait sur sa conduite. Il n'était pas dans ses habitudes de se trouver encore au château à cette heure de la matinée, même si aucune affaire urgente ne le réclamait. Il lui fallait inspecter ses terres, s'assurer qu'aucun de ses fermiers n'avait dû faire face à un loyer excessif. Pourtant, il n'en faisait rien. Assis à table, il attendait. La belle Sheena allait peut-être enfin apparaître !

Car c'était elle qu'il attendait. Il n'essayait pas de se cacher la vérité, bien qu'il eût refusé de se confier à l'un de ses compagnons. Heureusement Jessie n'était pas là, et quand elle descendit, à midi, il ne lui prêta qu'une attention distraite.

Il avait passé une grande partie de la nuit éveillé, incapable de trouver le sommeil, sentant le poids de sa solitude, cherchant à comprendre... Pourquoi diable l'inconnue le craignait-elle autant ? Une pensée insupportable, en vérité, car il éprouvait le même désir que son frère : qu'elle reste chez eux. Comment faire ? Bien sûr, il pouvait aisément la retenir de force. Mais ne le haïrait-elle pas ? Il se rendit compte avec surprise à quel point lui importait ce qu'elle pensait de lui. Il voulait la voir et gardait les yeux rivés sur l'entrée en forme de voûte. Pourquoi tardait-elle tant ? Ne désirait-elle pas lui parler, savoir ce qu'il comptait faire ? Il soupira. La jeune fille était parfaitement en droit d'exiger qu'on la ramène à Aberdeen.

Jamie commençait à se sentir quelque peu ridicule sous le regard maintenant intrigué de ses compagnons. Enfin, son attente fut récompensée. Colen arrivait et, dans un mouvement de jupe verte, la ravissante jeune fille apparut. Le cœur de Jamie battit plus fort. Elle avançait, tirée par Colen qui lui tenait la main, jetant autour d'elle des coups d'œil étonnés. Jamie se sentit fier d'être le maître d'un château aussi richement décoré, dont le luxe et le confort éblouissaient les étrangers : murs lambrissés, plafonds aux caissons de bois peints ne se trouvaient pas habituellement dans un château médiéval. Des coussins recouvraient les bancs de part et d'autre des tables. Des sièges anglais tendus de soie damassée étaient placés autour de la table du laird. Sur une fine nappe de lin de Hollande, étaient disposés des plats d'argent et d'étain. Devant l'immense cheminée, sur un épais tapis de Perse, se trouvaient de profonds fauteuils où Jamie aimait à se reposer le soir.

Le plaisir de Jamie fut de courte durée. Dès qu'elle l'aperçut, Sheena s'immobilisa et, se libérant de la main de Colen, s'enfuit en courant. Colen la rattrapa aussitôt par le bras, l'obligeant à revenir sur ses pas. À leurs voix étouffées, on devinait qu'ils se disputaient. Comme Colen faisait mine de la prendre par la main, Sheena le repoussa.

– Non ! s'écria-t-elle suffisamment fort pour que tout le monde entende.

Il était aisé d'imaginer l'embarras de Colen : tous deux avaient brusquement attiré l'attention sur eux. Un profond silence suivit, dont la raison n'échappa pas à Jamie. L'extraordinaire beauté de Sheena fascinait. Celle-ci, toutefois, ne sembla rien remarquer. Bien au contraire, profitant de la gêne de Colen, elle courut à l'autre bout de la salle et s'installa à une table. Ignorant les regards qui pesaient sur elle, elle se servit à manger. De fort mauvaise humeur, Colen prit place à côté de son frère. Peu à peu, les conversations reprirent aux autres tables. Au bout d'un moment, Jamie soupira.

– Alors, veux-tu bien me dire ce qui se passe ?

– Elle m'accuse de lui avoir menti. Je lui avais assuré que tu aurais déjà quitté la salle quand nous descendrions. Elle s'était enfermée dans la tour sud et refusait d'ouvrir...

– Dans la tour sud ? interrompit Jamie en fronçant les sourcils. Et pourquoi ?

– Je n'apprécie pas ce que tu as l'air de sous-entendre, Jamie, répondit Colen, le regard sombre. Je t'ai déjà dit que je n'avais pas touché à cette fille. J'attends qu'elle soit ma femme.

Jamie ne s'excusa pas. Il se sentait tout simplement le cœur plus léger.

– Mais pourquoi se trouvait-elle dans la tour ?

– Elle ne voulait plus rester dans ma chambre. Elle disait que ce n'était pas convenable, et elle avait raison, d'ailleurs.

– Il y a d'autres pièces où tu aurais pu l'installer !

– Elle voulait une chambre qui puisse se fermer de l'intérieur.

Amusé, Jamie préféra, cependant, n'en rien laisser paraître. La pièce qui se trouvait au dernier étage de la tour sud était en effet la seule que l'on pouvait verrouiller de l'intérieur. Leur mère s'y réfugiait lorsqu'une dispute l'opposait à leur père, Robbie. C'était elle, du reste, qui avait fait placer ce verrou, ce qui agaçait grandement son mari. On en plaisantait dans tout le château. Et voilà qu'une autre femme s'y enfermait !

– Et elle refusait de t'ouvrir ! Mais pourquoi ? Même si elle ne souhaite pas t'épouser, il me semble qu'elle t'aime bien.

Colen détourna les yeux.
– Elle refusait de descendre car elle avait peur de te rencontrer...
Jamie se rembrunit.
– Pourquoi ?
– Oh, je n'arrive pas à comprendre ! Elle fait preuve d'un rare courage pour une fille, et puis brusquement, elle se laisse gagner par une panique incontrôlée, comme hier soir. Il m'a fallu des heures pour la persuader de sortir de sa chambre ce matin, et elle n'y a consenti que lorsque je lui ai juré que tu ne serais plus là. Peut-on savoir pourquoi tu t'es attardé ?
– Le problème n'est pas là, répliqua Jamie sèchement, gagné par la colère. Désire-t-elle partir d'ici, oui ou non ?
– Elle veut partir.
– Il faudra bien qu'elle me parle si elle veut rentrer chez elle. M'éviter ne rime à rien. Fais-la venir.
– Maintenant ? Tu es énervé, Jamie, protesta Colen. Je t'en prie, ne la renvoie pas chez elle uniquement parce qu'elle t'irrite.
Jamie se renversa sur sa chaise et soupira.
– C'est vrai que cela me met en colère de lui inspirer cette peur dépourvue de tout fondement. Toutefois, je ne la renverrai pas pour cette raison. Je t'ai écouté, Colen, maintenant, je veux l'entendre.
– Mais elle n'a rien à dire, du moins rien de sensé. (Colen plaidait sa cause.) En toute conscience, Jamie, ne la renvoie pas à sa vie de mendiante. Je préfère la voir installée ici, même mariée à un autre, plutôt que de l'imaginer la proie des manants d'Aberdeen. Elle est trop belle !
– Je suis heureux que tu raisonnes de la sorte. Il faut que tu te rendes bien compte que si elle reste ici, tu ne seras pas le seul à vouloir gagner son cœur. Vois, nos compagnons sont sensibles au charme de sa beauté ! (Jamie hésita un instant avant

d'avouer :) Il est juste que je te prévienne, mon garçon, elle ne me laisse pas insensible, moi non plus !

Colen éclata de rire.

– Je ne m'étonne plus de ton dépit face à ses mines apeurées !

– Que nous désirions tous deux la même femme ne m'amuse pas ! grommela Jamie.

– C'est pourtant une situation pleine d'humour ! Cela ne nous est encore jamais arrivé.

Jamie restait soucieux, déconcerté. N'étaient-ils pas frères ?

– Que dirais-tu si je cherchais moi aussi à gagner son cœur ?

– Tu es libre, si c'est pour l'épouser, reprit Colen avec sérieux, mais si ce n'est qu'une maîtresse de plus que tu veux, je te l'interdis. Elle veut faire un mariage d'amour. Si elle te choisit de son plein gré, je ne m'opposerai pas à votre union. N'est-ce pas juste ainsi ?

– Tu m'étonnes !

– Tu oublies une chose, poursuivit Colen avec un franc sourire. Sheena tremble de peur dès qu'elle t'aperçoit. Je ne crois pas que tu aies beaucoup de chances de gagner son cœur !

S'il avait cherché à exciter la colère de son frère, il avait réussi. Jamie fulminait.

– Appelle-la ! fit-il d'un ton tranchant. Il se pourrait que dès demain elle retrouve les rues d'Aberdeen ! Elle ne fera plus la fine bouche avec les frères MacKinnion !

– Je t'en prie, Jamie, ne t'emporte pas ! Sois gentil !

– M'emporter ? Seigneur ! Je serai juste, c'est tout ! Maintenant, fais-la venir !

– Si tu tempêtes de la sorte, elle ne viendra pas, répondit Colen en secouant la tête.

Un sourire forcé s'esquissa sur les lèvres de Jamie.

– Est-ce mieux ainsi ? demanda-t-il, sarcastique.

– Soit, grogna Colen. Si la fille se sauve en te voyant, tu sauras pourquoi...

Entendant que l'on s'agitait à la table du laird, Sheena se retourna. Colen se levait, sans doute pour venir lui parler. Il fallait qu'elle parte ! Elle avait déjà fait une scène devant « lui ». Il ne fallait pas recommencer. Colen, qui s'était glissé derrière elle, lui chuchota à l'oreille :

– Mon frère désire vous parler.

– Je ne suis pas prête, murmura-t-elle.

– Il l'est, lui.

Elle tourna la tête : le visage impassible du jeune homme ne lui apprit rien, et elle n'osait regarder le laird. Elle avait passé la nuit entière en proie au plus profond désespoir, ne réussissant pas à chasser de son esprit les terribles histoires que l'on racontait sur James MacKinnion.

– Je... je préférerais plus tard, décréta-t-elle, nerveuse. Vraiment, je...

– Sheena, c'est maintenant.

Résignée, elle se laissa conduire, non sans réticence. Lorsqu'elle arriva à la table, Jamie se leva, ne la quittant pas des yeux. Elle soutint ce regard sombre et se demanda ce qui irritait ainsi le jeune homme, sans comprendre que c'était son effroi à elle qui le mécontentait et le peinait profondément.

– Installons-nous près de la cheminée, ordonna Jamie.

Colen lui présenta un fauteuil confortable, tandis que le laird de Castle Kinnion s'adossait à un montant de la cheminée.

– Eh bien, Sheena, comment trouvez-vous Castle Kinnion ?

Colen, assis sur un banc à côté d'elle, lui adressa un sourire rassurant. Elle se détendit un peu. Après tout, c'était là une question courtoise.

– C'est un bien beau château, en vérité.

– Un château où vous vous plairiez ?

Elle aurait dû comprendre que cette douceur

n'était que ruse, et qu'il lui fallait rester sur la défensive. Allait-il décréter sans même l'écouter qu'elle demeurerait ici ?

– Non, répondit-elle avec fermeté.

Jamie rit et s'assit en face d'elle.

– Mieux vaudrait nous mettre d'accord. Mon frère ne regrette nullement de vous avoir amenée ici et il ne vous fera aucune excuse.

– Je n'en attends pas. Je désire seulement partir.

– Je le sais. Néanmoins, comprenez ma position. Même si vous vous y trouvez contre votre gré, vous êtes chez moi. Et donc sous ma responsabilité.

– Je vous assure que je ne vous tiens pour responsable de rien, s'empressa-t-elle de dire.

– Moi si ! reprit-il, inflexible. Mon frère m'a donné de bonnes raisons pour que vous vous installiez ici et que vous considériez Castle Kinnion comme votre maison, dorénavant.

– Et que je l'épouse ! s'exclama Sheena, soudain furieuse par le tour que prenait l'entretien.

– Vous vous méprenez. Il songe avant tout à votre bien-être.

– Je ne lui ai rien demandé, ni à vous, d'ailleurs !

– Votre réaction n'est pas logique, observa Jamie, pensif. Une autre fille que vous, seule et sans ressources, n'hésiterait pas à accepter la sécurité que je vous offre. (Patiemment, il poursuivit :) C'est un foyer, un clan que je vous propose, que vous épousiez mon frère ou non.

Sheena se sentit mal à l'aise. Bien sûr, s'il savait qui elle était, son refus ne l'étonnerait pas. Mais il la prenait pour une mendiante avec la rue pour seule maison. C'était une offre généreuse, et l'obstination qu'elle lui opposait la faisait apparaître bien ingrate.

– Je suis une Lowlander, finit-elle par avouer, à bout d'arguments. Je vous remercie de votre bonté, mais je ne peux accepter.

– Maintenant que vous nous connaissez, sommes-nous donc si redoutables ? demanda Jamie en souriant. Sont-ce des sauvages que vous voyez autour de vous dans cette salle ?

– Je n'ai pas encore vu grand monde, je ne puis juger, rétorqua-t-elle évasivement.

– Vous me décevez. Ne voulez-vous pas réfléchir encore un peu à ma proposition ?

– Non, je ne suis pas à ma place ici. Il est préférable que je parte, et dès maintenant.

Jamie, vexé, ne put cacher son dépit.

– Pour retrouver quoi ? Les rues ? La mendicité ? Donnez-moi une raison valable, et je vous laisse partir.

– Je désire retrouver la vie que je connais. C'est une raison suffisante, fit-elle avec froideur.

– C'est donc un destin de vagabonde que vous choisissez !

– C'est ce que vous croyez ! Il se trouve que je ne suis pas une mendiante et que je ne l'ai jamais été ! Colen se trompe !

– Pourquoi ne pas l'avoir dit plus tôt ? interrogea Jamie, se radoucissant.

– Cela ne m'a pas semblé nécessaire.

– Et maintenant, vous le dites, reprit-il d'un ton cassant. À quel clan appartenez-vous ?

Sheena pâlit, cherchant désespérément un nom, un nom qu'il ne pourrait pas contester.

– Je suis... une MacEwen.

– Ceux qui n'ont pas de terre ? demanda-t-il sans cacher son mépris.

Elle se crispa.

– Oui.

– Et vous dites que vous n'êtes pas une mendiante ? remarqua-t-il en riant. C'est pourtant ce que sont devenus les MacEwen depuis qu'ils ne possèdent plus rien : des mendiants et des voleurs ! Je ne m'étonne plus de votre silence !

La mesure était à son comble. Sheena ne supportait pas que l'on se moque d'elle. Elle se leva, furieuse.

– Les MacKinnion, eux aussi, sont des voleurs et des assassins ! lança-t-elle. Il n'y a pas de quoi être fier !

À ces mots, Jamie se redressa. Ses yeux brillaient de colère et il serrait les poings... Prêt à la frapper ? Elle eut peur. Colen s'était levé, lui aussi, confirmant ainsi qu'elle s'était mise dans une dangereuse situation.

– Que savez-vous donc des MacKinnion pour les accuser ainsi ? s'exclama Jamie.

Elle resta un instant muette de peur. Brusquement, elle partit en courant. Il fallait fuir, loin d'ici. Se précipitant vers l'issue la plus proche, elle se retrouva dehors, dans la cour. La vive lumière du jour la frappa. Elle comprit qu'il lui fallait fuir à jamais cet homme, et courut jusqu'au pavillon de garde. La herse était levée et elle continua sa course. Au même moment, un garde se mit à crier. Elle ne s'arrêta pas, mais bientôt elle entendit une autre voix, la voix de celui qu'elle fuyait, précisément, qui l'appelait par son nom, se rapprochait, se rapprochait...

Une main d'acier s'abattit sur son épaule et l'immobilisa. Sous le choc et la peur, il lui sembla que son cœur cessait de battre. Elle se sentit comme happée par le vide et tout devint noir. Pour la première fois de sa vie, elle perdit connaissance.

14

– Je crois qu'elle revient à elle, énonça une voix féminine.

Sheena sortit de sa torpeur et ouvrit les yeux, désireuse de savoir qui parlait avec autant de gentillesse. Une femme, dont le visage reflétait une grande douceur, était assise sur le lit. Un sourire affectueux, des yeux pleins de sollicitude, bruns… comme ceux du laird.

– Tout va bien, mon enfant. On peut dire que vous avez causé une belle frayeur à mes neveux ! ajouta-t-elle tout en ôtant un linge mouillé du front de la jeune fille.

Sheena ne répondit pas, observant cette femme d'un certain âge dont les cheveux roux commençaient à blanchir.

– Qui êtes-vous ? interrogea-t-elle.

– Lydia MacKinnion. Les garçons m'ont dit que vous vous appeliez Sheena MacEwen. Vous êtes une bien jolie fille, Sheena. J'espère que notre Jamie ne vous a pas trop secouée en vous portant jusqu'ici. Vous vous étiez évanouie.

– Il… il m'a portée ?

La pensée qu'elle s'était trouvée, même inconsciente, dans les bras de James MacKinnion la glaçait.

– Oui. Il m'a appelée tout de suite. (Lydia sourit.) Le pauvre garçon n'avait jamais eu affaire à une jeune fille évanouie !

– C'est la première fois que je perds connaissance. Je ne sais pas ce qui s'est passé…

– Cela n'a aucune importance. Vous êtes remise maintenant.

– James MacKinnion est donc votre neveu ?

– Oui. Son père, Robbie, est mon frère, ou plutôt était, corrigea-t-elle. (Ses yeux prirent une expression lointaine.) Mon frère bien-aimé nous a quittés. C'était un bon laird, Red Robbie… Pas comme notre père qui…

– Raccompagne ma tante à la tour, Gertie.

En reconnaissant cette voix, Sheena se raidit. Elle avait cru qu'elle se trouvait seule avec la vieille dame !

James et Colen MacKinnion s'approchèrent du lit, tandis qu'une servante aidait Lydia à quitter la pièce. Ayant remarqué le regard vague qu'avait eu la vieille dame en s'éloignant, Sheena oublia un instant sa propre situation.

– Qu'a donc votre tante ? demanda-t-elle.

Ce fut Jamie qui répondit.

– Elle a des moments d'absence chaque fois qu'elle pense à son père. Voyez-vous, elle était présente quand ses parents ont été assassinés. C'était encore une enfant.

– Quelle chose épouvantable ! murmura Sheena.

– Elle a été l'unique témoin du drame, ajouta Colen. Elle seule pourrait expliquer ce qui s'est passé ce jour-là, mais elle n'a jamais rien dit. Quand on lui en parle, ses yeux deviennent hagards et elle s'enferme dans ses pensées.

– Les meurtriers n'ont donc jamais été arrêtés ?

– Il n'y en avait qu'un, le vieux laird du clan Fergusson. Mon grand-oncle lui a infligé le châtiment qu'il méritait ! Vous qui venez des Lowlands, connaissez-vous les Fergusson d'Angusshire ?

Sheena s'étrangla. Une quinte de toux la saisit, lui évitant ainsi de répondre. Colen s'approcha vivement et lui tapota le dos. Elle se laissa retomber sur les oreillers, horrifiée. Son grand-père n'était pas un assassin ! C'était un MacKinnion qui avait ramené Niall Fergusson, bâillonné et solidement attaché, devant Tower Esk pour le tuer sans pitié, à la vue de tous. Voilà l'histoire que l'on racontait et qu'elle avait entendue depuis qu'elle était enfant ! Un MacKinnion avait commencé la guerre et personne ne pouvait dire le contraire. Les deux frères osaient accuser un Fergusson ! Ce mensonge était inacceptable ! Et pourtant il y avait si longtemps que cela s'était passé, bien avant sa naissance... De quel droit pouvait-elle affirmer que James et Colen se trompaient ? Seule Lydia connaissait la vérité !

– Comment vous sentez-vous, Sheena ? s'enquit Colen en la regardant attentivement.

– Mieux.

– Alors, dites-nous pourquoi vous vous êtes enfuie, intervint Jamie.

Les deux garçons se tenant de part et d'autre du lit, elle résolut de regarder le plafond.

– Vous étiez prêt à me frapper.

– Seigneur ! s'exclama Jamie, mais c'est faux ! Je n'en ai jamais eu l'intention !

Elle se tourna vers lui, le doute sur son visage.

– Vous étiez en colère, comme maintenant.

– Et avec raison ! répliqua sèchement Jamie. C'est une grave accusation que vous avez portée contre mon clan et je veux savoir pourquoi !

– N'avez-vous donc jamais pillé ?

– Qui ne l'a pas fait ? Mais assassiner ? Nous ne tuons pas pour le plaisir !

Elle songea que, dans sa situation, il valait mieux peut-être ne pas trop irriter le laird.

– Je suis désolée, répondit-elle plus doucement. Il semble que j'aie parlé un peu vite, sans savoir... Vous aussi cependant, en décrétant que tous les MacEwen étaient des mendiants et des voleurs... Il n'y en a pas dans ma famille, sachez-le !

– Vous avez donc une famille ? dit Jamie en fronçant les sourcils. Vos parents vivent encore ?

– Mon père.

– Où habite-t-il ?

Une fois de plus, Sheena s'aventurait sur un terrain dangereux. Si cet homme découvrait qu'elle était une Fergusson, il n'hésiterait pas à la tuer, tout comme son grand-oncle avait tué son grand-père.

– Je... je ne sais pas où il se trouve exactement, expliqua-t-elle après un court instant de réflexion. Il est sans cesse en route.

– Comment puis-je vous laisser retourner à Aberdeen si personne n'est là pour vous accueillir ?

De nouveau, la panique la saisit.

– J'ai une tante à Aberdeen, fit-elle sans réfléchir. C'est chez elle que je me trouvais.

– À l'hospice des pauvres ? s'esclaffa Colen avec

mépris, ne croyant pas un mot de ce qu'elle disait.
Elle se tourna vers lui.
– Ma tante Erminia est religieuse, Colen, et elle va tous les jours à l'hospice, par dévouement. Ce refuge irait à vau-l'eau, si les religieuses ne s'en occupaient pas. J'aidais tante Erminia.
Jamie laissa échapper un long soupir.
– Il semble que tu te sois trompé, Colen.
– C'est toi qui fais erreur, si tu crois toutes ces balivernes ! Si c'est la vérité, pourquoi n'en a-t-elle rien dit jusqu'à présent ?
– J'avais trop peur, répondit Sheena.
Mais ils ne l'écoutaient pas.
– Non, ce qu'elle dit est vrai, répliqua Jamie, quoique à contrecœur. Est-elle maigre et pâle comme une vagabonde ?
– Rien d'étonnant ! Si tu la rencontrais au coin d'une rue et qu'elle te demande l'aumône, passerais-tu ton chemin sans rien lui donner ? Qui pourrait lui résister ? Avec un visage aussi joli que le sien, elle pourrait devenir riche grâce à la seule mendicité ! C'est sans doute pour cela qu'elle désire tant retourner à Aberdeen.
– C'est faux ! s'écria-t-elle. Jamais je ne me suis trouvée dans le besoin ! Ma famille n'est pas pauvre !
– Si vos parents s'occupent de vous, pourquoi ne vous ont-ils pas donné un mari ? interrogea Colen.
– J'ai répondu à suffisamment de questions. Vous n'avez pas le droit de vous immiscer dans ma vie privée !
– Assez de discussions ! interrompit Jamie. Colen, rends-toi à l'évidence. Cette jeune fille n'est pas une pauvresse. Nous ne pouvons pas la garder ici. Tu la raccompagneras à Aberdeen.
À ces mots, Colen quitta la chambre. Sheena, toute à sa joie, ne remarqua pas d'emblée qu'elle restait seule avec James MacKinnion. Soudain, craintive, elle le regarda. Il était songeur, les yeux tournés vers la porte demeurée ouverte. Elle pensa tout à

coup que si elle n'avait pas su qui il était, elle ne l'aurait pas redouté le moins du monde. D'ailleurs, la veille, lorsqu'elle l'avait rencontré pour la première fois, elle s'était même sentie attirée par lui. Et de nouveau, tandis qu'elle n'était plus sous le feu de son regard, elle éprouva la même fascination.

– Il est têtu, c'est sûr, déclara Jamie. Il faudra que je vous raccompagne moi-même à Aberdeen, j'en ai peur.

– Que vous me raccompagniez, vous ? (Le cœur de Sheena se serra. Comment échapper à ce nouveau danger ?) Vous avez été très bon pour moi. Je ne veux plus vous importuner. Je trouverai bien mon chemin toute seule.

– Ne dites pas de sottises. Je ne prends pas mes responsabilités à la légère. Je veillerai à ce que vous rentriez saine et sauve chez votre tante. D'ailleurs, j'aimerais m'entretenir avec elle. Quelle folie de vous laisser sortir seule, sans escorte !

Parler à tante Erminia ! Sheena frissonna.

– Demandez à l'un de vos hommes, ce n'est pas la peine de vous déranger.

– Ou je vous raccompagne, ou vous restez ici ! dit-il d'un ton sans réplique en voyant la peur qui, de nouveau, s'emparait d'elle.

Elle se sentait incapable de répondre. Seule avec lui sur la lande déserte... Il lui semblait encore préférable de rester au château. Elle trouverait bien un autre moyen pour rentrer chez elle !

– Eh bien ?

– Je... je n'irai pas avec vous.

– Vous allez me dire pourquoi, Sheena, commanda-t-il, maître de lui.

Elle rassembla tout son courage.

– Je n'ai pas confiance en vous.

– Mais pourquoi donc ? Vous êtes ravissante, Sheena. Jamais je ne pourrais vous faire du mal. Vous ne me croyez pas ? ajouta-t-il comme elle demeurait silencieuse.

– J'aimerais pouvoir vous croire... mais c'est impossible !

Jamie se taisait, la regardant pensivement. Qu'avait-il fait pour provoquer en elle cette réaction de peur ? Néanmoins, elle avait choisi de ne pas partir.

– Je suis content que vous restiez, finalement, reprit-il avec un demi-sourire.

Sheena demeura interdite.

– Pourquoi ? demanda-t-elle, méfiante. Je refuse toujours d'épouser votre frère, sachez-le.

– Et je suis content d'entendre cela aussi.

Jamie riait maintenant, ce qui décontenança la jeune fille.

– Content ? Colen a obtenu votre consentement !

– Bien malgré moi, je vous assure.

– Je ne comprends pas, je croyais vous déplaire...

Elle s'interrompit, déconcertée par le sourire de Jamie.

– Vous vous trompez totalement sur mon compte. Rien d'étonnant à cela, je ne vous ai montré que le mauvais côté de mon caractère. (Il fit une pause avant de reprendre :) Je vous veux pour moi. Que vous restiez ici me comble de joie. Je vous prouverai que vous n'avez aucune raison de me craindre.

Là-dessus, il sortit de la chambre, laissant Sheena seule, abasourdie, désespérée. Aucune raison de le craindre ? Mais il venait de lui en donner une, et non des moindres !

15

Furieux, Colen s'éloigna du château et galopa vers les terres des MacKintosh. Il se laissa aller à sa colère, harcelant les paysans, effrayant le bétail, saccageant les terres. Quand il revint, à la nuit tombée, il apprit que sa précieuse Sheena était toujours au château. Après lui avoir annoncé la nouvelle, Jamie ajouta :

– Elle reste, mais je crois que nous ne la verrons guère. Elle a passé toute la journée dans la tour.

– Sans même descendre pour le dîner ?

– Non, mais ne t'inquiète pas. Notre tante, qui a l'air de bien l'aimer, est allée la voir et lui a monté un plateau. Il n'a pas été aisé d'expliquer à Jessie ce qui se passait...

Colen sourit, moqueur.

– J'imagine. Lui as-tu dit que désormais elle a une rivale ?

Jamie se rembrunit.

– Pourquoi le ferais-je ? J'ai déjà assez de tracas ainsi.

– Tu n'as pas tort, après tout, railla Colen. Pourquoi rester seul en attendant une nouvelle maîtresse, alors que l'autre est encore à ta disposition !

Jamie ne répondit pas. En fait, il avait à peine parlé de Sheena à Jessie. Colen disait vrai. Tant d'égoïsme, même inconscient, était indigne de lui.

– Bien dit, mon frère. Dès demain, je réglerai cette affaire.

Colen, surpris, ne fut pas long à comprendre qu'il avait eu tort de parler. Jamie, une fois débarrassé de sa maîtresse, aurait toute liberté de courtiser Sheena.

– Attends, Jamie ! s'empressa-t-il de lancer. Je ne faisais que plaisanter. Ne te prive pas de la compagnie de Jessie à cause des sottises que je viens de proférer !

– Non, non ! Ce n'est pas juste de faire croire à Jessie que je tiens toujours à elle. Mieux vaut rompre cette liaison à son début. Nous n'avons passé qu'une nuit ensemble.

– Une seule ?

– N'aie donc pas l'air si surpris ! fit Jamie en riant. Je ne suis pas ce que tout le monde croit !

– Hum !

Jamie haussa les épaules.

– En vérité, depuis que j'ai rencontré la belle Sheena, je ne désire plus Jessie.

– Cela ne te ressemble guère, grommela Colen, mécontent.

Indifférent à la raillerie, Jamie poursuivit :

– Cette merveilleuse jeune fille aux cheveux roux éclipse toutes les autres beautés. Je l'aurai, elle, ou je n'aurai personne.

Colen reconnut bien dans ces paroles la détermination de son frère et comprit qu'il était aussi envoûté que lui par Sheena, peut-être même plus.

– Elle ne sera à toi que si elle le désire, dit-il sèchement. Je ne plaisante pas, Jamie.

– Ai-je jamais contraint une fille ?

– Je n'en ai jamais vu une se refuser à toi. De plus, il n'est pas facile de résister au charme de Sheena. Je te demande d'avoir un peu d'égards pour elle et d'oublier tes propres sentiments. En seras-tu capable ?

– Je te l'ai déjà dit.

– Je ne suis pas sûr que tu saches attendre ou accepter que l'on te tienne tête...

– Voilà trop de questions, à la fin !

– L'idée de la défaite ne te sourit guère, n'est-ce pas ?

– Je n'aime pas que l'on s'occupe de mes affaires ! Pas plus que toi, je ne peux dire maintenant ce que je ferai ou pas...

Colen n'insista pas, sans réussir toutefois à chasser complètement son inquiétude. Il connaissait trop bien le caractère emporté, impatient de son frère. Comment réagirait Sheena ?

– Ainsi, plutôt que d'être raccompagnée par toi, Sheena préfère rester ici ? Elle désire pourtant rentrer à Aberdeen, non ?

– Je dois lui prouver qu'elle n'a rien à craindre de moi, soupira Jamie.

– Si tu ne te montres pas trop irritable, tu as peut-être une chance… Pour être franc, j'espère bien que tu n'y réussiras pas, conclut Colen avec ferveur.

16

Sheena se laissa retomber sur l'oreiller moelleux, trop heureuse d'y poser sa tête douloureuse. Lydia MacKinnion, qui lui avait monté son repas, venait de quitter la pièce. C'était bien réconfortant de savoir qu'au moins une personne dans ce château se souciait d'elle. Pourtant, elle aurait préféré que Lydia ne soit pas venue. Sans le vouloir, la vieille dame avait accru ses craintes. Extrêmement fine et pénétrante, elle avait soigneusement observé la jeune fille, tout en parlant de choses et d'autres, la mettant ainsi à l'aise. Et puis, soudain, elle s'était écriée :

– J'y suis ! Vos yeux et vos cheveux sont ceux d'une Fergusson ! Quelque chose en vous m'était familier, mais je ne savais pas quoi. Ce sont vos cheveux, du même roux sombre que ceux de Niall Fergusson ! (Sheena, pétrifiée, se taisait.) Seuls les Fergusson ont cette couleur de cheveux. Êtes-vous de leur famille ?

– J'ai… j'ai dit qui j'étais…

– Ah oui, c'est vrai ! (Lydia avait soupiré.) Ne faites donc pas attention, mon enfant. Voyez-vous, j'ai remarqué la façon dont Jamie vous regarde… Vous lui plaisez, c'est sûr ! Et j'ai toujours souhaité qu'il épouse une Fergusson… afin de mettre un terme à l'horrible guerre qui oppose nos deux clans ! Et me voilà qui imaginais que vous étiez une Fergusson ! Pourtant, je sais très bien que Jamie ne se marierait pas simplement pour me faire plaisir… Après tout, c'est aussi bien que vous ne soyez pas une Fergusson !… De toute façon, vous ne l'avoueriez pas, n'est-ce pas ?

Là-dessus, Lydia était partie, sans attendre la réponse, refermant doucement la porte derrière elle. Apparemment, elle avait deviné. Que se passerait-il si elle faisait part de ses soupçons à Jamie ? Cela faisait quarante-sept ans qu'elle n'avait plus rencontré de Fergusson, et pourtant, la ressemblance entre Sheena et son grand-père l'avait tout de suite frappée. Jamie, qui avait vu son père et son frère récemment, ne manquerait pas alors de faire le rapprochement...

En proie à une panique grandissante, Sheena s'agitait dans son lit et son mal de tête empirait. Que faire ? Si James MacKinnion découvrait sa véritable identité, il la tuerait, même s'il la désirait ! Peut-être aurait-elle dû le laisser la raccompagner à Aberdeen...

Le cauchemar qu'elle vivait la poursuivit dans son sommeil. Elle galopait à travers les rues d'Aberdeen, juchée sur un magnifique cheval. James MacKinnion, assis derrière elle, la maintenait, un bras autour de la taille... Impossible de s'échapper ! Puis, c'était le couvent. Sur le seuil, tante Erminia faisait de grands gestes, tout heureuse de retrouver enfin sa Sheena saine et sauve. Tante Erminia ne pressentait pas le danger, et Sheena n'avait aucun moyen de la prévenir... Le cheval s'arrêtait, mais le laird ne la laissait pas descendre. Au contraire, il la serrait de plus en plus fort jusqu'à la faire suffoquer... « Erminia MacEwen ? » demandait-il. La question tant redoutée ! Sheena criait, mais en vain : il avait entendu la réponse de sa tante. Alors, il la jetait à terre. Elle voyait son visage déformé par la colère, il brandissait son épée, prêt à la frapper... Elle criait... Une main se posait sur sa bouche pour étouffer ses cris. Il n'y avait plus ni épée ni ennemi. Quelqu'un l'avait sauvée et lui murmurait des paroles apaisantes, la serrant fort dans ses bras pour chasser sa peur.

Elle se mit à pleurer et se rendit compte qu'elle ne rêvait plus. La chambre était plongée dans l'obscurité. Les bras qui la réconfortaient étaient bien réels. Un homme, assis sur son lit, la tenait contre son large torse musclé.

– Colen ?

– De quoi aviez-vous peur ? dit-il avec une inquiétude sincère, la bouche enfouie dans ses cheveux.

– Je rêvais que votre frère allait me tuer, répondit-elle, des larmes dans la voix. (Il tressaillit, du moins le crut-elle. Elle aurait dû se taire, après tout. Comment le pauvre garçon pourrait-il comprendre l'aversion qu'elle éprouvait à l'égard de son frère ? Elle ne pouvait pas lui dire la vérité !) Excusez-moi, Colen. Mon attitude doit vous paraître incompréhensible, je le sais.

– Expliquez-moi, alors, fit la voix assourdie.

– C'est impossible.

– Il ne vous a fait aucun mal.

– Non, pas pour l'instant.

Il prit sa tête dans ses mains, approchant son visage si près du sien qu'elle sentait son souffle.

– Jamais il ne vous ferait du mal, Sheena. Comment puis-je vous convaincre ?

Avant qu'elle ne puisse répondre, Colen l'embrassait. Elle fut surprise. C'était la première fois qu'un homme l'embrassait et il y avait aussi une grande tendresse dans ce baiser... Une main caressait doucement sa nuque. Elle frissonna. Elle dut se faire violence pour se rappeler que c'était Colen, un adolescent, qui l'embrassait... S'efforçant d'échapper à son étreinte, elle se débattit, mais en vain. Il eut un rire profond et elle sut que ce n'était pas Colen. Il y avait trop de force, d'autorité chez cet homme.

– Partez ! balbutia-t-elle, horrifiée de se découvrir dans les bras de Jamie.

Il ne bougea pas.

– Ce baiser était donc si terrible ?

Il ne lui laissa pas le temps de répondre. Sa bouche se referma sur la sienne. Ce fut un baiser plein de douceur et pourtant si impérieux qu'elle crut défaillir. Quand il la relâcha, une merveilleuse sensation de bien-être l'enveloppa. Quelques instants s'écoulèrent avant qu'elle ne se ressaisisse. Bientôt, la peur l'envahit de nouveau. Jamie, lui, exultait. Sheena avait répondu à son baiser. Il lui était donc permis d'espérer qu'un jour elle n'éprouverait plus d'aversion à son égard !

– Vous avez aimé que je vous embrasse, Sheena, dit-il non sans brusquerie. Cessez de me repousser ! Ne refusez pas ce qui s'est passé entre nous !

– Laissez-moi !

Il obéit et se leva.

– Voilà ! Vous voyez bien que je ne veux que vous être agréable !

Un peu d'irritation perçait sous ces paroles. Mieux valait ne pas provoquer Jamie...

– Voulez-vous bien partir maintenant ? dit-elle doucement.

– N'appréciez-vous donc pas ma compagnie ?

Elle eut un soupir. C'était bien d'un homme de s'entêter ainsi !

– Je suis désolée si je vous ai fait de la peine, sir Jamie, mais je ne vous ai pas demandé de m'embrasser !

– Cela ne vous a pourtant pas déplu ! Vous ne me l'avez pas demandé, mais il n'en reste pas moins que vous ne m'avez pas repoussé ! Sans doute en avez-vous conscience, j'aurais pu abuser de vous...

Elle tremblait. Était-ce la vérité ?

– Qu'est-ce donc qui vous en a empêché ?

– Je désire plus qu'une étreinte par surprise.

– Vous n'aurez pas même cette satisfaction ! s'exclama-t-elle, stupéfiée de l'impudence du jeune homme. (Il éclata de rire, apparemment fort amusé par sa réaction.) Je ne serai pas votre maîtresse ! ajouta-t-elle, donnant libre cours à sa colère.

– Là n'est pas la question.

– Je ne comprends pas, reprit-elle en fronçant les sourcils. Vous affirmez que vous me désirez, puis vous dites que non... Vous amusez-vous à mes dépens, James MacKinnion ?

– Jamais de la vie, demoiselle ! répondit-il gentiment. Je vous désire de tout mon cœur et je veux que vous le sachiez. Je n'ai jusqu'à présent jamais donné un tel avantage à une jeune fille que je courtisais.

– Si vous croyez que je vous en suis reconnaissante, vous vous trompez !

– Cela ne vous fait donc pas plaisir de savoir que vous me plaisez ?

Exaspérée par ces propos, Sheena sentait sa patience à bout.

– Vous avez une bien haute opinion de vous, sir Jamie ! Il est vrai que vous êtes le laird d'un magnifique château que beaucoup vous envient, vous êtes également bien de votre personne, je le reconnais. Sachez, pourtant, qu'être l'objet de vos attentions ne me flatte pas le moins du monde !

– Vous allez me dire pourquoi je vous déplais autant, fit-il d'un ton cassant.

Parce que vous êtes violent, cruel, parce que vous êtes un meurtrier ! aurait-elle voulu crier. Mais il fallait se tenir sur ses gardes. Lydia MacKinnion en savait déjà trop.

– Je désire simplement que l'on me laisse tranquille, répondit-elle, éludant la question. N'ai-je donc pas le droit de vous refuser ? J'ai refusé votre frère également.

– Bien sûr, vous en avez le droit. Cependant, vous n'avez pas daigné m'entendre.

– Je n'y tiens pas.

– Vous êtes cruelle, demoiselle, de ne pas même me donner une chance. Je n'aurais pas cru cela de vous !

C'était vrai. Se montrer intraitable était une erreur. Il ne fallait pas blesser James MacKinnion dans son amour-propre. Elle se laissa fléchir.

– Excusez-moi, sir Jamie. Vous avez raison. Le moins que je puisse faire est de vous écouter.

– Par tous les saints, vous mettez un homme à bien rude épreuve ! explosa-t-il.

– Qu'ai-je donc dit ?

– N'usez jamais de ce ton condescendant avec

moi, Sheena MacEwen ! Je veux bien supporter votre peur, votre colère, votre haine, mais vous ne vous moquerez pas de moi !

Les yeux de Sheena lancèrent des éclairs.

– Il n'y a pas moyen de vous contenter, n'est-ce pas ?

– Un peu d'honnêteté serait appréciable.

– Quand je vous ai parlé avec franchise, vous m'avez accusée d'être cruelle !

Jamie éclata de rire au grand étonnement de Sheena.

– À vrai dire, je l'ai été moi aussi ! Votre courage me plaît ! Ne craignez jamais de me le montrer.

– Vous êtes insupportable !

– Pas plus que vous, ma chère, reprit-il avec bonne humeur.

Sheena sourit. Comme il serait facile d'aimer cet homme ! Si seulement ce n'était pas un MacKinnion, James MacKinnion en personne !

– Je crois que je viens de triompher de la tempête, remarqua-t-elle, malicieuse.

– Était-ce une tempête si terrible ? demanda-t-il, ravi de la voir se radoucir.

– Non.

– J'espère que vous vous en souviendrez, à l'avenir !

– Peut-être.

– Vous êtes unique, demoiselle, c'est pour cela que je désire vivre avec vous !

– Vivre avec moi ? Vous vous moquez !

– Pas du tout.

Le ton n'était plus à la plaisanterie.

– C'est un bien grand honneur, sir Jamie, mais je dois refuser, dit-elle, mal à l'aise.

– Voilà une réponse que je ne peux accepter.

– Il le faut, pourtant ! reprit-elle avec fermeté, jamais je ne vivrai sous le même toit que mon fiancé avant le mariage ! Je désapprouve totalement ces mœurs relâchées !

– Et jamais je n'épouserai une femme avec qui

je n'ai pas habité ! rétorqua Jamie tout aussi fermement.

– J'en suis fort aise car je ne désire nullement vous épouser !

Jamie ne répondit pas tout de suite, s'efforçant de réprimer sa colère.

– Auriez-vous l'obligeance de réfléchir à ma proposition ? demanda-t-il, ayant quelque peu retrouvé son calme.

– Soit.

Redoutant de se heurter à un nouveau refus, il se sentit tout heureux. Il se contenterait de cette petite victoire pour le moment.

– Je vous avais mal jugée. Vous savez être raisonnable, après tout ! (Comme Sheena ne disait rien, il ajouta en souriant :) Puis-je espérer un dernier baiser avant de partir ?

Ses lèvres étouffèrent toute protestation de la part de la jeune fille. Les premiers baisers si tendres n'avaient pas préparé Sheena à celui-ci, plein de passion. Elle ne comprenait pas. N'aurait-elle pas dû résister ? Pourtant, elle se soumettait, docile, à l'étreinte du laird, comme prisonnière d'une force qui la dépassait.

Enfin, il la libéra.

– N'oubliez pas, pensez à ce que je vous ai dit. D'autre part, il n'est plus question que vous vous enfermiez dans cette tour. Demain, je veux vous voir dans la grande salle ! Maintenant, dormez bien et faites de beaux rêves !

Il partit. La porte se referma. Il n'y eut plus que le silence. Faire de beaux rêves ? C'était plutôt un cauchemar qu'elle vivait ! Oui, son cauchemar continuait ! Quelque chose d'irréel s'était passé dans l'obscurité de la chambre... Mieux valait croire qu'elle ne s'était pas éveillée, que James MacKinnion n'était jamais venu ! Elle ne faisait que rêver tout cela et c'était beaucoup mieux ainsi...

17

De grands coups à la porte éveillèrent Sheena en sursaut. Le martèlement s'amplifia jusqu'à ce qu'elle réponde. En découvrant, sur le seuil, Colen qui arborait un sourire tranquille, la colère s'empara d'elle.

– Est-il indispensable de faire tant de vacarme ? dit-elle, furieuse d'un tel manque d'égards.

– Il vous faut bien du temps pour ouvrir une porte !

– Je dormais.

– Il n'est plus l'heure de dormir !

– Peu m'importe l'heure qu'il est ! Je retourne me coucher !

– Il n'en est pas question ! répondit Colen, affichant toujours le même sourire irritant. On vous a demandé de descendre dans la grande salle. Je suis venu vous chercher.

Sheena, réprimant un bâillement, le regarda, interdite.

– Qui ose me donner des ordres ? Lui ?

Colen se mit à rire. L'indignation de la jeune fille ne l'étonnait pas, en vérité.

– Mon frère vous l'a demandé hier soir, semble-t-il.

– Mais je… j'avais espéré… (Pensive, elle se détourna. Quelle sotte elle faisait de prendre ses désirs pour des réalités !) Que vous a-t-il dit d'autre concernant hier soir ? demanda-t-elle en se retournant vers Colen, le regardant droit dans les yeux.

– Plus que ce qu'il a bien voulu admettre.

– Alors, vous savez qu'il m'a demandé de vivre avec lui ?

– Oui.

– Je serais curieuse d'apprendre ce qui vous amuse tant, reprit-elle, fronçant les sourcils.

– Vous lui direz que vous refusez. Il attend votre réponse aujourd'hui; en fait, maintenant. Un homme impatient, mon frère, et plus impatient encore quand il n'est pas sûr d'obtenir ce qu'il veut !

– Aujourd'hui ? Mais il me laissait du temps pour réfléchir... (Elle se mit à arpenter la pièce.) Que va-t-il faire, si je dis non ? Qu'en pensez-vous, Colen ?

– Il n'abandonnera pas aussi facilement que moi. Vous êtes la première jeune fille avec laquelle il désire s'engager, à qui il promet le mariage. Vous voyez donc que ses intentions sont sérieuses !

– Jamais je n'accepterai. Un engagement de la sorte est fort commode pour l'homme, mais moi, je n'y crois pas.

– Pourtant, c'est une situation honorable, et prisée dans les Highlands.

– Peut-être, mais la promesse de mariage est-elle souvent respectée ? Un homme et une femme s'engagent, vivent ensemble un certain temps. À tous égards, on les considère comme des époux. Or, quand le moment est venu de consacrer cette union, l'homme peut rejeter publiquement la femme. Ils se séparent donc, et chacun va son chemin.

– La femme jouit du même privilège !

– C'est exact, à une différence près : l'homme n'est pas déconsidéré pour autant, alors que la femme, elle, perd sa virginité et, en fait, porte tout le poids de l'échec, quelle qu'en soit la vraie raison. Ne croyez-vous pas qu'un nouveau prétendant hésitera avant de s'engager avec elle ?

Colen haussa les épaules.

– Je n'avais pas pensé à cela. L'union avant le mariage est une tradition fort ancienne. De toute façon, ce n'est pas moi qui vous fais cette proposition. Je n'ai pas besoin de « période d'essai » pour savoir que nous pouvons être heureux ensemble ! C'est à Jamie que vous devez expliquer cela, car après son tragique mariage...

– Je vous le demande de nouveau : que fera-t-il, si je lui dis non ?
– En vérité, je l'ignore. C'est la première fois qu'il est prêt à s'engager ainsi. Mais vous pouvez aisément régler ce problème en lui disant que vous m'épousez, ajouta-t-il en souriant. Il vous laissera en paix !
– Cela vous amuse ? C'est votre faute si je suis ici ! Ce serait bien fait pour vous si j'épousais votre frère !
– Si c'est là ce que vous voulez...
– Ce que je veux, doux Jésus ! (Furieuse, elle lui fit face.) Vous savez très bien ce que je veux ! Emmenez-moi loin d'ici ! Vous le pouvez, il vous laissera faire. Emmenez-moi avant qu'il ne me tue !
– Ne parlez pas ainsi de mon frère !
Sheena le regarda, ses yeux bleus étincelant de colère.
– Faites ceci, ne faites pas cela ! Voilà ce que j'entends depuis que je suis ici ! Même mon père ne m'a jamais traitée de la sorte ! Si vous ne me rappeliez pas autant mon frère, je vous détesterais comme je déteste sir Jamie !
– Vous avez un frère ?
Elle ne répondit pas et quitta la pièce. Colen la rattrapa dans l'escalier.
– Sheena !
– Laissez-moi ! Le laird attend !
– Vous avez un frère ?
– Oui, un frère, un père, des sœurs, des cousins ! Toute une famille, mais vous ne me croyez pas ! Vous êtes égoïste, Colen, égoïste et têtu ! poursuivit-elle, rageuse. Si vous aviez un tant soit peu de considération pour moi, vous sentiriez combien je suis malheureuse ici, et vous me ramèneriez là où vous m'avez trouvée !
– Et pour le bien de qui ?
– Pour mon bien à moi ! cria-t-elle, ulcérée, comme elle arrivait au bas des marches.

Dans le passage voûté qui conduisait à la grande salle, se tenait un homme séduisant, à la fine silhouette. Alerté par les éclats de voix, il regardait dans la direction des jeunes gens. La simple curiosité qui se lisait sur son visage fit bientôt place à la stupéfaction lorsque Sheena, échevelée, apparut, telle une furie, au bas de l'escalier. Comprenant que l'inconnu avait entendu leur dispute, elle se sentit profondément gênée. Dire que tout était la faute de ce laird plein d'arrogance qui exigeait sa présence dans la grande salle ! Et, en effet, quel divertissement pour ces Highlanders de voir leur maître se moquer d'une fille des Lowlands ! Non, elle ne lui donnerait pas l'occasion de l'humilier en public !

L'homme bloquait le passage et Colen n'hésita pas à réagir.

– Excuse-nous, Black Gawain !

– Colen ! répliqua celui-ci, un charmant sourire aux lèvres. Où sont donc tes bonnes manières ? Je n'ai pas encore été présenté à cette adorable jeune fille...

– C'est inutile ! interrompit Colen.

– Sois gentil, mon garçon !

– Je te préviens, elle est déjà promise !

– À toi, si je comprends bien ?

– Colen se trompe, intervint Sheena, cherchant à profiter de la situation. Je m'appelle Sheena, et je viens d'Aberdeen.

– Et vous désirez y retourner ?

– Vous avez entendu ? dit-elle en rougissant.

– Je vous assure que telle n'était pas mon intention.

L'intérêt évident que portait Black Gawain à la jeune fille irrita Colen. Quelle chance avait-il de jamais épouser Sheena face à des garçons plus mûrs que lui ? Jamie ne représentait pas une réelle menace, étant donné l'aversion qu'il inspirait à la jeune Lowlander. Mais Black Gawain pouvait être un rival dangereux, auquel il n'avait pas songé jusqu'à présent.

– Tu nous as suffisamment retardés, reprit froidement Colen. Mon frère nous attend.

– Moi aussi, j'ai une affaire à traiter avec sir Jamie, répondit courtoisement Black Gawain.

– Rien qui ne puisse attendre, j'imagine ?

– Je suis désolé de te décevoir, mon garçon, car tu sembles bien pressé de te débarrasser de moi. Je te comprends, d'ailleurs... (Black Gawain souriait, caressant la jeune fille du regard.) Oui, en effet, le grenier à grains a beaucoup souffert des grosses pluies, et des réparations urgentes s'imposent. Je dois voir Jamie maintenant. Alors, si vous me permettez, demoiselle...

Il offrit son bras à Sheena qui le prit, étonnée de se sentir aussi à l'aise en compagnie d'un Highlander, fort aimable, il est vrai... Était-ce pour cela qu'il lui était sympathique ? Depuis qu'elle se trouvait à Castle Kinnion, personne n'avait fait preuve à son égard d'une telle courtoisie, d'un tel empressement !

Tandis qu'elle se laissait conduire vers la table d'honneur, elle s'efforça de paraître calme. Elle eut même le courage de soutenir le regard du laird, ses yeux bruns, aux reflets verts, impénétrables.

Il se leva, fasciné malgré lui par sa beauté, la fraîcheur de son teint, l'éclat de sa lourde chevelure flottant librement sur ses épaules. Cérémonieux, il lui prit la main.

– Je commençais à me demander si notre invitée allait enfin nous rejoindre. Vous n'êtes pas malade, j'espère ?

Sheena baissa la tête.

– Simplement fatiguée. Je n'ai pas bien dormi.

– Alors, nous sommes deux dans ce cas, murmura-t-il avec une inflexion particulière, lui faisant signe de prendre place à ses côtés.

Elle obéit, gênée par cette allusion à peine voilée.

Black Gawain, qui se tenait légèrement en retrait, semblait perplexe. Elle aurait voulu pouvoir lui expliquer, lui dire la vérité. Pourrait-elle s'en faire un allié ? Mais n'était-il pas un homme de Jamie ? Lui adresserait-il encore la parole maintenant que le laird avait fait clairement comprendre qu'il la désirait ?

Au moment où Colen s'avançait à son tour pour s'asseoir à côté de Sheena, Black Gawain le devança. Furieux, Colen allait réagir, mais il remarqua à temps le vif mécontentement qui se lisait sur le visage de son frère. Il quitta la salle.

– Quelle affaire t'amène, cousin ? s'enquit Jamie, le regard sévère.

– Ai-je donc besoin de justifier ma présence ici ?

– Tu as provoqué mon frère.

– Vraiment ? Le jeune Colen a encore beaucoup à apprendre sur la façon de courtiser une jolie demoiselle !

Sheena s'agita sur son siège. Les deux hommes se disputaient à cause d'elle, et cependant, l'ignoraient totalement. La main de Jamie retenait toujours la sienne.

– Que se passe-t-il donc, Jamie ? soupira Black Gawain. Colen dit qu'elle lui est promise et elle le nie.

– En effet, elle a refusé mon frère. Néanmoins, je te serais reconnaissant d'attendre pour faire ta cour qu'elle m'ait refusé, moi aussi.

– Je... commença Sheena.

Elle s'interrompit car Jamie pressait sa main avec force.

– Oui, demoiselle ? reprit Black Gawain, l'invitant à poursuivre. (Comme elle secouait la tête, il n'insista pas.) Pas encore décidée, n'est-ce pas ? (Songeur, il se renversa sur sa chaise.) Eh bien, j'avoue que je n'aurais jamais pensé que Colen et toi, vous désireriez un jour la même femme, Jamie ! Et Jessie Martin ? Je croyais que...

– Tout est fini entre nous, interrompit le laird.
– Ah ! Est-elle au courant ?
– Tu poses trop de questions, cousin. Cela ne te regarde pas !
Black Gawain sourit. Au même moment, apparut Jessie. Elle s'avança vers eux, particulièrement séduisante dans une robe de satin bleu.
Jamie jura *in petto* tandis qu'elle lui adressait un triomphant sourire. Il n'avait pas encore eu le temps de lui parler, et maintenant, Sheena était là !
– Ne partez pas, Sheena, je vous prie, dit-il en libérant doucement la main de la jeune fille. Je désire vous parler dès que j'aurai réglé cette affaire.
Comprenant qui était cette femme et ce qu'elle représentait pour lui, Sheena l'implora du regard.
– Je sais ce que vous allez faire, sir Jamie, mais je vous en supplie, ne prenez pas cette décision maintenant, à cause de moi ! Vous le regretteriez !
Il lui sourit gentiment, puis s'avança vers Jessie qu'il conduisit devant la cheminée. Sheena soupira. La maîtresse du laird était une femme remarquablement belle, elle ne méritait pas le sort qui l'attendait !
Bientôt, Jamie et sa compagne élevèrent la voix.
– Ce n'est pas vrai, Jamie, ce n'est pas possible !
– Ne crie pas, Jessie !
– Non ! Je ne partirai pas !
– Tu partiras !
– Oh, mon Dieu ! murmura Sheena en se couvrant le visage de ses mains. Comment peut-on être aussi cruel ?
– Ce n'est pas la peine de vous attendrir sur cette fille de rien ! murmura Black Gawain.
– J'aurais cru à un peu plus de charité de votre part ! répondit-elle avec hauteur.
– Jessie Martin est une femme hypocrite et calculatrice. Elle n'a que ce qu'elle mérite.
– Que voulez-vous dire ?
– Notre Jamie ne voulait pas d'elle. Il la savait intéressée et avait découvert son jeu. Après bien

d'autres, d'ailleurs. Mais elle était décidée à l'avoir, et un homme ne peut résister à tant de séduction !

– Je préfère ne pas entendre la suite.

– Je pensais qu'il était bon que vous sachiez, puisque vous allez lui succéder.

– Sir Jamie ne m'a pas demandé d'être sa maîtresse ! s'exclama-t-elle, indignée.

– Pardonnez-moi, je vous prie, répondit Black Gawain, feignant la plus vive contrition. Ce n'était qu'une hypothèse... Je veux dire, Jamie a si souvent juré de ne jamais épouser une femme qui n'aurait pas été d'abord sa compagne...

– C'est ce qui m'a été dit ! rétorqua-t-elle.

– Il vous a donc demandé de vivre avec lui ? (Comme elle acquiesçait d'un signe de tête, il se mit à rire.) Eh bien ! Je ne vous cache pas mon étonnement. C'est bien la première fois qu'il désire une jeune fille au point de lui promettre le mariage !

– Pour moi, ce genre de promesse n'est pas un véritable engagement. C'est vivre dans la licence, dans l'immoralité ! Je...

Elle s'interrompit brusquement, tandis qu'une main agrippait sa chevelure, la tirant violemment en arrière. Sous le choc, elle bascula et se retrouva à terre. Incapable de bouger, la respiration coupée, elle vit Jessie Martin, penchée au-dessus d'elle, le visage déformé par la colère. Une main s'avançait, de longs ongles, semblables à des griffes, se rapprochaient... Elle demeurait comme pétrifiée... Tout à coup, Jessie recula en trébuchant, bousculée sans douceur par Jamie.

– Assez ! gronda-t-il. Vous me faites perdre patience, à la fin !

– Cela m'est bien égal ! cria Jessie. Vous me chassez pour cette fille de rien que votre frère a trouvée Dieu sait où ! Pourquoi ?

– Je ne suis pas tenu de justifier ma conduite auprès de vous, Jessie. Tout est fini entre nous, et c'est tout ce que vous avez à savoir !

– Cela ne se passera pas comme ça ! reprit-elle d'une voix perçante. Vous avez profité de moi !

– Et vous de moi ! répliqua Jamie d'un ton glacial. Vous serez payée pour la peine, si c'est ce qui vous inquiète !

– Maudit sois-tu, Jamie MacKinnion ! siffla Jessie. Tu le regretteras, je te le jure ! Et elle aussi ! ajouta-t-elle en se tournant vers Sheena, avec un regard féroce. Bienvenue au logis ! Il vous traitera de la même façon dès qu'une autre l'intéressera !

La saisissant par le bras, Jamie la repoussa loin de lui.

– Gawain, s'il te plaît, emmène-la. Veille à ce qu'on la raccompagne chez elle. Demande à quelqu'un de sourd, de préférence ! Cette langue de vipère échauffe les oreilles !

Black Gawain avait l'air de s'amuser.

– Elle a simplement besoin d'être rassurée, réconfortée, fit-il en s'approchant. Je suis celui qu'il lui faut, si tu peux te passer de moi pendant un jour ou deux...

– À ta guise ! répondit Jamie. Tant que tu sais ce que tu fais !

En s'esclaffant, Black Gawain sortit, entraînant Jessie avec lui. Elle le suivit sans rechigner, quelque peu rassérénée par ce nouvel admirateur. Sur le seuil, cependant, elle se retourna et lança à Jamie une dernière bordée d'injures. Le calme revint enfin dans la salle. La scène qui venait d'avoir lieu était à peine croyable ! L'humiliation. Le mépris. Et tout cela, pourquoi ?

– Sheena.

Le regard qu'elle posa sur Jamie révélait la colère qu'elle s'efforçait en vain de contenir.

– Comment pouvez-vous la traiter ainsi ? Comment osez-vous me traiter ainsi ?

Bien que prononcés à voix basse, ces mots traduisaient toutefois une violence qui laissa le laird interdit.

– Jamais je ne pensais qu'elle ferait un tel scandale. Êtes-vous blessée ?

– Il est bien temps de vous en préoccuper ! (Sheena éleva la voix.) Vous n'aviez pas le droit d'exiger que je reste ici, de me faire subir cette scène !

– Ce n'est pas pour cela que je vous ai demandé de rester ! répliqua-t-il, perdant quelque peu patience.

– Je crois que l'on en a assez dit et fait pour aujourd'hui, reprit-elle, le plus doucement possible, préférant ne pas le provoquer plus avant.

– Pourquoi masquer votre colère ? Si vous désirez crier votre indignation, je vous en prie ! Ne cachez pas votre colère sous des airs dociles. C'est quelque chose que je ne supporte pas, Sheena. Ne faites pas semblant avec moi !

– Très bien, sir Jamie, déclara-t-elle en se raidissant. Sachez que je désapprouve totalement votre conduite et que je suis d'accord avec tout ce que cette femme a dit de vous. Vous ne m'avez pas écoutée lorsque je vous ai supplié de ne pas la renvoyer. Maintenant, vous voilà seul, car une chose est certaine, jamais je ne serai à vous !

À sa grande surprise, il eut un sourire.

– Rien n'est encore sûr.

– Je ne serai pas votre compagne ! affirma-t-elle, rendue furieuse par cette bonne humeur soudaine.

– Nous verrons. Maintenant, venez, vous n'avez pas encore déjeuné.

Elle ignora la main qu'il lui tendait, exaspérée par sa désinvolture.

– Je n'ai pas faim. Si vous voulez bien m'excuser…

Il soupira.

– Soit. Nous ferons cependant une promenade à cheval aujourd'hui. Soyez prête dans une heure.

– Non !

– Soyez prête, Sheena.

Sans mot dire, elle sortit.

Une fois de plus, il lui donnait un ordre, un ordre auquel elle devrait obéir. Elle ne pouvait le braver sans cesse. Cet homme abusait de son pouvoir, et bien cruellement !

18

Ulcérée, les lèvres serrées, Sheena lançait des regards furieux au cavalier à la large carrure qui galopait devant elle. À midi, James MacKinnion était venu la chercher pour leur promenade et, l'accompagnant à l'écurie, l'avait aidée à se mettre en selle. Elle avait opposé un silence obstiné à ses compliments, à ses tentatives de conversation. La tyrannie qu'il exerçait sur elle lui était insupportable.

N'était-elle pas déjà contrainte d'accepter sa charité ? Il lui avait donné une robe appartenant à sa tante Lydia, qui lui allait fort bien, d'ailleurs, toutes deux étant de la même taille. En d'autres circonstances, Sheena aurait été ravie de ce cadeau. C'était une ravissante robe bleu pastel, garnie aux poignets de fourrure blanche; la cape assortie, doublée de fourrure blanche également, s'attachait à l'aide d'un fermoir garni de perles.

Soudain, elle se rendit compte qu'ils ne se dirigeaient pas vers la vallée où il aurait été agréable de se promener. Comme ils contournaient un roc escarpé, elle jeta un regard derrière elle. Le château n'était plus en vue. Le chemin éboulé qu'ils suivaient s'enfonçait dans la montagne. Pas de chaumières, nul signe de vie. Elle frissonna de peur. Personne ne pourrait l'entendre appeler au secours ! Elle était seule avec lui, entièrement à sa merci. C'était même lui à présent qui tenait les rênes de son cheval.

– Où m'emmenez-vous ? (Jamie ne répondit pas.) Sir Jamie, je vous en supplie ! Je veux rentrer !

reprit-elle en s'efforçant de calmer la panique qui la gagnait.

– Vous n'avez aucune raison d'avoir peur, dit-il sans se retourner.

S'il avait vu l'expression d'effroi de la jeune fille, peut-être se serait-il montré moins intraitable... Peut-être pas... Le but de cette promenade n'était-il pas précisément de lui prouver qu'elle pouvait avoir confiance en lui ? Il désirait également lui offrir une occasion de se distraire. Sachant qu'elle adorait nager, il l'emmenait au bord d'une rivière où elle pourrait se baigner. Il espérait en retour un mot de reconnaissance, un sourire...

Sheena se mura dans un profond silence. Seul un miracle pourrait la sauver !

Tout à coup, Jamie arrêta son cheval; la jument de Sheena s'immobilisa également. Affolée, le cœur battant, la jeune fille retint sa respiration. Qu'allait-il se passer ? Un soupir de soulagement s'échappa de ses lèvres lorsque Jamie se retourna, posant sur elle un regard plein de gentillesse. Ses craintes, sa colère même se dissipèrent. Un léger trouble s'empara d'elle lorsqu'il s'approcha en souriant et l'aida à descendre de cheval.

– Je venais souvent ici quand j'étais enfant, dit-il.

Un ruisseau, un merveilleux petit lac apparurent, miroitant au soleil. En aval, quelques troncs d'arbres formaient comme un barrage improvisé.

– Est-ce vous qui avez construit ce barrage ? demanda-t-elle.

– Non, si loin qu'il m'en souvienne, il a toujours été là. L'endroit est tranquille. Je venais souvent m'asseoir sur ces rochers, je regardais les scintillements de l'eau changeant au fil des heures... On peut aisément plonger des rochers.

– Le lac est profond ?

Ils parlaient à présent comme s'ils se connaissaient de longue date.

– Oui, très. Il s'est formé précisément à cause de

l'abrupt de la pente. C'est vraiment idéal pour se baigner.

Rêveuse, Sheena regardait l'eau. En effet, c'était sans doute un merveilleux endroit pour nager; moins secret, moins protégé cependant que son petit lac à elle.

– Venez-vous ici encore fréquemment ? s'enquit-elle doucement.

– Non, cela fait plusieurs années que je n'y suis plus venu. Il semble que je n'aie pas le temps. De toute façon, je ne me baigne qu'en été. Il fait déjà bien trop froid pour moi !

Sheena eut envie de rire. Elle qui avait l'habitude de nager dès le début du printemps jusqu'à la fin de l'automne, et par des temps bien plus froids ! Elle soupira. Si seulement elle était seule ! Sentir la fraîcheur de l'eau sur son corps ! Depuis qu'elle se trouvait à Castle Kinnion, elle ne s'était plus baignée dans une rivière. Quelle tentation...

– Pourquoi m'avoir amenée ici ? interrogea-t-elle, non sans cacher son amertume.

– Je pensais que vous aimeriez cet endroit paisible. Visiblement, je me suis trompé.

– Non, pas du tout, j'apprécie, vraiment, assura-t-elle, désolée de s'être montrée aussi ingrate.

– Alors, je suis content d'avoir pris le temps de vous accompagner. Malheureusement, nous ne pouvons nous attarder. Des affaires me réclament. Mais, si tel est votre désir, nous reviendrons.

– Aujourd'hui même ?

– Peut-être, fit-il en riant.

– À moins que vous ne me laissiez ici ? hasarda-t-elle, pleine d'espoir. J'aimerais rester seule un moment.

Il la regarda attentivement.

– Si j'avais l'assurance que vous n'essaieriez pas de retourner à Aberdeen...

– Emmenez la jument. Je ne peux aller bien loin à pied.

– C'est vrai, mais vous pourriez quand même tenter de fuir, de vous cacher...

– Et si je vous promettais d'être là à votre retour ?

– Me le jurez-vous ?

– Oui, fit-elle vivement.

Elle attendait, respirant à peine. Jamie se taisait, le visage impassible. Au bout d'un long moment, il soupira.

– J'imagine que c'est une question de confiance. Je dois vous faire confiance puisque je souhaite que vous me fassiez confiance.

Le regard de Sheena s'éclaira.

– Alors, je peux rester ?

– Oui.

– Combien de temps ? Quand revenez-vous me chercher ?

– D'ici à une bonne heure, même si j'ai réglé mes affaires avant.

Sheena se détourna légèrement, ne voulant pas qu'il voie ce que ce simple geste signifiait pour elle.

– Je vous remercie, murmura-t-elle.

– Je suis heureux de vous faire plaisir. (Il parlait avec un tel sérieux qu'elle le regarda, inquiète. Cependant, il souriait.) Je prends la jument, comme vous l'avez proposé, poursuivit-il en sautant à cheval. Ainsi, vous ne serez pas tentée !

Tandis qu'il s'éloignait, elle se surprit à sourire. Ce jeune homme si aimable et courtois était-il vraiment son ennemi ? Elle se ressaisit aussitôt. Qu'il soit séduisant, que son sourire ait le pouvoir de chasser ses craintes, cela ne changeait rien. Cet homme était James MacKinnion, l'ennemi juré de son clan. Il était prêt à lui faire confiance ? Elle, elle ne lui ferait jamais confiance !

19

Allongée sur un rocher, Sheena profitait des rayons de soleil qui filtraient à travers les nuages bas. L'eau du lac était fraîche, mais cela n'avait en rien diminué son plaisir. Elle n'avait pas passé un aussi agréable moment depuis des jours et des jours ! Malheureusement, son heure de liberté touchait à sa fin, et elle n'avait plus le loisir de paresser ainsi, offrant son corps nu à la caresse du soleil. Il lui fallait s'habiller, et vite ! L'idée que James MacKinnion pourrait la surprendre nue la fit sourire. Elle passa sa robe. Il était temps, déjà elle apercevait Jamie. Il contournait le roc escarpé qui masquait le château. Il arrivait au galop, tirant la jument derrière lui. Sheena fronça les sourcils. Pourquoi tant de hâte ?

– Que se passe-t-il ? cria-t-elle.

En riant, il sauta à terre et courut vers elle, laissant les chevaux brouter librement l'herbe. Escaladant les rochers de la rive, il la rejoignit.

– Qui donc ne serait pas pressé de retrouver une si jolie fille ? répondit-il, un grand sourire illuminant son visage.

Il lui tendit un sac.

– Qu'est-ce que c'est ? demanda-t-elle en l'ouvrant.

– Quelques provisions. Je me suis souvenu que vous n'aviez pas encore déjeuné.

– Mais c'est un véritable festin !

– C'est pour nous deux ! répliqua-t-il avec bonne humeur. Venez, installez-vous près de moi.

Intriguée par cette gaieté inaccoutumée, elle hésita un instant avant de s'asseoir en face de lui. Lui reprenant le sac des mains, il entreprit d'en vider le contenu, lui lançant gaiement l'une après l'autre les diverses provisions. Une outre de vin, des galettes d'avoine, une moitié de poule rôtie, des gâteaux au gingembre s'entassèrent bientôt sur les genoux de Sheena.

– Assez, sir Jamie ! s'écria-t-elle en riant.

S'adossant à un rocher, il déplia ses longues jambes. Détendue, elle l'observait, un sourire aux lèvres, tandis qu'il continuait de fouiller dans le sac. Il en extirpa enfin l'autre moitié de volaille. Ils déjeunèrent.

Rêveuse, Sheena suivait le mouvement des nuages qui couraient dans le ciel bleu. Elle regardait Jamie aussi; à tout moment, ses yeux revenaient vers lui, presque malgré elle. Alors, leurs regards se croisaient et, troublée, elle détournait la tête. N'était-ce pas ridicule de sa part de se comporter ainsi ? Quelle était cette force qui échappait à sa volonté ? Silencieux, ils baignaient dans une sorte d'irréalité. Chaque fois que leurs yeux se rencontraient, Sheena sentait son cœur battre plus fort. Une sensation de chaleur, un léger vertige la saisissaient. Ses joues étaient en feu. Le vin sans doute. À moins que ce ne fût le regard ardent du laird constamment posé sur elle.

Sheena se décida enfin à rompre le silence.

– Ne devrions-nous pas rentrer ?

– Nous avons tout le temps.

Jamie n'était pas pressé. Il avait l'intention de consacrer cette journée à la jeune fille. Aucune affaire urgente ne le réclamant vraiment, il lui avait fallu beaucoup de volonté pour la laisser seule et respecter l'heure de liberté qu'il lui avait accordée. Il désirait tellement lui faire plaisir !

En vérité, elle n'était plus la même. Pas un seul mot de reproche, pas un seul sarcasme ne lui avait échappé depuis qu'il l'avait rejointe, et quand leurs regards se croisaient, nulle frayeur ne se lisait plus dans ses yeux. Au contraire, son visage s'empourprait, ce qui lui seyait à merveille. Il ne pourrait résister longtemps à la tentation de la prendre dans ses bras !

Sheena voulut se rafraîchir et dut s'allonger sur le rocher pour pouvoir toucher l'eau. Jamie se glissa aussitôt près d'elle, son corps effleurant le sien. Elle aurait dû se redresser immédiatement. Cependant, elle ne bougea pas. Pourquoi ? Elle l'ignorait. Il prit sa main qui jouait dans l'eau puis, lentement, la porta à ses lèvres. Regardant la jeune fille droit dans les yeux, il aspira les gouttelettes d'eau qui ruisselaient entre ses doigts. Un léger frisson la parcourut. Il se rapprocha, se pencha sur elle et, doucement, l'embrassa, sa langue caressant sa bouche, pénétrant entre ses lèvres entrouvertes.

Toute pensée avait quitté Sheena, toute crainte aussi. Seule, une douce sensation de chaleur l'emplissait, l'émerveillait. Jamie l'attira vers son plaid qu'il avait étalé sur le rocher avant de la rejoindre. Un instant, elle entrevit, par l'ouverture de sa tunique, un torse musclé, une toison brune. Puis ses lèvres reprirent les siennes et elle ressentit de nouveau une douce plénitude. Il l'embrassait tandis que ses mains puissantes l'étreignaient, caressaient son visage, sa nuque, ses bras.

Elle eut vaguement conscience que le fermoir de sa cape cédait, que les lacets de son corsage se dénouaient. Jamie effleurait ses seins du bout des doigts... Allait-il la déshabiller ? Recouvrant ses esprits, elle tenta de le repousser. Il saisit sa main et la retint contre sa joue.

– Arrêtez, sir Jamie...

La voix de Sheena n'était plus qu'un souffle haletant. Il sourit, caressant du regard chaque trait de son visage. Il baisa ses yeux, puis ses lèvres.

– Votre bouche a un goût de gingembre, et je n'ai pas encore pris de dessert, murmura-t-il. (Elle voulut protester, il l'en empêcha.) Chut, Sheena ! Laissez-moi goûter à votre douceur, je vous en prie, dit-il d'une voix fervente.

Sa bouche se referma sur ses lèvres, et de nouveau, elle s'abandonna. Quand il lâcha sa main, elle l'enlaça aussitôt. Cette fois, lorsqu'il entreprit de défaire son corsage, elle n'opposa aucune résistance, désirant au contraire que jamais ne cesse la magie de cet instant. Elle frémit au contact de cette main qui se glissait sur sa poitrine nue, pressant doucement ses seins qu'aucun homme n'avait encore caressés. Émerveillée, elle ne songeait plus à se débattre. Jamie sentit qu'elle se livrait tout entière, que désormais, elle était sienne. Il la désirait si fort qu'il lui était difficile de se maîtriser tandis qu'elle se serrait contre lui. Mais c'était Sheena qu'il tenait dans ses bras, Sheena qu'il désirait comme il n'avait jamais désiré aucune autre jeune fille ! Il l'avait éveillée à l'amour et voulait qu'elle en découvre toute la force. Il fallait que son désir soit aussi impérieux que le sien. Il l'embrassa dans le cou, juste sous l'oreille : elle trembla et gémit. Il la souleva légèrement et baisa sa poitrine. Haletante, elle serra sa tête entre ses mains. La douce chaleur d'abord ressentie devenait brûlure.

– Jamie ! Jamie !

Jamie releva la tête et aperçut Colen qui descendait le sentier à flanc de rocher.

– Un jour, je le tuerai, ce gamin, je le jure ! siffla-t-il entre ses dents, ses yeux lançant des éclairs. (Il se tourna vers Sheena qui fronçait les sourcils. Relâchant son étreinte, elle lui lança un regard accusateur.) Ne me regardez pas ainsi, Sheena, dit-il calmement. Nous n'avons rien fait de mal. Cela devait arriver. Nous aurons d'autres occasions d'être ensemble. Maintenant, fermez votre corsage, je ne veux pas que mon frère vous voie ainsi.

À ces mots, elle rougit violemment et se détourna. Ô mon Dieu ! Qu'avait-elle fait ? Maladroitement elle entreprit de lacer son corsage. Déjà Jamie lui tendait sa cape. Elle n'osait plus regarder le jeune homme. Plus jamais elle ne poserait les yeux sur lui.

– Tout va bien, Sheena ?

Colen les avait rejoints à cheval, arrêtant sa monture au milieu du ruisseau.

– Tout va bien, répondit-elle d'une voix mal assurée. Nous nous sommes promenés.

– Et vous avez nagé ? reprit Colen en se rembrunissant. Vous ne croyez pas qu'il fait un peu froid pour se baigner ?

– Comment… ?

Elle s'interrompit. Oui, bien sûr, ses cheveux étaient encore mouillés. Ces deux garçons commençaient à l'agacer. Elle en avait assez d'eux. Sans mot dire, elle contourna le petit lac, se dirigeant vivement vers sa jument.

– Où pensez-vous donc aller ? appela Jamie.

– Je rentre au château. Je saurai bien retrouver mon chemin, merci, répliqua-t-elle sur un ton courroucé.

– Sheena !

Elle ne se retourna pas. Elle enfourcha sa monture, remontant sa jupe jusqu'aux genoux puis, donnant quelques coups de talon, sauta le ruisseau et prit le galop. Les deux frères restèrent médusés.

– Assurément, c'est une cavalière remarquable, observa Colen tout en la regardant s'éloigner. A priori, on ne penserait pas que les MacEwen possèdent assez de chevaux pour que leurs femmes apprennent à monter !

Se tournant vers Jamie, il découvrit le regard coléreux qui le toisait.

– Si tu n'étais pas mon frère, fit ce dernier d'un ton glacial, j'aurais plaisir à te tuer sur-le-champ ! Que diable fais-tu ici ?

– Will Jameson vient d'arriver. Il voudrait voir tes chevaux. Sa bourse a l'air bien pleine. Je pensais que tu souhaiterais le savoir.

– Il pouvait bien attendre un peu, Colen. De toute façon, il passera la nuit au château.

– Je ne pouvais pas deviner que je te dérangerais. D'ailleurs, je n'en suis pas désolé ! (Il eut un petit rire en voyant la mine renfrognée de son frère.) Tu ferais mieux de te calmer. Va prendre un bain. Tu n'as pas à t'inquiéter pour Sheena, je vais la rattraper !

Là-dessus, ne cachant pas sa satisfaction d'avoir interrompu ce tête-à-tête, Colen s'éloigna vivement avant que Jamie ne puisse le retenir.

20

En arrivant au château, Sheena emprunta l'entrée de service afin d'éviter de passer par le grand hall. Comme une flèche, elle monta au deuxième étage, longea le corridor jusqu'à la tour sud, grimpa quelques marches encore et se retrouva enfin dans sa chambre. Elle remarqua tout de suite, posées sur la banquette installée près de la fenêtre, deux robes soigneusement pliées à côté de plusieurs rouleaux de tissu. À la vue de ces nouvelles toilettes, les larmes lui vinrent aux yeux. Ne partirait-elle donc jamais de ce maudit château ? En sanglotant, elle se jeta sur le lit, puis se redressa presque aussitôt. Ses nerfs étaient à vif, son corps tendu à l'extrême.

– Mon Dieu ! Que m'arrive-t-il ? (Chaque instant passé dans les bras de James MacKinnion lui revenait à l'esprit, avec une précision étonnante.) Cet homme est un démon ! Il m'a ensorcelée et ses maléfices sont puissants ! Il faut que je parte loin, très loin d'ici !

Tard dans l'après-midi, l'auteur de son désarroi frappa à sa porte. Brisée de chagrin, éprouvée par les sentiments confus qui l'assiégeaient, elle avait réussi à dormir un peu. À présent, elle brossait ses longs cheveux brillants, essayant de se calmer. Mais quand Jamie apparut, son cœur se mit à battre follement dans sa poitrine, et quand il lui adressa la parole, elle tressaillit.

– Vous semblez beaucoup vous plaire dans cette pièce. Vous y passez de bien longues heures ! remarqua-t-il en souriant d'un air nonchalant.

– Du moins, j'y suis seule, ou plutôt je l'étais... répondit-elle en reculant. Pourquoi êtes-vous venu ?

– Je suis venu vous chercher car nous avons des invités.

– Je vous suggère de recevoir vos hôtes sans moi ! dit-elle avec hauteur.

– Je désire que vous m'accompagniez.

– Je préfère rester dans ma chambre.

– Qui, selon vous, aura raison de l'autre ?

– Est-ce un ordre ?

– Tout juste.

– Pour qui vous prenez-vous ? s'exclama-t-elle, furieuse. Vous n'avez aucun droit sur moi !

– Assez, Sheena ! Je ne discuterai pas avec vous. Sachez que lorsque je donne des ordres, je désire être obéi !

– Vous abusez de votre pouvoir !

– Vous seriez mienne depuis longtemps, si c'était le cas ! (Le visage empourpré, elle se détourna.) Si vous ne vous cachiez pas dans cette tour, je n'aurais pas à insister de la sorte, reprit-il, radouci.

– C'est une question de liberté, sir Jamie. Et vous me refusez toute liberté !

– Vous deviendriez un véritable ermite si je vous laissais faire. Ne savez-vous donc pas que le bon vouloir de la femme passe après celui de l'homme ?

– Seulement si la femme accepte d'être traitée ainsi !

Jamie soupira.

– Je ne sais pourquoi je vous supporte ! Ne m'obligez pas à employer la force, Sheena ! Venez, maintenant !

Elle réussit à réprimer la colère qui grondait en elle. À quoi bon le provoquer ? Elle était sans recours et il le savait. Il ne lui restait plus que sa fierté.

– Éloignez-vous de la porte, alors.

– Pourquoi ?

– Pour que je puisse passer.

Le sourire aux lèvres, il recula et s'inclina devant elle :

– Vos désirs sont des ordres.

– Si c'était vrai, je ne me trouverais pas ici !

D'un air décidé, elle descendit l'escalier, marchant devant lui et veillant à conserver une légère distance entre eux. Lorsqu'elle arriva au rez-de-chaussée, elle trouva la grande salle pleine de monde et de bruit. Une atmosphère de fête régnait.

– Un festin en l'honneur de nos hôtes, chuchota Jamie à son oreille. Ce n'est pas souvent que nous avons des invités et une occasion de nous divertir !

– Vos hôtes sont-ils gens d'importance ?

– Non, il s'agit seulement de Will Jameson et de quelques-uns de ses hommes. William habite à l'est de Castle Kinnion, de l'autre côté de la rivière.

– Ami ou ennemi ?

Il eut un petit rire.

– Je ne suis jamais sûr avec le vieux Will. Il affirme être un ami; pourtant, il n'hésite pas à me fâcher souvent. Je crois qu'il aime tout simplement vivre dangereusement.

Sheena se raidit.

– Qu'insinuez-vous, sir Jamie ? Est-ce une mise en garde ?

– Allons, venez, Sheena, gronda-t-il légèrement. Faut-il donc que je surveille la moindre de mes paroles ? Ne cherchez pas des sous-entendus à tout ce que je dis !

– Le sens de vos mots en tant que tels était parfaitement clair ! répliqua-t-elle, amère. Vous estimez que l'on doit vous craindre.

– Pas vous, Sheena.

Elle sentit son souffle sur sa nuque et frissonna.

– Vos hôtes... attendent, sir Jamie, dit-elle d'une voix faible.

– Ils peuvent attendre encore un peu. (Il l'obligea à se retourner mais elle baissait obstinément la tête.) Regardez-moi, Sheena. Je voudrais connaître enfin votre réponse. J'ai attendu tout le jour.

– Je ne sais ce que vous voulez dire, riposta-t-elle sans relever la tête.

– Vous le savez très bien, fit-il doucement. Je me suis d'ailleurs montré fort patient.

– Patient ? Attendre une journée, c'est être patient ?

Elle le regarda droit dans les yeux d'un air incrédule.

– Pour moi, oui. (Il eut un sourire.) Je pensais régler cette question avant de rentrer au château, mais je n'avais pas prévu que nous serions dérangés dans nos... ébats !

Elle rougit violemment. Oh, comme elle aurait voulu oublier ce qui s'était passé dans l'après-midi ! Maintenant, il était là, sûr de sa victoire, simplement parce qu'elle avait succombé un court instant à son charme ! Ne voyait-il donc pas que son pouvoir ne s'exerçait sur elle que lorsqu'il la touchait ? Elle mourait d'envie de lui donner une bonne leçon. Il en avait besoin... Un sourire se dessina sur ses lèvres.

– C'est la réponse que je souhaite ? dit Jamie, reprenant courage.

– Ce n'est pas le moment, sir Jamie.

– Et pourquoi pas ?

Déjà, il se renfrognait.

– Je crois que ma réponse... n'est pas celle que vous désirez.

Il la fixa avec dureté. Elle vit sa mâchoire se contracter, sa poitrine se soulever comme s'il prenait une profonde inspiration.

Il va me tuer, pensa-t-elle fiévreusement. Parce que je refuse de l'épouser !

– Vous avez raison, Sheena, finit-il par dire. Ce n'est pas le moment.

– Comment ?

L'étonnement de la jeune fille le rasséréna quelque peu.

– Nous avons parlé de confiance et vous n'êtes pas encore prête, je le sens... Je vous laisserai un peu de temps pour réfléchir. J'attendrai.

– Mais...
– J'attendrai, Sheena.
Et, la prenant par le bras, il l'entraîna dans la salle. Ainsi, pour lui, le problème était réglé ! Ainsi, il voulait bien patienter ! Quelle arrogance ! Eh bien, qu'il attende ! Il attendrait longtemps !
– Sir William, puis-je vous présenter Sheena MacEwen, d'Aberdeen ?
– Je suis... commença Jameson en se tournant vers elle. Ravi ! conclut-il, le souffle coupé.
Elle eut tout juste le temps de lui adresser un petit signe de la tête. Déjà, lui reprenant le bras, Jamie la dirigeait vers un siège. Lui-même s'assit entre elle et cet inconnu dont la physionomie, à peine entrevue, lui avait paru agréable. Elle se pencha en avant afin de mieux voir l'homme qui osait affronter le laird, mais Jamie se pencha également, le cachant à sa vue. Elle parcourut la salle des yeux. Des regards interrogateurs la scrutaient. Mal à l'aise, elle détourna la tête.
Le repas fut bientôt servi : de la grouse farcie aux canneberges, des gibiers rôtis accompagnés de carottes bouillies; puis arrivèrent des gâteaux roulés dans le sucre et des scones servis avec du miel de bruyère. Mais Sheena était bien incapable de faire honneur à ce festin. Trop de regards curieux étaient braqués sur elle. Que pouvaient penser ces gens en la voyant assise à la place où, la veille encore, trônait Jessie Martin ? Deux jours à peine s'étaient écoulés depuis qu'elle avait rencontré James MacKinnion...
– Il semble qu'il y ait un siècle...
– Vous dites, mon enfant ?
C'était Lydia MacKinnion, assise à sa gauche.
– Excusez-moi, je ne vous avais pas vue, répliqua Sheena.
– Je viens d'arriver. Il paraît que vous avez fait une agréable promenade, aujourd'hui.
Sheena rougit.

– Qui vous l'a dit ?

– Jamie, naturellement. Il m'a dit que vous vous étiez beaucoup amusée. J'en suis ravie. Ce garçon est fort épris de vous, Sheena. Cela me fait tellement plaisir de le voir enfin prêt à choisir une épouse !

– Mais je ne suis pas décidée... vraiment, répondit Sheena d'une voix étranglée.

Lydia lui tapota la main.

– Je comprends votre hésitation, mon enfant. Jamie est redoutable, tout comme son père. Robbie pouvait être terrible, mais jamais avec ceux qu'il aimait ! Lui aussi avait trouvé une femme qui lui convenait et leur amour ne s'est jamais démenti.

– Ils s'aimaient ? Mais Colen m'a dit que ses parents se disputaient continuellement !

– C'est vrai, il y avait de violentes disputes... (Lydia souriait en évoquant ces souvenirs.) Mais comme ils s'aimaient aussi ! Il semble que ce soit toujours ainsi quand on aime vraiment !

La jeune fille était atterrée.

– Je ne suis pas d'accord, milady, l'amour est un sentiment paisible, une harmonie que l'on partage et...

– Vous semblez savoir beaucoup de choses sur l'amour, interrompit doucement tante Lydia en souriant. Vous êtes dans le vrai si les amoureux ont tous deux un caractère facile, mais quand il s'agit de deux fortes têtes, les heurts sont inévitables.

– Sans doute avez-vous raison.

– Voyez-vous, Jamie a un naturel violent et peut devenir insupportable par moments. S'il épousait une jeune fille qui manque de cran, il la dominerait complètement, tyranniquement. Si, au contraire, il s'agit d'une nature tout aussi décidée que la sienne, alors, croyez-moi, elle gagnera plus de batailles qu'elle n'en perdra !

– Pourquoi ? demanda Sheena, sa curiosité piquée au vif.

– L'amour, ma chère ! Pour quelle autre raison

Jamie souhaiterait-il se marier ? Maintenant que son père est mort, plus personne ne l'y oblige, et les MacKinnion ont déjà des alliés puissants, il n'a donc pas besoin de s'allier à un autre clan ! Pour devenir riche ? Il l'est déjà. Pourquoi désirer s'engager vis-à-vis d'une femme quand il a toutes celles qu'il veut ? Je vous le dis, par amour ! C'est la seule raison qui le pousserait au mariage.

Là-dessus, Lydia reporta son attention sur les mets qui venaient de lui être servis. Sheena fut soulagée de voir cette conversation embarrassante prendre fin.

Par amour ? Il n'y avait pourtant ni amour ni honneur dans l'union que lui proposait Jamie. Ne pouvait-il pas se dérober au dernier moment et reprendre sa parole avant le mariage ? Mais elle ne se laisserait pas faire ! Elle partirait. Il était temps qu'elle agisse.

Colen était son seul espoir. Elle le vit à l'autre extrémité de la table, l'air particulièrement maussade. Sans doute à cause d'elle. Si seulement elle pouvait le convaincre de l'aider à s'enfuir ! Mais le ressentiment qu'il éprouvait pouvait tout aussi bien se retourner contre elle. Quel autre recours avait-elle ? Black Gawain était parti. Lydia soutenait Jamie. Restait William Jameson. Lui, il n'avait aucun compte à rendre à Jamie, et elle semblait avoir retenu son attention.

Lorsqu'elle se tourna vers Jameson, elle eut du mal à le reconnaître. Il était pâle de colère, ses cheveux roux semblaient plus roux, ses yeux bruns s'étaient durcis. Plus menaçante encore était sa voix.

– Tu devais épouser ma sœur, Jamie, disait-il d'un ton âpre. Quand elle est devenue ta maîtresse, je ne suis pas intervenu car elle m'avait juré que tu lui avais promis de l'épouser !

Tandis que William fulminait, Jamie, lui, gardait son calme.

– Libby t'a menti. Dès le début, il était entendu

qu'il n'y aurait pas de mariage. Si elle est restée, c'est en connaissance de cause !

– Tu as profité d'elle, comme de toutes les autres !

– Mes maîtresses sont toujours consentantes. (Jamie éleva la voix.) Ta sœur est venue librement chez moi, elle en est partie de la même façon, si ce n'est passablement plus riche. Je lui avais donné une grosse bourse pleine d'or. Pour son voyage.

– Et où est-elle allée ?

Jamie éclata de rire.

– Tu ne l'as pas revue depuis ? C'est donc cela ?

– Peut-être est-elle morte à l'heure qu'il est.

– Non, Will. Tu la retrouveras un jour quelque part, menant une existence de reine. Vois-tu, elle savait que je pouvais lui donner beaucoup d'argent. À vrai dire, c'est tout ce qu'elle voulait, que je l'aide à partir de chez toi !

– Tu mens !

– Je serais curieux de savoir ce qui t'irrite le plus, Will, qu'elle ait été ma maîtresse ou qu'elle t'ait quitté ?

– Chien !

Jamie se leva. Un silence de mort se fit dans la salle. Sous le regard fixe du laird, William Jameson pâlit, se rendant compte qu'il était allé trop loin.

– Tu voudras bien m'excuser, déclara Jamie d'un ton glacial, si je me retire avant de prendre tes insultes à cœur et d'oublier que tu es mon hôte. Tu partiras dès demain matin. Désormais, tu n'es plus le bienvenu dans ce château.

Il quitta la salle d'un air hautain.

Laissant échapper un soupir de soulagement, Sheena se tourna vers Lydia.

– Pourquoi se sont-ils disputés ? demanda-t-elle à voix basse pour que Jameson ne l'entende pas.

– Will est un homme amer, mon enfant. Très tôt, il a perdu ses parents et c'est lui qui a élevé sa sœur. Il lui a toujours porté une attention excessive, l'étouffant de son amour. Il n'a pas compris que sa sœur désirait lui échapper, partir. En vérité, c'est une jeune fille gâtée et inconstante, qui ne lui a jamais rendu son affection. Je l'ai connue un peu lorsqu'elle est venue habiter ici, et je ne l'ai guère aimée. Elle n'hésitait pas à ridiculiser son frère devant nous, se moquant odieusement de son adoration pour elle. C'est une chance pour lui d'en être débarrassé. Malheureusement, j'ai bien peur qu'il ne voie pas les choses ainsi.

– Sir William va partir ?

Lydia rit doucement et se pencha vers la jeune fille :

– Il faut dire qu'il n'est pas très courageux ! Il ne va pas tarder à quitter le château.

Sheena était perplexe. Pourtant, quelques instants plus tard, Jameson se levait et rassemblait ses hommes. Bientôt, ils sortaient tous de la salle, visiblement furieux. Sheena eut un moment de panique. Ces hommes n'étaient-ils pas sa dernière chance de retrouver la liberté ? Prenant vivement congé de Lydia, elle courut à leur suite, faisant mine de monter à sa chambre. Au lieu de prendre l'escalier, elle tourna à gauche et gagna rapidement la cour. Près de l'écurie, William et ses compagnons attendaient avec impatience leurs chevaux. Elle courut à eux. Jameson était sa seule planche de salut, même s'il était pour elle un inconnu.

– Sir William, s'il vous plaît, un mot ! appela-t-elle.

– Qu'y a-t-il ? gronda l'homme en se retournant. Oh, mais c'est la nouvelle maîtresse de sir Jamie, si je ne m'abuse !

Sheena frémit.

– Non, c'est faux, mais c'est ce qu'il veut faire de moi. Je vous en supplie, aidez-moi, sir William ! Il faut que je parte d'ici !

– Qu'est-ce qui vous en empêche ?

– Lui. Il ne veut pas me laisser partir seule.

William la regardait, incrédule.

– On vous retient prisonnière, alors ?

Sheena se tordait les mains, ne sachant comment expliquer.

– C'est une histoire compliquée. James MacKinnion veut bien me ramener à Aberdeen mais moi, j'ai peur de me retrouver seule avec lui, et il refuse que quelqu'un d'autre me raccompagne... Vous comprenez ? Il m'effraie et je suis malheureuse ici !

– Vous voulez partir ?

– Je veux retourner à Aberdeen où j'ai de la famille. Sir Jamie m'a proposé de devenir sa compagne et, bien que j'aie refusé, il me retient au château. Voulez-vous m'aider, sir William ?

– Devenir sa compagne, vraiment ? répéta ce dernier, pensivement. (Il eut un rire sans joie.) Soit, c'est entendu, je vous emmène, demoiselle ! Tout le plaisir est pour moi !

Son rire était inquiétant, mais Sheena n'y prêta pas garde. Elle n'avait pas le choix. C'était partir avec Jameson... ou rester à Castle Kinnion !

21

Blanc de rage, Colen fit irruption dans la chambre de Jamie. Sa colère n'avait fait que croître tout au long de la journée. N'ayant pas trouvé Sheena dans la tour sud, il s'était immédiatement précipité chez son frère. Il n'en supporterait pas davantage !

– Je t'ai prévenu, Jamie...

Il s'interrompit en voyant son frère allongé sur son lit. Un rapide coup d'œil dans la pièce lui prouva qu'il était bel et bien seul.

– Tu ferais mieux de t'expliquer, dit Jamie en se redressant.

– Je... je pensais trouver Sheena ici, répondit Colen d'un air contrit.

– J'aimerais qu'il en soit ainsi, mais comme tu le vois, elle n'y est pas... Pourquoi le supposais-tu ?

– Aujourd'hui, au lac... quand je vous ai vus...

– Ah ! Tu en as donc vu plus que tu ne le disais ! reprit Jamie pensivement. Si tu n'étais pas arrivé à ce moment-là, elle serait mienne désormais.

– Tu as juré de la traiter honorablement !

– Et j'en ai bien l'intention. Ne lui ai-je pas demandé de vivre avec moi ? Si notre entente est bonne, je l'épouse.

– À condition qu'elle veuille bien de toi !

– Elle ne m'a pas repoussé, aujourd'hui.

Colen sentit son cœur se serrer. C'était vrai, Sheena n'avait pas repoussé son frère, ce qui l'avait rendu furieux tout le jour. La jalousie était un sentiment nouveau en lui. Jamie gagnait peu à peu le cœur de Sheena. Lui qui était si sûr que Jamie n'avait aucune chance !

– Où est-elle ? demanda-t-il, pris de découragement.

– Que veux-tu dire ? Il est tard. Elle doit être dans sa chambre.

– Non, j'en reviens, il n'y avait personne.

– Dans la grande salle ?

– J'ai cherché partout avant de venir ici. Elle n'est plus au château, Jamie. Cela ne peut être que...

– Jameson ! conclut Jamie intuitivement.

Cependant, il ne bougea pas, fixant le sol, le regard vide. Colen ne comprenait pas.

– Alors ? fit-il d'un ton sec. Tu vas la laisser entre les mains de cet homme ?

– Nous n'avons aucun droit sur elle, Colen. Je ne peux pas l'obliger à revenir ici.

– Tu te disais responsable de sa sécurité !

– Seulement quand elle était à Castle Kinnion.

– Mais enfin, s'il lui arrivait quelque chose ? s'écria Colen. Elle est en danger avec Jameson !

– Assez ! Ne vois-tu donc pas que je ne peux rien faire ? Les MacEwen ne sont ni nos alliés ni nos ennemis. Jameson le sait bien. Il pourrait adresser une plainte au roi si, sans raison valable, j'enlevais cette jeune fille. Une raison, c'est ce qu'il me faut, Colen ! Trouve-m'en une et je ramène Sheena !

Traverser la rivière à cette heure tardive de la nuit était chose dangereuse. Toutefois, les chevaux connaissaient bien le passage à gué pour l'avoir pris de nombreuses fois déjà. Un seul se déroba devant l'eau glacée, jetant à bas son cavalier. Heureusement, ce n'était pas le cheval sur lequel se trouvait Sheena. Assise derrière sir William, elle s'efforçait en vain de se détendre. Le contact de cet inconnu lui déplaisait.

Ils ne s'étaient pas dirigés vers l'est, vers Aberdeen, mais avaient pris la direction opposée. Ils se rendaient chez sir William. Sheena n'avait pas réagi. Après tout, il était tard. Elle ne pouvait s'attendre à ce qu'on la raccompagnât le soir même chez sa tante car la route était longue jusqu'à Aberdeen. L'essentiel n'était-il pas de fuir Castle Kinnion ? Elle était en sécurité désormais. Ses craintes s'envolaient tandis qu'ils s'éloignaient du repaire de son ennemi.

Et pourtant, où était donc la tranquillité d'esprit qu'elle avait tant espérée ?

22

– Sir Jamie !

Jamie détacha son regard du feu qui flambait dans la cheminée. Un de ses hommes traversait vivement le hall, l'eau ruisselant de ses vêtements. L'orage avait trempé le pauvre Alwyn jusqu'aux os. Son bonnet était de travers, des gouttes de pluie roulaient sur sa barbe rousse, ses genoux tremblaient de froid.

– Un peu frais dehors, n'est-ce pas ? plaisanta Jamie en voyant l'état d'Alwyn.

– Il est vrai, sir Jamie.

Jamie fit apporter des couvertures et Alwyn s'approcha du feu. Depuis la disparition de Sheena, cinq jours plus tôt, les pluies d'automne sévissaient. Jamie avait passé deux jours à Aberdeen à la recherche de la jeune fille. En pure perte ! Et Erminia MacEwen était introuvable. Il avait même passé une demi-journée à l'hospice des pauvres, assailli par les mendiants. Mais personne ne connaissait de religieuse répondant au nom de MacEwen. Naturellement, Sheena avait menti. Il aurait dû s'en douter !

Il ruminait des pensées aussi sombres que le ciel d'orage. S'il avait retrouvé Sheena, il l'aurait suppliée de revenir avec lui. Il aurait tout tenté pour ne pas la perdre.

Chassant sa triste rêverie, il se tourna vers Alwyn.

– À quelle distance sont-ils ?

La sœur de Jamie et sa suite avaient été surpris par l'orage alors qu'ils se dirigeaient vers Castle Kinnion.

– Avec cette pluie qui tombe dru, on distingue mal, mais ils seront bientôt là, nul doute.

– Et laquelle de mes sœurs n'hésite pas à prendre la route par un temps pareil ?

– Dame Daphnée.

Jamie se renfrogna.

– J'aurais dû m'en douter ! Sans doute, Jessie Martin aura inventé quelque folle histoire sur la façon dont je l'ai traitée, et Dobbin vient tirer les choses au clair !

– Je n'ai point vu Dobbin Martin. C'est MacDonough qui escorte votre sœur.

– Qu'il aille au diable ! gronda Jamie. Comment ose-t-il venir ici après avoir épousé une Fergusson ?

– Est-ce vrai ? Vous avez eu des nouvelles ?

– Pas récemment, mais rien ne l'en empêchait. S'il vient me demander de faire la paix avec les Fergusson, il sera bien déçu ! (Jamie serra les poings.) Maudit soit-il ! Son épouse l'accompagne-t-elle ?

– Je ne sais pas, sir Jamie, répondit Alwyn.

La colère croissante de son maître l'effrayait.

– S'il en est ainsi, je ne veux pas qu'elle entre au château. Cours prévenir les gardes !

Alwyn était atterré.

– Vous laisseriez la pauvre dame dehors par cet orage ?

Jamie le regarda avec dureté. Au bout de quelques secondes, il soupira.

– J'imagine que ce ne serait guère courtois. Tu as raison. D'ailleurs, en y réfléchissant, j'ai bien envie de voir à quoi elle ressemble, cette Fergusson ! C'est la fille préférée du vieux Dugald, tu sais ! (Il eut un rire méchant.) Laissons-la pénétrer dans le repaire du lion, si elle ose ! Nous verrons bien si elle en ressort vivante ! Oui, dès qu'ils arrivent, amène-les-moi ici !

– La fille Fergusson, elle, n'est peut-être pas là, sir Jamie, remarqua Alwyn.

Jamie, de nouveau tourné vers le feu, ne l'écoutait plus. Dire qu'il avait été presque contraint d'épouser l'une des filles de Dugald ! Presque, car le jeune Niall l'avait sauvé de cette odieuse situation. Il eut honte de son ressentiment. Vraiment, il ne serait pas juste de se venger sur cette sœur si chère au jeune garçon qui avait tant risqué pour l'aider à s'échapper ! Maudit soit MacDonough de venir avec son épouse et de le mettre dans une position aussi délicate ! Recevoir une Fergusson dans son château ! Il ne pouvait s'amuser à lui faire peur, pas davantage la garder en otage et l'échanger contre une rançon. Et tout cela parce qu'il avait une dette d'honneur envers un gamin !

Sa curiosité s'éveilla. Il allait rencontrer la jeune fille à laquelle il avait failli être lié pour la vie. Ou plutôt, l'une de ses sœurs – mais quelle différence ? Voilà qui le distrairait et l'aiderait à oublier, quelques instants du moins, celle qui dorénavant régnait sur son cœur et dont l'image le hanterait à jamais.

Une voix appela, et Jamie se retourna. Ses invités, trempés et crottés des pieds à la tête, s'approchaient du feu. MacDonough et quatre de ses hommes, Daphnée et ses trois domestiques. Nulle Fergusson parmi eux.

– Êtes-vous tous là ? demanda Jamie en embrassant sa sœur.

– Dobbin n'est pas venu, si c'est lui que tu cherches, répondit Daphnée de sa voix douce. (Elle tendit les mains vers le feu.) Il doit rejoindre la cour à la fin de la semaine et, comme je ne l'accompagne pas, il a bien voulu que je vienne ici, pour une visite prolongée.

– Tu es venue il n'y a pas si longtemps...

– Nous n'avons fait que passer, Jamie, tu sais bien, répliqua sa sœur en se raidissant. Ne suis-je donc pas la bienvenue ?

– Je ne sais encore, déclara Jamie avec mauvaise grâce. Si tu viens de la part de Jessie...

– Quelle idée ! Pourquoi vas-tu imaginer cela ? s'exclama-t-elle, étonnée. Tu sais bien que je n'ai guère d'amitié pour la cousine de mon mari. Si tu crois que je suis venue la chercher, détrompe-toi ! Je préfère qu'elle reste ici et, à vrai dire, j'espère la voir le moins possible durant mon séjour à Castle Kinnion.

– Mais elle n'est plus ici ! Je lui ai demandé de partir. Elle aurait dû arriver chez toi bien avant ton départ !

– Elle aura sans doute fait quelque rencontre en chemin. Elle rentrera quand bon lui semblera. Je suis contente que tu ne sois pas tombé amoureux de cette fille et que ses intrigues ne t'aient point abusé.

Quelque peu décontenancé, Jamie regarda sa sœur avec plus d'attention. Ses cheveux blonds étaient trempés et tout emmêlés, son visage était bleu de froid; elle frissonnait. Il chassa Jessie de ses préoccupations. Il n'allait pas se tracasser pour cette fille qui avait probablement séduit Black Gawain !

– Monte vite dans ta chambre et réchauffe-toi avant de prendre mal.

– Es-tu content de me voir, maintenant ?

– Oui, dit-il d'une voix qui manquait cependant de chaleur. Nous reparlerons de cela plus tard, car je suis persuadé que ce n'est pas toi seule qui as eu l'idée de venir me rendre visite.

Daphnée ne répondit pas.

Ce n'est pas contre moi qu'il est en colère, pensait-elle tout en montant vivement à sa chambre, suivie de ses domestiques. Bien sûr, il avait trouvé fort imprudent qu'elle voyage par un temps aussi mauvais, et n'avait pas caché son mécontentement. Mais en fait, elle l'avait deviné, c'était la présence d'Alasdair qui suscitait sa colère. Rien d'étonnant à ce que le pauvre garçon ait préféré ne pas venir seul à Castle Kinnion et lui ait demandé de l'accompagner ! Elle avait accepté, doutant cependant que cela facilite grandement l'entrevue entre les deux hommes. Alasdair n'allait pas tarder à le découvrir lui-même.

Pendant ce temps, Jamie finissait de donner des ordres pour le repas et pour que l'on apporte des vêtements secs à ses hôtes. Malgré son irritation, le laird se souciait du confort de MacDonough par égard pour la vieille amitié qui unissait les deux clans, du temps de leurs pères.

– Tu te caches dans les jupes des femmes, maintenant ? dit enfin Jamie.

Alasdair MacDonough rougit violemment. Dieu merci, ils étaient seuls près de l'âtre et ses compagnons qui s'étaient déjà attablés n'avaient pas entendu ! On pouvait toujours ignorer une insulte. N'était-il pas venu pour faire allégeance à MacKinnion ?

– Ce n'est point déplaisant, si l'on doit se cacher,

répondit-il, choisissant le parti de la plaisanterie.
Jamie ne goûta pas cet humour.

– Je n'apprécie guère que tu aies entraîné ma sœur jusqu'ici, pas plus que je n'approuve tes dernières entreprises. Il vaut mieux que je te prévienne : tu as choisi le plus mauvais moment pour venir me voir, car je suis de fort méchante humeur. Du moins, as-tu eu la délicatesse de ne pas venir avec ta femme !

– En vérité, je ne me suis pas marié.

Un léger froncement de sourcils trahit la surprise du laird.

– Le mariage aurait-il été retardé ?

– Non, j'ai rompu mes fiançailles.

Jamie éclata de rire.

– Tu as rompu ? Eh bien ! (Déjà sa colère se dissipait.) Mais dis-moi, si tu n'es pas là pour intercéder en faveur des Fergusson, pourquoi es-tu venu ?

– Pour renouveler notre alliance. Je ne t'ai pas vu depuis bien longtemps. Je me demandais ce que tu avais pensé de mes fiançailles avec une Fergusson...

– J'étais très en colère, mais puisque tu sembles avoir recouvré la raison, je ne t'en veux pas !

– Et si je l'avais épousée ?

– Nous aurions sans doute fini par être ennemis.

– Mais, enfin, Jamie...

– Ne te méprends pas, Alasdair, je n'aurais pas rompu notre alliance à cause de ton mariage, mais les Fergusson seraient restés des ennemis pour moi ! La querelle aurait continué et tu te serais trouvé pris entre deux feux. Un jour ou l'autre, tu aurais été obligé de choisir ton camp.

– Sauf si cette guerre s'achevait !

– Cela ne risque pas d'arriver, maintenant qu'ils ont repris les hostilités, répliqua Jamie avec brusquerie. Ignores-tu que j'ai fait un séjour dans le cachot des Fergusson ?

– Si je l'ignore ? remarqua Alasdair non sans

amertume. C'est même ce qui a provoqué la rupture de mes fiançailles !

– Alors, je crains de t'avoir fort mal jugé ! Je ne pensais pas que tu prendrais position avant même de te marier.

– Ne t'y trompe pas, Jamie. C'est le matin de ton évasion que j'ai appris que l'on t'avait fait prisonnier...

– Et ils t'ont accusé de m'avoir aidé ?

– Ma fiancée n'a pas hésité, dit Alasdair avec froideur.

– Je comprends !

– J'étais furieux, c'est vrai. Ne prends pas offense ! Vois-tu, c'est elle qui t'a fait évader – tu le sais aussi bien que moi – et à mes yeux, quelqu'un qui n'hésite pas à trahir les siens est prêt à la moindre occasion à trahir son mari. Je ne pouvais plus l'épouser.

– C'est donc ta fiancée qui est à blâmer ?

– Qui d'autre ? Son propre cousin l'a vue rôder aux abords du cachot et l'a tout de suite dénoncée.

À ces mots, Jamie ne put s'empêcher de rire. Qu'un Fergusson souffre un peu à cause de lui, tant qu'il ne s'agissait pas du jeune Niall, voilà qui n'était pas fait pour le mécontenter, histoire de se venger de son humiliation !

– Je ne vois rien là d'amusant, Jamie, dit Alasdair avec irritation. Maintes et maintes fois, j'ai regretté mon geste car je désirais cette fille plus que tout au monde !

– Bah ! Il n'en manque pas des filles qui vous font battre le cœur !

– Aucune ne possède sa beauté, assura Alasdair, mélancolique.

– Tu la trouves belle, vraiment ?

– Tu plaisantes, Jamie ! Personne n'a des cheveux d'un roux aussi sombre, des yeux bleus limpides comme le cristal, une peau aussi blanche et satinée !

Ce n'est pas sans raison qu'on l'appelle « la perle de Tower Esk ».

À ces mots, Jamie se redressa dans son fauteuil, la gorge nouée. La description qu'il venait d'entendre lui rappelait l'image qui le hantait... Était-ce possible ?

– J'imagine que son nom est tout aussi adorable, murmura-t-il, cherchant à en savoir plus.

– Quel malin plaisir as-tu à me torturer ainsi, Jamie ? riposta Alasdair, le foudroyant du regard. Ne vois-tu donc pas que je suis malheureux de l'avoir perdue ?

– Pardonne-moi, mais je t'ai prévenu, je ne suis pas de bonne humeur... depuis que j'ai rencontré Sheena... Peut-être, moi aussi, suis-je amoureux d'elle !

Haletant, il attendit la réponse de son ami. Qu'allait dire Alasdair ? Parlaient-ils de la même jeune fille ?

Celui-ci sourit, confirmant ainsi son intuition.

– Eh bien, ta situation est encore moins enviable que la mienne ! Aimer la fille de ton ennemi ! Même si le vieux Dugald consentait à ce que tu l'épouses, elle ne serait pas d'accord. Elle est volontaire et a décrété qu'elle choisirait elle-même son mari. J'irais bien à Aberdeen pour essayer de gagner son cœur, mais à vrai dire, je le sais, elle n'a jamais voulu m'épouser. C'est son père qui souhaitait notre union... Naturellement, la raison de son choix ne t'est pas inconnue.

Jamie se renversa dans son fauteuil et ferma les yeux. Il n'écoutait plus. Un flot de souvenirs l'envahissait. Les coïncidences, les similitudes... Sheena qu'il avait aperçue la première fois sur le territoire des Fergusson. Ses cheveux semblables à ceux de son frère, ses yeux rappelant ceux de Dugald ! La curiosité du jeune Niall désireux de savoir ce que Jamie éprouvait pour la jeune fille du glen, puis sa colère en entendant la réponse du laird ! Les accusations de Sheena contre les MacKinnion, la crainte et la méfiance dont elle faisait preuve à son égard, son désespoir de ne pouvoir s'échapper ! Enfin, il n'y avait pas d'Erminia MacEwen à Aberdeen, mais sans nul doute une Erminia Fergusson !

Il secoua la tête. N'aurait-il pas dû comprendre plus tôt ? Peut-être avait-il refusé inconsciemment de voir la vérité, refusé d'admettre que Sheena soit une Fergusson ? Pourtant, il se rendait compte que désormais cela n'avait plus d'importance. Les sentiments, le désir qu'il éprouvait pour la jeune Lowlander demeuraient les mêmes.

– As-tu entendu, Jamie ?

– Quoi ?

Jamie ouvrit les yeux.

– Je disais que Dugald accepterait que tu épouses sa fille...

– Il a déjà dit non, répondit le laird d'un air absent. Il me rendait la liberté à condition que j'épouse l'une de ses filles, mais il n'était pas question de Sheena.

– Ses sœurs n'ont pas sa beauté ! (Alasdair eut un rire désabusé.) Finalement, c'est Sheena elle-même qui t'a sauvé de ce mauvais pas ! Je me suis toujours demandé pourquoi elle t'avait aidé à fuir.

Jamie réfléchit rapidement. Ce n'était pas maintenant qu'il allait trahir Niall.

– Elle m'a aidé parce qu'elle me craignait. Elle croyait que son père l'obligerait à m'épouser.

– Pourtant, tu savais qu'elle se trompait.

– Oui, mais tous les moyens étaient bons pour sortir de ce cachot. Et je ne le regrette pas ! Mieux valait un petit mensonge en passant, que le malheur d'une jeune fille victime d'un mariage forcé ! Tu sais comment je suis, Alasdair !

– Peut-être, Jamie, cependant c'est Sheena qui a tout perdu dans l'affaire. On l'a bannie de son clan pour avoir aidé un ennemi.

Jamie se redressa.

– Bannie ?
– Moi-même, j'ai été bien étonné, mais la trahison de sa fille préférée a terriblement déçu le vieux Dugald !
– C'est donc pour cela qu'elle était à Aberdeen, dit Jamie, se parlant à lui-même.
– Elle doit toujours s'y trouver, d'ailleurs.
Jamie se détendit. Si Sheena n'avait pas été bannie, il ne l'aurait jamais revue ! Sans doute s'était-elle délibérément laissé accuser afin de protéger son frère ! Quelle ironie du sort ! En tâchant de la sauver des griffes de Jamie, Niall l'avait au contraire précipitée dans ses bras, et Sheena elle-même y avait contribué !
– Ne te tracasse pas, Alasdair, reprit Jamie avec bonne humeur. Dugald finira par lui pardonner. N'était-elle pas sa fille bien-aimée ?
– Je suppose que oui, mais je ne sais si je me pardonnerai jamais de l'avoir perdue.
– Tu n'es probablement pas le seul à la désirer, Alasdair !
– Celui qui gagnera son cœur aura bien de la chance !
– En effet, répondit Jamie, avec un sourire qui signifiait que cette chance serait la sienne. Maintenant, tu m'excuseras, mais je dois te laisser. Je te remercie du fond du cœur de ta visite. Naturellement, reste tout le temps que tu veux. Je serai de retour d'ici à quelques jours.
– Mais où vas-tu par ce temps d'orage ? demanda son ami, surpris.
Jamie éclata de rire, ne pouvant plus contenir son humeur joyeuse.
– À Aberdeen, gagner le cœur d'une jolie demoiselle !
– Sheena ? interrogea Alasdair de plus en plus étonné.
– Oui.
– Mais c'est ton ennemie ! Du moins, est-ce ainsi qu'elle voit les choses.

– Parfaitement, mon ennemie mais une proie facile à capturer !

Jamie partit, souriant toujours. Cependant il ne se faisait pas d'illusions. Vaincre une si longue haine était une tâche ardue. Il gagnerait le cœur de Sheena, il le fallait ! Maintenant qu'il savait qui elle était, il ne lui restait plus qu'à tirer parti de cette révélation. Comment ? C'était ce qu'il devait découvrir.

23

William Jameson habitait un simple donjon fortifié, juché sur un tertre, près de la Dee. C'était un endroit sinistre, froid et lugubre, sans attrait ni le moindre confort. À son arrivée, Sheena fut conduite dans une petite pièce où on l'enferma à clé. Elle ne s'en offusqua pas tout de suite. Après tout, cette précaution se justifiait. Il était tard, il s'agissait simplement de sa sécurité. Puisqu'elle partait le lendemain, cela n'avait, en vérité, aucune importance.

Quelle naïveté et quelle imprudence de faire confiance à un inconnu, à un Highlander qui plus est ! Cependant, elle ne pouvait que s'en prendre à elle-même.

Tout fut clair et net le lendemain, lorsque Jameson vint la voir. Il ne mâcha pas ses mots et décréta qu'il ne la raccompagnerait pas à Aberdeen, qu'elle resterait chez lui aussi longtemps qu'il le désirerait et qu'elle n'avait pas voix au chapitre.

Sheena s'effondra. Elle avait fui une prison dorée où elle trouvait bonne chère, chaleur et confort, sans oublier un peu de liberté, pour une petite pièce glacée et sale qu'elle ne pouvait quitter et où on ne lui apportait que de maigres repas. Lorsque Jameson revint le soir même, il était soûl et pitoyable. Ses regards disaient clairement qu'il avait l'intention d'abuser d'elle. Cependant, il était tellement ivre que sa tentative fut grotesque. Heureusement pour elle, l'alcool et la peur lui enlevèrent tout courage. Ulcéré, il la laissa et ne revint pas de plusieurs jours, sans doute honteux de sa conduite.

Sheena était seule, prisonnière, et de plus en plus abattue.

– Mon Dieu ! murmura-t-elle. Plutôt Jamie et son insistance que cette solitude sans espoir ! (Quand avait-elle commencé à songer à lui et à l'appeler « Jamie » ? Elle ne se souvenait pas... mais elle se souvenait, en revanche, des mots qu'ils avaient échangés, des moments passés auprès de lui, du bonheur qu'elle avait éprouvé dans ses bras... Perdait-elle la raison ? Elle avait cru lui échapper, et il était là, présent, obsédant !) Je n'en peux plus ! Enfermée entre ces quatre murs nus et glacés, personne à qui parler, une nourriture infecte qu'un domestique m'apporte en silence ! Encore un jour comme cela et je deviens folle !

William Jameson allait et venait nerveusement devant l'âtre de la cheminée. Seules les flammes éclairaient la petite salle. Il était tard. Un messager de MacKinnion venait de le réveiller, lui annonçant l'arrivée imminente de son maître. Une nouvelle bien troublante ! Il avait imaginé que James MacKinnion serait plus prompt. Plus d'une semaine s'était écoulée depuis qu'il avait enlevé la jeune fille. Il avait commencé à croire que Sheena mentait et que MacKinnion n'éprouvait pas le moindre sentiment pour elle. Ce soir, Jamie serait là. Peu importait après tout la raison de ce retard. Le moment tant attendu était enfin arrivé ! Il devait rester maître de lui, surtout, ne pas montrer le plaisir qu'il avait à se venger de ce maudit laird, beau comme un ange !

Des pas résonnèrent bientôt dans l'escalier, et Jamie apparut dans l'embrasure de la porte, suivi de six hommes. Leur faisant signe de se retirer, il avança dans la pièce obscure. Enveloppé de son vaste plaid, il semblait encore plus grand et vigoureux. Soudainement éclairé par le feu de la cheminée, il avait vraiment l'air redoutable ! Un justaucorps vert dépassait de son plaid. Il était jambes nues, malgré le froid, et chaussé de hautes bottes. Une épée battait à son flanc. Jameson le regardait approcher, semblant noter soigneusement chaque détail, comme pour bien se souvenir. Mais en voyant l'expression hagarde de Jamie, il frémit. Les lèvres serrées n'étaient plus qu'un mince trait, le visage fouetté par le vent était fortement coloré, une lueur verte luisait dans ses yeux.

– Je ne dors pas depuis deux jours, Jameson, commença Jamie. Je me suis rendu deux fois à Aberdeen pour rien. Je suis fatigué... Tu vas me dire pourquoi tu retiens cette fille prisonnière.

William eut un sourire crispé.

– Elle voulait rester avec moi, fit-il en haussant les épaules.

– Je ne te crois pas.

– Je ne vois pas d'inconvénient à ce que tu la reprennes, naturellement, s'empressa d'ajouter William d'un ton enjoué. En fait, je serais même ravi que tu m'en débarrasses. J'avoue que je m'en suis déjà lassé !

– Lassé ? (Jamie passa une main dans ses cheveux. Dieu, qu'il était fatigué !) Tu vas t'expliquer tout de suite !

– Que veux-tu que j'explique, l'ami ? D'habitude, une fille en vaut une autre, mais celle-ci n'est que jolie et rien de plus ! J'ai été étonné. Je croyais qu'une nature comme la tienne les préférait un peu plus... fougueuses. Du moins, c'est ce que je préfère, moi !

Jamie empoigna brutalement Jameson par sa tunique, l'amenant contre lui, leurs visages se touchant presque.

– Dois-je comprendre que tu as abusé d'elle ?
– Je ne vais pas te dire oui alors que tu es prêt à me frapper !
– Tu ferais mieux d'avouer ou je te tue ! gronda MacKinnion.
William essaya de se libérer, mais en vain. Sa belle assurance le quittait rapidement. Il n'avait pas le choix, cependant. Il lui fallait se sortir de cette impasse, ou alors il était perdu.
– Tu n'es guère raisonnable, MacKinnion. Si la fille t'était promise, il fallait le dire. Je n'ai pris que ce qui m'était offert. Elle est venue me trouver, me suppliant de l'emmener. C'est elle qui a insisté pour que je la prenne sous mon toit.
– Et qui t'a supplié de la séduire ?
Jameson ne dit rien, mais son silence était suffisamment éloquent. Jamie laissa échapper un grognement sourd, un cri de souffrance qui semblait venir du plus profond de son être. Violemment, il repoussa Jameson. Une envie terrible le prit de mettre cet homme en pièces, de le rouer de coups jusqu'à ce que mort s'ensuive. Pourtant, Jameson n'avait pas tort. Lui, Jamie, n'avait aucun droit sur Sheena. Et, de plus, abandonnée par les siens, elle était libre de faire ce qu'elle voulait. Mais plus maintenant, pardieu !
– Va la chercher, Jameson, et vite, avant que je ne perde patience !
Il ne se le fit pas dire deux fois. Jamie resta seul, contemplant le feu. Au vrai, sa chaleur ardente n'était rien comparée à la brûlure dévorante que la jalousie provoquait en lui. Tous les raisonnements étaient impuissants à calmer sa douleur. Mieux valait souffrir d'une blessure physique plutôt qu'endurer une telle torture !
– Sir Jamie ?
Il se retourna vivement. C'était Sheena. Lorsque leurs regards se rencontrèrent, le timide sourire qui éclairait le visage de la jeune fille disparut aussitôt.

Le courroux du laird n'était que trop visible. Tout en maudissant sa faiblesse, il savait bien qu'il ne lui ferait pourtant aucun reproche. Il n'était pas son gardien. Elle était libre d'agir à sa guise. Mais choisir William Jameson ? De douleur, il ferma les yeux. Seigneur, jamais il ne pourrait comprendre ! Mais il ne lui ferait aucun reproche, enfin, il essaierait !

Lorsqu'il rouvrit les yeux, il avait l'air plus calme.

Toutefois, Sheena restait sur ses gardes. Prête à le remercier d'être venu à son secours, elle n'était plus très sûre, en le voyant aussi furieux, de vouloir le suivre. Jamie remarqua son regard circonspect, chargé de méfiance. De plus, elle semblait très fatiguée. Sa robe bleue, celle qu'elle portait le jour où elle s'était enfuie, était sale et froissée; de profonds cernes marquaient son visage blême. Peut-être était-elle malheureuse avec Jameson... Ou peut-être...

– Vous allez venir avec moi, et sans faire d'histoires ! ordonna-t-il. Où est passé Jameson ?

Sheena regarda derrière elle, puis haussa les épaules.

– Je ne sais. Il m'a accompagnée jusqu'à la porte. J'imagine qu'il a eu trop peur de vous après...

– C'est aussi bien ! interrompit-il d'un ton bourru. Je ne sais ce qui me retient de tuer cet individu. (S'approchant de l'escalier, il cria :) Entends-tu, Jameson ? Que je ne te voie plus jamais !

Sheena le regarda, stupéfaite et, lorsqu'il la saisit sans douceur par le bras pour la pousser vers la porte, elle n'osa résister. Savait-il qu'on l'avait retenue prisonnière ? Peut-être était-il furieux contre Jameson et non contre elle...

Les hommes de Jamie regroupèrent leurs chevaux. Elle laissa le jeune laird l'aider à monter sur son étalon gris, se raidissant lorsqu'il sauta en selle à son tour, s'installant derrière elle. Les six cavaliers s'élancèrent tandis qu'ils suivaient plus lentement. Malgré le vent glacé qui la fouettait, elle se sentit devenir brûlante au contact de Jamie qui l'entourait de ses bras.

– Sir Jamie, est-ce à Aberdeen que vous m'emmenez ? demanda-t-elle en tournant la tête de côté pour se faire comprendre.

– Non.

– Je voudrais me rendre à Aberdeen, insista-t-elle, ignorant la sécheresse de son interlocuteur.

– Vous voudriez, vraiment ? répéta-t-il d'un air sombre.

– Vous aviez proposé de m'y accompagner, dit-elle en fronçant les sourcils. Eh bien, je vous le demande maintenant !

– Il fallait le demander à Jameson, pendant que vous en aviez l'occasion. Voyez-vous, ma proposition ne tient plus, Sheena.

– Mais... pourquoi ?

– On m'a très justement fait remarquer que c'était négligence de ma part de ne pas faire valoir mes droits sur vous. Je vais donc remédier à cette situation dès notre retour en vous présentant officiellement comme ma compagne !

– Je refuse ! souffla-t-elle.

– Je n'ai nullement besoin de votre accord, reprit-il froidement. Il s'agit simplement d'annoncer à mon clan que je m'engage à vivre avec vous. Je n'aurais pas dû autant tarder.

– Vous n'êtes qu'une brute ! Vous ne pouvez pas me contraindre. Seul mon père pourrait m'obliger à accepter une union dont je ne veux pas.

– Et s'il vous le demandait ?

– Jamais il ne me donnerait à un sauvage de votre espèce ! Jamais je n'accepterai et je dirai à votre famille que vous me forcez la main !

– Maudite femme ! Vous me refusez et vous avez bien voulu de Jameson ! Comment avez-vous pu, Sheena ?

– Comment ai-je pu quoi ? De quoi m'accusez-vous ?

Il arrêta brusquement son cheval et, saisissant la jeune fille par les épaules, il l'obligea à lui faire face. Ses yeux flamboyaient dans la nuit. Terrifiée, Sheena n'osait plus bouger.

– Vous vous donnez à Jameson alors qu'il ne vous offre rien; je vous propose, sous serment, la sécurité d'une vie commune en attendant de nous marier, et vous me traitez de brute! La raison de votre refus, je la connais et j'en viendrai à bout! Mais, par tous les saints, Sheena, jamais je ne pourrai comprendre que vous ayez cédé à Jameson!

Sheena écarquillait les yeux. Quand il se tut, elle le gifla. Il saisit sa main et l'attira à lui.

– Comment osez-vous m'accuser? siffla-t-elle. Je suis toujours pure mais, sachez-le, il vous faudra me croire sur parole. De toute façon, cela ne vous regarde pas! Oui, après tout, croyez ce que vous voulez. Vous me laisserez peut-être enfin tranquille.

Pour toute réponse, il l'embrassa. Seigneur, le pouvoir qu'elle avait sur lui! Jamais personne auparavant n'avait éveillé en lui un désir aussi fort ni provoqué une douleur aussi vive! Il relâcha son étreinte.

– Je vous désire toujours, Sheena, dit-il d'une voix caressante. Et vous serez mienne, bientôt. Vous vous demanderez alors pourquoi nous nous sommes tant querellés, ma chérie.

Il pressa sa monture pour rattraper ses compagnons.

24

– Pas encore au lit?

Colen se réveilla en sursaut et vit son frère qui se penchait au-dessus de lui, apparemment fatigué mais sain et sauf. Rassuré, il se laissa retomber dans son fauteuil, près de la cheminée.

– Je n'avais pas vraiment sommeil, répondit-il d'un ton maussade. Ces derniers temps, je me lève tard, et je me couche plus tard également. Où donc étais-tu parti ? C'est la deuxième fois en quelques semaines que tu disparais sans donner d'explication. Crois-tu que personne ici ne s'inquiète de ton absence ?

– Tu t'es donc fait beaucoup de souci ? (Comme Colen gardait le silence, Jamie soupira.) Très bien, reprit-il, je vois que tu es contrarié. Je te fais toutes mes excuses. Vraiment, Colen, je suis désolé. Cela ne se reproduira plus.

– Me diras-tu où tu étais, à la fin ? Du moins, cette fois, quelques hommes t'ont accompagné. As-tu eu des ennuis ?

– Non, je suis simplement allé à Aberdeen.

– Encore ? (Colen était surpris.) Pourquoi pensais-tu avoir plus de chance ?

– N'as-tu donc pas parlé à MacDonough pendant son séjour au château ?

– Il est parti aussitôt après ton départ. De toute façon, j'étais chez Black Gawain. Jessie Martin est restée auprès de lui...

– Je suis heureux de l'apprendre, rétorqua Jamie sans montrer de surprise.

– Voilà une attitude des plus généreuses, marmonna Colen.

– Pourquoi veux-tu que je sois la proie d'une éternelle jalousie ? Quand c'est fini, c'est fini ! D'ailleurs, ce n'est pas moi qui ai courtisé Jessie.

– Il ne me semble pas convenable qu'elle vive avec Black Gawain après avoir habité chez toi... C'est la cousine de Daphnée !

– Je ne vois pas ce que cela change. Je ne me tracasse pas pour elle et tu devrais en faire autant, à moins que tu n'en sois amoureux !

Colen rougit.

– Pas du tout.

– Tu les préfères plus minces, peut-être ? demanda Jamie, s'amusant de l'embarras de son frère.

Cependant, Colen ne se laissa pas détourner du sujet qui le préoccupait.

– As-tu retrouvé Sheena ?

– Elle n'était pas à Aberdeen, mais toujours chez Jameson, fit-il d'une voix glaciale.

– Mais pourquoi ? Je ne comprends pas.

– Moi non plus.

– Et tu n'as pas réussi à la ramener ? questionna Colen, sans trop savoir quelle réponse il espérait.

– Elle est ici, Colen, et elle reste.

Colen se redressa, incrédule.

– Est-elle d'accord ?

– À vrai dire, je ne lui ai pas demandé son avis.

– N'oublie pas, tu as promis de respecter son désir. De toute façon, je croyais qu'il te fallait une raison pour la reprendre à Jameson.

– MacDonough me l'a donnée.

Colen se leva de son siège.

– Vas-tu tout me raconter ou dois-je interroger Sheena ?

– Elle n'est pas au courant.

– Par tous les saints, Jamie, faut-il vraiment que tu sois aussi laconique ?

– Excuse-moi ! répondit ce dernier en souriant. Oui, je pense que je peux te le dire, mais personne d'autre ne doit le savoir, et surtout pas Sheena. Ai-je ta parole ?

– Bien sûr ! Tu me feras mourir ! Que t'a donc dit MacDonough ?

– Vois-tu, il n'a pas épousé la fille du vieux Fergusson. En fait, elle a été chassée de son clan et envoyée à Aberdeen... où tu l'as rencontrée !

– La fille de Fergusson ? Sheena ? Je n'en crois pas un mot !

– C'est pourtant la vérité, Colen. Je te l'ai caché, ainsi qu'à elle d'ailleurs, mais je l'avais déjà rencontrée avant que tu ne l'amènes au château, après le raid sur le territoire des Fergusson. Quand tu m'as déclaré que c'était une vagabonde, je l'ai cru. Je l'avais vue se baigner à l'aube dans un petit lac au fond d'un glen, et il me semblait qu'une Fergusson n'aurait jamais pris un tel risque alors que son clan était en état de guerre.

– Exactement. Sheena ne peut être une Fergusson.

– Sheena est une fille décidée. Ne s'est-elle pas enfuie à la première occasion ? Ne s'est-elle pas baignée l'autre jour bien que je lui aie dit que l'eau était beaucoup trop froide ? Elle n'en fait qu'à sa tête, et sans doute agit-elle de même à Tower Esk !

– Une Fergusson, alors ?

– Oui, et de plus la fille préférée du vieux Dugald. MacDonough me l'a décrite et c'est bien elle. Réfléchis un peu. Cela n'explique-t-il pas son effroi à notre égard ? La première fois que je l'ai vue dans ta chambre, nous avons bavardé et même plaisanté. Elle n'avait pas peur de moi. Pas le moins du monde. Ce n'est que lorsqu'elle a su qui j'étais qu'elle a changé d'attitude !

– C'est vrai, je me souviens à présent qu'elle est devenue comme folle quand je lui ai dit mon nom. Elle criait qu'elle voulait partir à tout prix, j'ai dû la gifler pour la calmer !

– Que dis-tu ? s'exclama Jamie.

– Jamie, elle m'a rendu la pareille ! répliqua Colen, gêné. (Jamie partit d'un grand éclat de rire.) Je n'ai pas trouvé cela amusant sur le moment, grommela Colen. Mais, dis-moi, cela change tout, si Sheena est une Fergusson. Que vas-tu faire ?

– Je l'ai ramenée ici et mes projets ne sont pas modifiés. Qu'elle le veuille ou non, je m'engage à vivre avec elle.

– Si tu la contrains, la situation sera grotesque. S'il s'agissait de l'épouser, ce serait autre chose, bien que je ne voie pas non plus comment tu pourrais l'y obliger.

Jamie se renfrogna. Son frère disait vrai et cette vérité lui déplaisait fortement. Jusqu'à présent, il avait bien voulu attendre car il désirait qu'elle l'épouse de son plein gré. Bien sûr, une fiancée finissait toujours par se montrer docile, que le mariage soit à sa convenance ou non. Il voulait éviter que leur vie commune ne commence sur une note de dépit, tout en refusant de l'épouser sans avoir auparavant vécu avec elle. Il ne ferait pas deux fois la même erreur. Elle avait appartenu à d'autres, d'ailleurs ! Jameson avait même insinué qu'elle manquait de fougue... Au diable ce Jameson et ses ragots !

– Je suis trop fatigué pour continuer cette discussion, fit-il brusquement.

– Attends ! Dis-moi au moins pourquoi tu préfères cacher à Sheena que tu connais sa véritable identité.

– Ce serait lui donner une arme contre moi. Elle ne cesserait de m'accuser de tous les maux qui ont frappé sa famille. Crois-tu que je supporterais sans rien dire ses attaques, ses affronts permanents ?

– Mais elle te craint, Jamie ! En réalité, elle a peur que, découvrant qu'elle est une ennemie, tu ne réagisses avec violence. Au contraire, il faut qu'elle sache que la vérité ne change rien au désir, aux sentiments que tu éprouves pour elle. Elle comprendra alors que ses craintes n'étaient pas justifiées.

– Je lui prouverai en tout cas qu'elle se méprend sur mon compte, répondit Jamie avec confiance. Je ne veux pas qu'elle invoque, pour me refuser, la haine qui oppose nos clans depuis des générations.

– C'est pourtant là sans aucun doute la raison de son refus obstiné.

– En effet, mais elle ne peut l'avouer, n'est-ce pas ?

Jamie sourit, mais son sourire manquait de conviction.

25

Le lendemain matin, désirant éprouver l'étendue de sa liberté à Castle Kinnion, Sheena s'aventura hors de sa chambre de la tour sud. Elle avait revêtu sa robe verte, encore bien défraîchie quoiqu'elle eût été nettoyée – du moins, c'était la sienne ! – et s'était contentée de brosser ses cheveux, les laissant tomber librement sur ses épaules.

De peur de rencontrer Jamie à cette heure de la matinée, elle ne se dirigea pas tout de suite vers la grande salle, préférant longer la galerie extérieure. Elle observa un moment l'effervescence qui régnait dans la cour, puis le paysage environnant. On apercevait, par-delà les montagnes, la Dee qui coulait au loin. Un rayon de soleil perça les nuages noirs et caressa son visage, sans doute le dernier instant de chaleur jusqu'au printemps prochain.

On la reconnut mais personne ne l'arrêta. Soulagée de voir qu'aucun ordre n'avait été donné pour l'empêcher de se promener dans la cour intérieure, elle décida de tenter sa chance. Elle descendit par l'étroit escalier en colimaçon de la tour est. Celle-ci se situait sur le devant du château et ne comportait que deux pièces, probablement réservées aux gardes. Comment faisaient ces gardes grands et forts, armés de pied en cap, pour ne pas se gêner dans cet escalier étroit ? Sa question ne resta pas longtemps sans réponse. Quelques marches plus bas, elle dut s'arrêter : un homme bloquait le passage. La faible lumière qui pénétrait par la porte ouverte du rez-de-chaussée lui permit de reconnaître le cousin de Jamie. À sa vue, Black Gawain ne cacha pas son étonnement.

– Vous voilà donc de retour ! fit-il sans bouger.

– Comme vous le voyez ! répondit Sheena sèchement, irritée par ce ton suffisant dont il usait toujours avec elle.

– Et toute seule, de surcroît ! Votre jeune chien de garde vous a donc abandonnée ?

– Si vous faites allusion à Colen, sachez qu'il n'est pas mon chien de garde, comme vous dites !

– On ne peut pourtant vous laisser sans protection, vous serez d'accord avec moi !

– Pourquoi ?

– Ma foi, si vous n'éprouvez pas le besoin d'être protégée par un homme de mon espèce... je ne vais pas vous dire le contraire, reprit-il, un sourire aux lèvres.

Sheena ne riait pas.

– Laissez-moi passer, Black Gawain.

– Mais nous n'avons pas encore eu l'occasion de faire connaissance, et il est peu probable que je vous rencontre de nouveau seule, de façon aussi inespérée.

Il fit un pas en avant. Elle recula. Il avança encore d'un pas, plus lentement cette fois-ci, comme s'il traquait une bête. Devait-elle le prendre au sérieux ? En tout cas, ce jeu lui déplaisait profondément. Comme il l'obligeait encore à reculer, elle tendit le bras pour l'arrêter.

– Que croyez-vous donc faire, monsieur ?

Brusquement, il saisit sa main tandis que son bras se glissait autour de sa taille.

– Je prends des risques, ma chère, mais le jeu en vaut la chandelle !

Il se pencha sur elle et l'embrassa. Doucement d'abord, puis, comme elle faisait mine de se débattre, il resserra son étreinte, lui broyant la poitrine. Son baiser se fit plus sauvage, meurtrissant sa bouche. La tête rejetée en arrière, elle crut que sa nuque allait se briser. Si seulement elle avait une arme pour se défendre ! Elle était sur le point de suffoquer lorsqu'il releva la tête.

– Oh, Sheena ! dit-il d'une voix sourde, vous faites perdre la raison à un homme ! Mais après tout, quel mal y a-t-il dans un baiser ?

Quel mal ? Elle aurait voulu l'insulter. Cependant, pressentant que tout danger n'était pas encore écarté, elle se contenta de déclarer :

– Laissez-moi, monsieur. Je pourrais très bien vous tuer pour ce que vous avez fait.

En riant, il la relâcha.

– Ce n'est pas vous que je redoute, demoiselle, mais votre laird !

– Jamie ? Il n'est pas mon laird.

– Il ne l'est pas ? répéta-t-il avec un sourire méchant. Alors, je n'ai pris aucun risque. Peut-être puis-je voler plus qu'un baiser...

Le cri de Sheena mourut dans sa gorge. De nouveau, il l'écrasait contre lui, et sa main glissa vers sa poitrine. Le dégoût la saisit. Elle était en danger. Au même moment, des pas et des voix résonnèrent, venant du rez-de-chaussée. Black Gawain, en jurant, desserra son étreinte. Elle se précipita vers la porte, se faufilant entre le mur et lui, heureuse de retrouver la lumière du jour. Une fois dans la cour, elle ralentit le pas et s'arrêta pour respirer profondément. Dieu merci, elle était sauvée !

Black Gawain l'avait eue à sa merci. Risquait-elle désormais à tout instant d'être attaquée ? Pleine d'espoir, elle courut jusqu'à l'entrée du château. Le garde secoua la tête : non, il n'était pas question qu'elle sorte. Que faire ainsi sans protection ? Elle n'allait tout de même pas céder aux pressions de Jamie pour échapper à d'audacieux importuns ! Il fallait trouver une solution.

Colen était seul à table lorsqu'elle pénétra dans la salle. Furieuse, elle s'approcha.

– Je demande votre protection, Colen, déclara-t-elle hardiment. Vous me la devez.

– Croyez-vous que je vais prendre votre parti contre celui de mon frère ?

– Non, bien sûr que non ! De toute façon, il ne s'agit pas de Jamie. (Colen remarqua ses lèvres meurtries. Elle les effleura du doigt et eut une grimace de douleur.) Je demande votre aide.
– Pourquoi n'allez-vous pas voir mon frère ? Il sera ravi de vous offrir sa protection.
– À quel prix ? répliqua-t-elle d'un ton cassant. Je ne suis pas décidée à sacrifier ma liberté.
– Vous sacrifier ? Oui, évidemment, je suppose que c'est ainsi que vous voyez les choses.
Elle se rembrunit. Cette conversation ne menait nulle part et Colen se comportait bizarrement.
– Cela vous est donc égal ?
– Vous ne me ferez pas croire qu'il vous est pénible de supporter les attentions de mon frère.
– Que voulez-vous dire ?
– Je vous ai vue avec Jamie près de la rivière. Vous n'étiez pas précisément en train de le repousser.
Les joues de Sheena s'empourprèrent, mais elle refusa de voir la vérité en face.
– Il a profité de la situation, Colen. Détrompez-vous, je ne le désire pas.
– Épousez-moi, alors ! C'est le seul moyen, si vous voulez qu'il cesse de vous poursuivre. Sans quoi, tôt ou tard, il aura raison de vous.
– Il doit y avoir une autre solution.
Colen secoua la tête.
– J'abandonne, Sheena. Je ne sais comment mon frère admet d'être ainsi constamment repoussé, mais moi, j'en ai assez !
C'était là une réponse inattendue. Il lui avait semblé qu'elle pourrait toujours compter sur Colen et voilà qu'il lui refusait son appui.
– Ainsi, vous ne voulez pas m'aider ?
Il soupira.
– Vous n'avez voulu ni de mon frère ni de moi ! Je vous ai conduite ici et je le regrette, maintenant. Mais ensuite, c'est Jamie qui vous a ramenée après que vous vous êtes enfuie. Vous êtes à lui désormais.

– Pourquoi m'a-t-il ramenée, Colen ? De quel droit me retient-il prisonnière ?

C'est à peine si elle entendit la réponse du jeune homme qui déjà quittait la pièce.

– C'est à lui qu'il faut le demander !

26

Sheena s'enferma à double tour dans sa chambre.

Décidée à ne plus en sortir tant qu'on la retiendrait prisonnière, elle avait, au déjeuner, subtilisé des provisions qui dureraient plusieurs jours. Le laird ne devinerait pas sa ruse et croirait qu'elle se laissait mourir de faim. Cela semblait être la seule solution.

Ce soir-là, Jamie, de retour au château, trouva la chambre fermée à clé. Il frappa, et comme la jeune fille s'obstinait à ne pas répondre, il enfonça la porte. Sheena se tenait immobile, prête à affronter sa colère.

– Vous allez me dire à quoi rime tout ceci ! s'exclama-t-il. Pourquoi diable vous taisiez-vous ?

Sheena prit son courage à deux mains.

– Vous n'aviez pas le droit de forcer cette porte, sir Jamie. Si j'avais voulu vous voir, je vous aurais laissé entrer. Et, d'ailleurs, si je vous avais demandé de partir, m'auriez-vous entendue au milieu des cris que vous poussiez ? (Elle poursuivit, ignorant la mine sombre de son interlocuteur :) J'ai le droit de préserver mon intimité. Votre père n'a jamais enfoncé la porte de la chambre où se retirait votre mère. Il avait du respect...

– Je ne suis pas comme mon père ! interrompit Jamie. Je ne veux pas de portes fermées entre moi et mon désir ! Et quand notre union sera proclamée, vous n'en voudrez plus, vous non plus !

Sheena demeura stupéfaite.

– Votre assurance est extraordinaire ! Je désirerai toujours une barrière entre vous et moi !

Elle haletait, les mains sur les hanches, le menton en avant. La colère de Jamie retomba aussitôt et il se mit à rire.

– Savez-vous que vous êtes adorable quand vous vous mettez en colère ? Je ne pourrai jamais me fâcher bien longtemps avec vous.

Une affirmation de ce genre de la part de James MacKinnion, l'homme dont tout le monde redoutait les violentes colères ?

– Je n'aime pas que l'on se moque de moi !

– Je n'aime pas, je n'aime pas, fit-il en l'imitant. Y a-t-il quelque chose que vous aimiez, demoiselle ?

– Ma liberté.

– Avez-vous déjà été libre d'agir à votre guise ? répliqua-t-il. Vous deviez obéissance à votre père avant d'être contrainte à m'obéir !

– Mon père me laissait libre.

– Vraiment ? N'est-ce pas plutôt vous qui n'en faisiez qu'à votre tête ?

Sheena baissa les yeux, ne pouvant soutenir ce regard intense. Cet homme était bien perspicace.

– Peu importe ! reprit-elle, gênée. De toute façon, c'est à lui que j'obéis, non à vous !

– Peut-être alors devrais-je aller le voir ? Un MacEwen acceptera volontiers une alliance avec les MacKinnion !

– Non ! souffla-t-elle.

– Du moins cela mettrait-il fin à toutes ces discussions qui ne riment à rien.

– Non ! répéta-t-elle avec toute la violence dont elle était capable.

– Eh bien, entendu ! Je vais rendre visite à votre père.

Sheena comprit soudain la portée de ces mots.

– Jamais vous ne le trouverez ! Essayez, si vous voulez, mais ce sera en pure perte !

– Ne croyez pas cela. Il me suffit d'aller voir votre tante à Aberdeen.

– Je vous déteste, James MacKinnion ! gronda-t-elle, se sentant piégée.

– Vous me détestez ! fit-il d'un ton cassant. Je n'en doute pas, voyez-vous, pas le moins du monde. Mais c'est mon nom qui vous effraie, pas l'homme que je suis, et j'en ai plus qu'assez de votre obstination ! (Comme elle le regardait, perplexe, il s'empressa d'ajouter :) Vous ne m'avez pas repoussé à notre première rencontre. Pourquoi avez-vous peur depuis ?

– Je n'ai pas à justifier ma conduite, dit-elle d'une voix mal assurée.

– Naturellement ! se moqua-t-il. Vous vous contentez d'éluder... C'est donc moi qui vais vous expliquer, si vous le voulez bien. Votre famille vous a raconté d'horribles choses sur moi, n'est-ce pas ? Dites-moi si je me trompe, Sheena. (Comme elle restait silencieuse, il poursuivit :) Certaines de ces histoires sont sans doute vraies, je ne le nie pas, mais vous savez combien les rumeurs sont exagérées et mensongères.

– Il y a sûrement plus de vrai que de faux dans ce qu'on raconte !

– Une petite part de vérité seulement, Sheena, et cela ne vous permet pas de mal me juger.

– C'est suffisant pour ne pas vous faire confiance.

Jamie fronça les sourcils et la ligne de ses lèvres se durcit.

– Regardez-moi, Sheena. Oubliez qui je suis et regardez-moi ! Vous ai-je jamais donné une raison de me craindre ? Vous ai-je jamais menacée ou fait du mal ?

– Parfaitement, vous n'avez cessé de me donner des ordres ! Vous voulez m'obliger à vivre avec vous ! Vous me persécutez !

– Maudite femme entêtée ! tempêta Jamie. Mon seul crime est de vous désirer, et si vous étiez honnête, vous reconnaîtriez qu'il n'y a rien de mal à cela. En vérité, je ne vous déplais pas autant que vous l'affirmez.

– Tout au contraire ! Je jure...

– Sheena, il est temps d'en finir avec ces sottises. Cessons de nous disputer ! (Il s'avança et, soudain, il fut tout proche d'elle.) Allons, Sheena ! (Sa voix était douce.) Écoutez enfin votre cœur. (Elle demeura immobile. Il allait la prendre dans ses bras. Elle ferma les yeux. Les paupières closes, elle se souvint de son étreinte, de ses baisers. Elle revint à elle en sentant la main de Jamie qui, doucement, l'attirait à lui. Il la regardait de ses yeux pénétrants, il cherchait à la comprendre.) Sheena, murmura-t-il, je sais ce que vous avez ressenti quand je vous ai embrassée, mais peut-être avez-vous oublié...

– Non, je n'ai pas oublié ! Vous m'avez ensorcelée ! C'est pour cela que je ne me suis pas débattue !

Elle parlait avec une sorte de révolte.

– Ensorcelée ? Mais vous vous trompez ! C'est le plaisir que deux êtres éprouvent l'un pour l'autre lorsque, avec la même passion, ils désirent être ensemble ! Il n'y a rien là de diabolique !

– Pourquoi vous conduisez-vous ainsi ? s'écria-t-elle, au comble de l'impuissance.

– J'ai besoin de vous sentir près de moi, Sheena, de vous étreindre, de vous caresser ! Est-ce que je vous blesse en ce moment ? Non, je vous tiens simplement dans mes bras. (Il se pencha et l'embrassa. Sheena ne put réprimer un cri de douleur.) Que s'est-il passé ? demanda-t-il en voyant ses lèvres légèrement enflées.

– Je... je suis tombée, bredouilla-t-elle sans réussir à le tromper pour autant.

Il la regarda fixement et soudain, explosa :

– Vous mentez ! (Il recula, craignant de ne pouvoir se maîtriser.) Un seul jour au château, et déjà vous vous donnez à un autre homme !

– Comment osez-vous m'accuser ? (Furieuse, elle le gifla avec toute la force dont elle était capable.) Sans doute préférez-vous croire que je suis une fille facile, histoire d'apaiser votre conscience ! Eh bien, je suis désolée de vous décevoir, mais sachez que c'est mon mari que j'aimerai, à lui que je me donnerai, pas à un MacKinnion ! Je vous déteste tous, vous et votre clan ! Vous êtes tous les mêmes ! Des sauvages !

– Alors, comment se fait-il que…

– On m'a agressée ! Mais que ce soit vous ou l'un de vos compagnons, quelle différence ? La vérité est que je suis en danger dans ce château ! Si je me suis enfermée à clé dans ma chambre, c'est que vous ne prenez aucune mesure pour assurer ma sécurité ! Dois-je donc vivre dans la crainte perpétuelle d'être attaquée par vous ou l'un de vos hommes ?

L'accusation de Sheena piqua Jamie au vif. C'était vrai. Ni lui ni Colen n'avaient expliqué à leurs compagnons la présence de la jeune fille. Il fulminait. Sheena recula, soudain effrayée par la violence de ses accusations.

– Je veux savoir qui vous a brutalisée, dit-il d'une voix faussement calme.

– Pourquoi ?

– Pour faire un exemple et pour que cela ne se reproduise plus.

– Bien sûr ! Une fière idée que vous avez là ! riposta-t-elle, sarcastique. Vous entendez punir celui qui ose se montrer aussi brutal que vous ! Naturellement, vous, vous êtes le laird ! Êtes-vous donc moins coupable que les autres ?

– Dès notre première rencontre je vous ai fait part de mes intentions.

– Et selon vous, cela excuse votre conduite ? Sachez que ses intentions à lui étaient fort claires, elles aussi !

– Sheena…

– Non, vous allez m'écouter jusqu'au bout ! Je ne vous donnerai pas son nom. De toute façon, je lui ai dit que je n'étais promise à personne.

– Vous étiez donc consciente de ce qui allait se passer et vous n'avez pas cherché à l'éviter ?

Jamie ne cachait pas sa désapprobation. Sheena, indignée, se hérissa.

– Je ne mens pas, je n'invoque pas de fausses raisons, même si ma sécurité est en jeu. Il n'y a qu'une solution à ce problème, sir Jamie !

– Que je vous laisse retourner à Aberdeen ? Il y en a une autre. (Sous le regard inquiet de Sheena, il se mit à arpenter vivement la pièce. Au bout d'un moment qui sembla une éternité, il reprit avec calme :) Nous allons nous marier.

Il vit la colère s'emparer d'elle.

– Nous marier ? répéta-t-elle, incrédule. (L'arrogance de cet homme était donc sans limites ?) Comment ferez-vous ? Je n'ai nullement l'intention de consentir.

– Nous nous marierons, se contenta-t-il d'affirmer d'un ton glacial.

La colère le quitta, faisant place au doute. Pouvait-il vraiment la convaincre ? N'avait-elle pas pensé à tout ?

– Hier soir, vous me proposiez simplement de partager votre couche. Pourquoi ce revirement ?

– Vivre ensemble sans nous marier ne vous rendra pas plus consentante...

– Vous assuriez cependant que vous vouliez vivre quelque temps avec votre future épouse avant les noces !

Cette remarque ne fit qu'aviver le courroux du laird qui rétorqua non sans cruauté :

– C'est d'une femme froide que je ne veux pas ! Et, apparemment, vous ne l'êtes pas !

Rouge de colère, Sheena suffoquait.

– Alors ? Vous me prendrez de force ? répliqua-t-elle tout aussi sèchement. Croyez-vous que je céderai à votre chantage ? Jamais !

– Je préfère attendre encore un peu et épouser une femme obéissante et désireuse de plaire, dit-il, un sourire glacial aux lèvres.

– Jamais ! Jamais, vous ne pourrez me contraindre, entendez-vous ?

Ignorant ses cris, il quitta la pièce.

Restée seule, elle s'assit sur le lit et se prit la tête dans les mains. Elle se retrouvait au point de départ, terrifiée à l'idée d'épouser le chef highlander. Les histoires atroces que l'on racontait à son sujet, le suicide de sa femme, les pillages et les massacres auxquels il se livrait lui revenaient en mémoire. N'avait-il pas juré de la frapper, d'abuser d'elle, de la faire souffrir ? Ne s'en était-il pas vanté auprès de Niall ? Et il ne plaisantait pas. Sa froide colère était la preuve de sa détermination.

Il ne parlait ni de sentiments ni d'amour. Il la convoitait, tout simplement. La luxure gouvernait cet homme et ferait leur malheur à tous deux.

27

Plus tard dans la soirée, deux hommes vinrent chercher Sheena pour la conduire dans une chambre voisine de celle de Jamie. Elle les suivit sans protester. La pièce ne se fermait pas à clé, ni de l'intérieur ni de l'extérieur et, toute la nuit, les deux hommes gardèrent l'entrée. Le lendemain matin, ils l'accompagnèrent jusqu'à la grande salle et, durant deux jours, ne la lâchèrent pas d'une semelle quand elle circulait dans le château. Il était clair qu'ils étaient là pour assurer sa protection. Le troisième jour, l'attitude de Jamie finit par intriguer la jeune fille. Il était trop calme, indifférent presque. Oui, indifférent. Alors qu'auparavant il ne la quittait pas des yeux, maintenant, il ne s'occupait plus d'elle. Peut-être était-il las d'être sans cesse repoussé ? Pouvait-elle espérer être enfin débarrassée de lui ? Ou bien la laissait-il volontairement dans l'incertitude ? Mais alors, dans quel dessein ?

Tandis qu'elle se laissait aller à ses pensées, un

garde fit irruption dans la salle, ne craignant pas d'interrompre le petit déjeuner. Tout le monde leva la tête. Visiblement troublé, l'homme s'approcha vivement du laird.

– Puis-je vous dire un mot, sir Jamie ?

– Tu peux parler sans crainte, Alwyn, soupira ce dernier. Tu accordes toujours trop d'importance à des incidents mineurs !

– Vous n'allez pas le croire, sir Jamie, répondit Alwyn, encore essoufflé d'avoir couru, mais je vous jure que c'est vrai ! Le clan Fergusson au grand complet est à nos portes !

Sheena devint livide et faillit s'étrangler. Elle regarda fixement Alwyn. Son clan ? Aux portes du château ? Ils allaient attaquer sans se douter qu'elle était là !

– Si tu veux mon avis, Jamie, je trouve que c'est agir de façon bien dissimulée !

Le ton plein de désapprobation de Colen résonna étrangement aux oreilles de Sheena, mais lorsqu'elle se tourna vers Jamie, tout devint clair. Ce dernier l'observait, un sourire de satisfaction sur les lèvres. Elle resta un instant pétrifiée, puis se contenta de demander :

– Depuis quand savez-vous ?

Désormais, ce n'était plus la peine de feindre.

– Depuis peu, très chère, répondit Jamie. Durant votre séjour chez Jameson, j'ai reçu une visite. Alasdair MacDonough, vous le connaissez, n'est-ce pas ? Il m'a longuement parlé de la trahison de sa fiancée.

– Mais vous ne m'aviez jamais vue ! Comment avez-vous pu deviner ?

– Nous reparlerons de cela plus tard. (Son sourire s'accentua tandis qu'il se levait de table.) Je ne veux pas faire attendre votre père. (Faisant un signe aux deux gardes, il ordonna :) Reconduisez la demoiselle dans sa chambre et veillez à ce qu'elle n'en sorte sous aucun prétexte ! Est-ce compris ?

Des mains saisirent Sheena avec douceur mais fermeté. Cependant, elle tenta de résister. Des visions d'horreur surgirent dans son esprit... Son clan, son père, son frère... massacrés !

– Jamie ! cria-t-elle. (Il se retourna alors qu'il s'apprêtait à quitter la pièce et revint vers elle.) Qu'allez-vous faire ? Je vous en supplie, dites-le-moi !

– Savez-vous que c'est la première fois que vous m'appelez par mon prénom ? murmura-t-il d'une voix douce, effleurant de sa main la joue de la jeune fille.

– Jamie ! Je vous en supplie !

– Ne vous tourmentez pas, Sheena ! Si j'ai demandé à votre père de venir, ce n'est pas pour le tuer.

– Vous... lui avez demandé de venir ?

– Ne vous ai-je pas dit que nous allions nous marier ?

D'un pas rapide, il sortit de la pièce.

Soudain, Sheena comprit. Il n'avait pas changé d'avis. Il avait simplement attendu, attendu que vienne la seule personne qui pouvait l'obliger à épouser James MacKinnion : son père !

Jamie se pencha par-dessus le mur d'enceinte. Aux portes du château attendaient Fergusson et ses hommes, certains à deux ou trois sur un seul cheval. En effet, il semblait bien que le clan Fergusson au grand complet se fût déplacé jusqu'à Castle Kinnion ! Jamie sourit. Le message qu'il avait envoyé à Dugald disait simplement qu'il était en possession de « la perle de Tower Esk ». Si le vieil homme était prêt à payer une rançon, précisait-il, il lui suffirait de venir seul à Castle Kinnion. On ne pouvait dire que le chef Fergusson était venu seul ! Néanmoins, aucun autre clan ne semblait s'être joint à lui dans cette expédition. Pas encore, du moins. Cela ne signifiait pas que les clans MacAfee, MacGuire et Sibbald n'étaient pas en route... Jamie en doutait fort, cependant. Il n'aurait pas envoyé ce message à Dugald s'il avait craint que l'entrevue ne se passât mal et ne tournât au massacre.

Fergusson s'avança, son fils à ses côtés. Jamie fut heureux de voir le jeune Niall. Le garçon pourrait parler à Sheena, si celle-ci refusait d'écouter son père.

– James MacKinnion !

– Me voici ! rétorqua ce dernier en se penchant davantage pour mieux se faire voir et entendre. Ainsi, nous nous rencontrons de nouveau ! J'avoue que je préfère de loin l'entrevue d'aujourd'hui à la première !

Dugald lui lança un regard furibond auquel il répondit par un éclat de rire.

– Tu as déjà rencontré Fergusson ? Où cela ? interrogea Colen qui avait rejoint son frère.

– Je t'en prie, pas de questions. C'est ma vie qui se joue en ce moment même !

– J'espère que Sheena te rendra malheureux ! marmonna Colen amèrement.

– Allons ! Je ne pensais pas que tu étais si mauvais joueur ! Tu savais que j'étais prêt à tout pour avoir Sheena.

– Je croyais que tu la laisserais décider librement, sans exercer de pression sur elle, mais je vois que je me suis trompé.

– Je veux l'épouser, mon garçon. C'est pour cela que j'ai prévenu Dugald Fergusson.

Colen parut surpris. Toutefois, il ne répliqua pas et, comme à contrecœur, s'éloigna. Jamie soupira. L'espace d'une seconde, il hésita, prêt à tout abandonner. Colen avait réussi à lui donner mauvaise conscience et à semer le doute dans son esprit. Pourtant, il en était sûr, Sheena l'aimait. Il ne pouvait s'être mépris. D'ailleurs, l'aurait-il poursuivie avec autant d'obstination s'il n'avait pas été convaincu des sentiments de la jeune fille à son égard ? Il aurait préféré ne pas faire de peine à son frère, mais il n'allait pas renoncer à Sheena pour autant.

– Sir Dugald, appela-t-il, voulez-vous bien entrer ? Ce sera plus commode pour parler.

– Et je serai votre prisonnier par la même occasion ?

– J'ai déjà une prisonnière... qui compte plus que tout à mes yeux !

– Qui peut m'assurer que vous ne me tendez pas un piège ?

– Vous avez ma parole. Allons, venez ! Je vous tuerais tout de suite si telle était mon intention !

Et en effet, à son signal, les gardes qui l'entouraient brandirent leurs armes. Jamie fit un autre signe, et les portes du château s'ouvrirent.

– Je vous accompagne, dit Niall à son père.

– Pour qu'il ait à sa merci tout ce que je chéris le plus au monde ? Non, il n'en est pas question !

– C'est ma sœur que l'on retient captive ! répliqua Niall, furieux.

– Et je la ramènerai ! gronda Dugald. Ne discute pas ! Deviendrais-tu aussi terrible que Sheena ? Le manque de respect, c'est votre défaut à tous les deux !

Dugald franchit les portes, la colère lui faisant presque oublier qu'il pénétrait chez son ennemi. Jamie l'attendait dans la cour. Aucun garde n'était en vue. Le vieux laird sauta à bas de son cheval. Attaquer son ennemi chez lui n'aurait pas été honorable.

– Entrons dans la grande salle, proposa Jamie. Un peu de bière rendra les choses plus agréables. (Les deux lairds s'installèrent. Les chopes remplies, ils se retrouvèrent seuls.) Je vous souhaite la bienvenue à Castle Kinnion, fit Jamie avec bonne humeur.

– Je n'aurais jamais cru y venir un jour ! déclara le vieux laird d'un ton bourru.

– Vous n'avez pourtant pas hésité.

– Vous comptiez bien là-dessus, n'est-ce pas ? (Dugald plissa les yeux.) Combien, MacKinnion ?

Jamie se renversa sur sa chaise d'un air pensif.

– Son prix serait bien trop élevé !

– Ainsi donc, c'était un piège ! (Fergusson se leva, furieux.) Je ne pouvais m'attendre à moins de la part d'un MacKinnion !

– Je vous en prie, asseyez-vous, sir Dugald, et écoutez-moi ! Il s'agit de l'honneur de votre fille.

Le sang aux joues, Dugald se rassit.

– Je veux voir Sheena.

– Vous la verrez quand nous aurons décidé de son avenir.

– Nous ? Comment osez-vous ?

– Allons, allons, Fergusson ! N'étiez-vous donc pas prêt à décider de mon avenir lorsque j'étais votre prisonnier ? Les rôles sont simplement inversés. Vous me rendiez la liberté à condition que j'épouse l'une de vos filles.

– Que voulez-vous, MacKinnion ?

– Je veux Sheena.

Dugald devint encore plus rouge et ses yeux flamboyèrent.

– Non, ce n'est pas possible.

– Voyez-vous, je l'ai déjà, reprit Jamie avec le plus grand calme. Non, non, je ne lui ai fait aucun mal, ne craignez rien ! Si elle n'est plus vierge, ce n'est point de mon fait !

– Je ne vous crois pas !

– Je dirai seulement que vous ne l'avez pas vue depuis un certain temps et que vous ne pouvez donc savoir comment elle s'est conduite.

– Néanmoins, vous voulez encore d'elle ?

– Oui.

– Pourquoi m'avoir fait venir ? demanda brusquement Dugald. Vous tenez déjà Sheena à votre merci. Prenez-vous donc plaisir à me torturer ?

Jamie se mit à rire.

– Il faut me pardonner, sir Dugald. Je crois que ce serait un peu cruel de vous cacher plus longtemps que je désire épouser Sheena.

Un moment s'écoula avant que son interlocuteur ne réagisse.

– L'épouser ? Mais vous aviez refusé mon marché !

– Vous ne m'aviez pas proposé d'épouser Sheena !

– Je veux pour ma fille un mari délicat et affectueux.

– Et vous pensez que je ne le serai pas ? Vous m'étonnez, Fergusson. Je suis peut-être votre ennemi, mais aussi un homme qui sait apprécier les femmes ! Sheena est belle, très belle ! Je désire son bonheur.

Dugald le regardait, cherchant désespérément à savoir si le jeune laird était sincère.

– Désire-t-elle vous épouser ?

– Non.

– Comment pourriez-vous alors la rendre heureuse ?

– Elle refuse notre mariage parce que nos clans sont ennemis. Naturellement, si nous nous marions, la guerre cessera.

– Bien sûr, acquiesça Fergusson.

– Elle me craint un peu, aussi. Il n'y a d'ailleurs rien d'étonnant à cela, après toutes les horreurs qu'on lui a rapportées sur mon compte… Ses craintes se dissiperont vite. Je ne lui donnerai aucune raison de me redouter.

– Si je comprends bien, vous m'avez fait venir pour lui ordonner de vous épouser ?

– Ordonner, exiger, implorer, à votre guise ! L'essentiel, c'est qu'elle dise oui. Souvenez-vous, c'est vous qui avez souhaité une alliance entre nos deux clans. Si Sheena consent, nous ferons la paix.

– Et si elle s'obstine dans son refus ?

– Je sais que votre fille est têtue, sir Dugald, mais je le suis moi aussi. Sheena ne sortira de ce château qu'à mon bras ! C'est une promesse que je vous fais. Si elle proteste et résiste, je vous autorise à l'en instruire !

28

Niall prit place près du feu, en face de Jamie. Après l'entrevue des deux lairds, le clan Fergusson avait été convié à se réchauffer et à se restaurer dans la grande salle.

Dugald venait d'apparaître, pestant contre l'obstination de Sheena, mais au coup d'œil que lui lança Jamie, il remonta aussitôt chez sa fille. Niall comprit de quelle nature était l'accord qui liait son père et James MacKinnion. Que MacKinnion désire épouser sa sœur ne l'étonnait guère. Mais que savait-elle de ce prétendant ? Savait-elle, par exemple, qu'il l'avait vue se baigner un matin de printemps et que c'était parce qu'il avait cherché à la retrouver que les Fergusson l'avaient fait prisonnier ? Le redoutable guerrier des Highlands était plutôt comique en ce moment même ! Aussi nerveux qu'une jeune fiancée ! Il n'avait pas adressé un seul mot à Niall, n'avait même pas semblé remarquer sa présence. Les yeux rivés sur l'entrée de la salle, il attendait la réponse de Sheena.

C'était mieux ainsi, après tout. Niall n'avait guère envie de lui parler. Cet homme grand et vigoureux l'impressionnait beaucoup.

– Heureusement que notre père n'a pas vécu assez longtemps pour voir son château envahi de Fergusson !

Jamie se retourna et jeta un regard glacial à Colen.

– Si tu viens pour discuter, je t'en prie, je préfère ne pas t'entendre !

– À vrai dire, il me faut satisfaire ma curiosité. Que se passe-t-il ?
– Son père est toujours avec elle.
– Et lui, qui est-ce ?
Jamie aperçut alors Niall et lui sourit.
– Le frère de Sheena, Niall. Mon frère, Colen.
Les yeux bleus du jeune garçon brillèrent d'admiration.
– Oh, vous êtes aussi grand que lui !
– En effet, presque ! répondit Colen en riant. Vous a-t-il dit que nous désirions tous deux votre sœur ? ajouta-t-il d'un ton volontairement léger.
Niall regarda tour à tour les deux frères.
– Mais vous êtes plus jeune qu'elle ! s'exclama-t-il, sans se rendre compte qu'il touchait là à un point délicat.
– On me l'a déjà dit, un peu trop souvent à mon goût ! répliqua Colen sèchement.
– Accepteriez-vous sans broncher qu'elle vous donne des ordres ? Ma sœur s'y entend très bien pour obtenir ce qu'elle veut, vous savez ! Même notre père est obligé de se plier à ses quatre volontés ! (Comme Jamie souriait, Niall poursuivit avec le plus grand sérieux :) Je ne rirais pas à votre place, MacKinnion ! Vous n'aurez pas la vie facile !
– Je suppose que je devrais être content de l'avoir perdue, observa Colen, amusé. Je crois que je préférerais une femme un peu moins difficile à manier !
Jamie porta la main à sa joue, pensif, se souvenant de la gifle que Sheena lui avait donnée. Assurément, elle ne se laissait pas faire. Mais on pouvait l'apprivoiser, il n'en doutait pas.
Les trois garçons continuèrent à parler de la jeune fille. Puis Colen se leva pour aller voir Daphnée qui, ayant pris froid, gardait la chambre depuis son arrivée.
– Je vais annoncer la nouvelle à Daphnée, expliqua Colen, à moins que tante Lydia ne l'ait déjà fait. Elle est tellement contente que Sheena

soit une Fergusson qu'elle ne parle que de ça ! (Il se tut puis reprit, solennel :) Ne lui fais jamais de mal, Jamie. C'est tout ce que je te demande.

Il quitta la pièce. Jamie le suivit des yeux, un pli barrant son front.

– Seigneur, mon propre frère me prend pour une brute ! murmura-t-il.

– Qu'avez-vous fait à ma sœur ?

– Ce n'est point pour te décevoir, mon garçon, mais je ne suis pas le redoutable coureur de jupons que tu as l'air de supposer !

– La dernière fois que nous nous sommes parlé, vous m'aviez plutôt donné l'impression du contraire ! Vous disiez que...

– Inutile de me le rappeler ! interrompit Jamie. J'étais en colère alors, Niall, contre toi et contre ton père ! La vérité est que Dugald ne m'avait pas proposé d'épouser Sheena, mais si tu ne l'avais pas cru, jamais tu ne m'aurais aidé à m'enfuir ! C'est pourquoi je ne t'ai pas détrompé.

– Et Sheena ne serait pas ici car mon père ne l'aurait pas chassée, poursuivit Niall, songeur. Elle vous craignait tant, James MacKinnion ! A-t-elle toujours peur de vous ? Est-ce pour cela que mon père a tant de mal à la convaincre ?

– C'est vrai, elle avait peur de moi, je ne le nie pas. Mais uniquement parce qu'elle croyait que je lui ferais du mal si je découvrais qu'elle était une Fergusson. Aujourd'hui, elle peut se rendre compte que ses craintes ne sont pas fondées. Mes sentiments à son égard sont demeurés les mêmes, et je veux son bonheur. Elle le sait au fond de son cœur, mais elle est bien trop têtue pour l'admettre !

– Que dites-vous là, MacKinnion ?

– Je crois, en vérité, ne pas lui être indifférent.

Dès que son père eut quitté la pièce, Sheena éclata en sanglots. Quelques minutes plus tard, Niall frappait à sa porte. Il allait lui aussi, sans nul doute, chercher à la convaincre. Que faire quand les deux personnes qu'elle chérissait le plus au monde insistaient pour qu'elle épouse James MacKinnion ? Son père avait témoigné d'une extrême fermeté.

– Ce sera la fin de la guerre, avait-il dit. Notre clan vivra désormais en sécurité. (Comme si le sort de tous était entre ses mains ! Il avait dépeint la situation sous des couleurs effrayantes.) Tu veux donc notre perte à tous ? tempêtait-il. MacKinnion te gardera prisonnière si tu n'acceptes pas de devenir sa femme. Est-ce que je peux rentrer et t'abandonner ici ? Non ! Cela signifie donc la guerre, et une guerre atroce, sanglante ! Est-ce là ce que tu veux ? N'es-tu qu'une fille égoïste, Sheena ? (Il avait tonné, menacé, il l'avait accablée de reproches.) Tu te marieras ! avait-il finalement crié avant de la quitter.

Et maintenant, Niall. Elle était heureuse de le revoir mais, dès les premiers mots, il gâcha leurs retrouvailles.

– Il faut que tu l'épouses, Sheena. D'ailleurs, je trouve que tu as bien de la chance !

De la chance ? N'y avait-il donc personne qui la comprenne ?

– Et les raids, les massacres ? Avez-vous tout oublié ? s'exclama-t-elle, furieuse contre son père et son frère, contre le monde entier. Et sa première femme qui a préféré mourir ? Et l'amour que je désire ? Jamais il n'a parlé d'amour !

– Et s'il t'aimait pourtant ? demanda son frère doucement.

Sheena ne répondit pas. Du reste, elle ignorait pourquoi elle avait parlé ainsi. Désespérément, elle cherchait à se raccrocher à un semblant d'espoir, mais quand elle tendait la main, elle ne rencontrait que le vide ! Ne pouvait-elle espérer aucun secours ? Personne ne viendrait-il à son aide ?

29

Le mariage eut lieu le jour même, en fin d'après-midi, célébré par un prêtre que Jamie avait fait venir dès la veille. Les deux jeunes gens devinrent donc mari et femme devant Dieu et en présence de leurs clans respectifs. Vraiment, c'était un grand jour : la célébration d'un mariage et la fin d'une querelle sanglante ! Quelques-uns, pourtant, ne cachaient pas leur mécontentement, ceux qui, comme Black Gawain, pleuraient encore la mort de parents et d'amis chers.

Black Gawain refusa d'assister au mariage et aux réjouissances qui suivirent la cérémonie. Jessie, sa maîtresse du moment, l'imita, ne cachant pas son amertume. Elle avait nourri le secret espoir que Jamie finirait par se lasser de la jeune Lowlander et qu'elle pourrait un jour le reconquérir. Ce mariage inattendu mettait fin à ses illusions !

Sheena était pourtant la plus malheureuse, la plus désespérée. Désormais, sa vie ne lui appartenait plus, elle appartenait à James MacKinnion. Qu'adviendrait-il une fois que le désir qu'il avait d'elle serait assouvi ? Ne redeviendrait-elle pas alors pour lui une Fergusson, une ennemie ?

C'est de noir qu'elle aurait dû être vêtue au lieu de porter cette ravissante robe de soie vert amande, cousue par Lydia avec tant de soin et de diligence ! Le décolleté profond était souligné de dentelle blanche et les manches, fort amples, bordées de fourrure, blanche également. Une aussi belle toilette ne pouvait avoir été faite que pour un mariage ! Assurément, Lydia n'avait point été dupe de la ruse de Sheena et avait deviné sa véritable identité.

Voir son père aussi radieux, son frère s'amuser

autant ne faisait qu'accroître son désespoir. Ne comprenaient-ils donc pas ce qu'elle ressentait ? Pourquoi personne ne se souciait-il d'elle ? Et son époux ? La dernière fois qu'elle lui avait jeté un furtif regard, il ne lui avait pas semblé afficher la mine réjouie d'un nouveau marié. Regrettait-il déjà ?

Il se leva si brusquement qu'elle sursauta. Soulagée de le voir s'éloigner, elle se détendit quelque peu et considéra les mets délicieux préparés en son honneur. Les tables croulaient sous l'abondance des victuailles : des viandes rôties, des grouses des Highlands farcies aux canneberges, des poissons fumés, des pâtés en croûte, des ragoûts de bœuf, du chevreau, des pigeons et des chapons. Et les desserts ! Des galettes à la crème fraîche, des gâteaux au gingembre et à la noix muscade.

Elle mangerait jusqu'à devenir obèse, voilà ce qu'elle ferait ! Il ne voudrait pas d'elle si elle était laide ! Cependant, Jamie n'était qu'à quelques pas et Sheena ne remplit pas son assiette. En fait, il parlait à son père. Les deux hommes riaient. Quand Jamie revint, il lui prit la main, l'obligeant à le suivre. Elle l'interrogea du regard mais se heurta à un visage impénétrable. Il ne daigna pas donner un mot d'explication.

– Où allons-nous, sir Jamie ? demanda-t-elle, refusant d'avancer.

Il la tira par la main d'un coup sec.

– Vous êtes donc décidée à me résister ?

– Dites-moi où vous m'emmenez !

– Je ne suis pas tenu de vous le dire, femme ! Car vous êtes bien ma femme, n'est-ce pas ? (Il parlait avec la plus grande froideur.) Dites-le, Sheena !

– Je suis votre femme, murmura-t-elle en détournant les yeux.

– Je n'ai pas entendu !

– Je suis votre femme !

– Vous me devez obéissance, n'est-ce pas ?

À ces mots, elle releva vivement la tête, son regard bleu flamboyant de colère.

– C'est donc ainsi que vous comptez agir ? Maintenant que je suis à vous, vous n'avez plus aucun égard pour moi ! D'ailleurs, vous avez toujours ignoré mes sentiments !

Instantanément, Jamie changea d'attitude. Sa froideur disparut et son visage se radoucit. Il ébaucha même un sourire, légèrement honteux.

– Pardonnez-moi, Sheena. Ma conduite est détestable. Je n'ai aucune excuse. C'est simplement que... Et puis, qu'importe ! Nous partons car vous ne vous amusez pas !

– J'étais censée m'amuser ?

– Je vous en prie, faisons la paix ! Pour votre père, au moins ! Voulez-vous qu'il regrette d'avoir consenti à ce mariage ?

– Comme s'il regrettait ! répondit-elle avec amertume. Que lui avez-vous dit à l'instant ?

– Que nous nous absentions un moment et qu'il ne devait pas s'inquiéter.

– Un moment ?

Ces mots semblaient chargés de menaces. Les deux jeunes gens se regardèrent. Comprenant ce que Jamie sous-entendait, Sheena secoua lentement la tête, une étrange sensation s'emparant de son être.

– Nous avons des invités, et je n'ai pas encore mangé, vous non plus, du reste, réussit-elle à dire d'une voix calme.

Jamie fit un geste de la main, lui intimant le silence.

– Vous n'avez rien à craindre et je vous le prouverai. Vous pourrez ensuite revenir à nos hôtes. Vous leur montrerez peut-être un visage plus souriant ! Doux Jésus, il s'agit de votre mariage, Sheena, un jour dont il faut se souvenir !

– Je ne suis pas près de l'oublier ! Si je ne souris pas, c'est qu'être votre femme me déplaît profondément !

Blessé par la réponse cinglante de Sheena, Jamie n'en montra cependant rien.

– Venez, Sheena ! dit-il en l'entraînant.

– Mais… Je n'ai pas encore rencontré votre sœur, protesta la jeune fille. Que va-t-elle dire si je ne la salue pas ?

– Je vous en prie ! Vous n'avez pas daigné lui adresser la parole tout à l'heure, alors qu'elle a quitté son lit pour assister à notre mariage ! Sans doute pense-t-elle que je viens de faire une erreur en vous épousant ! Vous êtes restée immobile et muette exactement comme ma première femme ! Assez, assez !

Sheena était étonnée. Le souvenir de sa première compagne lui était donc si douloureux ? Elle essaya d'imaginer cette inconnue, tandis qu'ils continuaient de suivre un long couloir.

– Notre chambre, murmura Jamie en ouvrant doucement une porte.

Lentement, Sheena entra. C'était une pièce de belles dimensions, où se dressait un grand lit dont les draps de fine toile avaient été tirés… Elle détourna les yeux. Il y avait également une armoire et une table couverte de papiers. Au fond de la chambre se dressait un candélabre sur pied dont les bougies étaient allumées. Un fauteuil confortable était placé devant l'âtre. Une vitrine renfermant de délicats objets de verre – des animaux, un bateau, une cloche et autres miniatures – attira l'attention de la jeune fille.

– Cette collection appartenait à ma mère, expliqua Jamie. Elle la tenait de ses ancêtres normands.

Gênée, Sheena marcha vers la cheminée où brûlait un bon feu, tendant ses mains tremblantes au-dessus des flammes.

– Désirez-vous un peu de vin, Sheena ?

Elle sursauta et lui jeta un regard furtif tandis qu'il attendait sa réponse. Il versa dans une large coupe un vin d'une belle couleur rouge, et la lui apporta. Elle saisit le verre à deux mains et le vida d'un trait. Jamie ne la quittait pas des yeux et semblait légèrement amusé. Riait-il à ses dépens ? La boisson la réchauffait, une agréable langueur l'envahissait. Il ne fallait pourtant point faiblir au moment d'affronter l'ennemi ! Elle serra la coupe dans ses mains. Demanderait-elle encore un peu de vin ? Se sentirait-elle plus forte ou bien, au contraire, succomberait-elle ? Il fallait rester maîtresse de soi !

Jamie était au supplice. Jamais il ne s'était senti aussi peu sûr de lui ! Il attendait. Sheena demeurait immobile, crispée. Depuis qu'il l'avait vue enveloppée de brume, il l'avait désirée et maintenant, elle était sienne. Pourtant, il craignait de la toucher, de l'effrayer.

– Je prendrai encore un peu de vin, sir Jamie, s'il vous plaît.

Comme elle lui tendait son verre, leurs regards se rencontrèrent.

– Pourquoi me craignez-vous ? dit le laird. Je vous promets d'être plus gentil, plus doux qu'aucun amant.

– Je n'ai jamais eu d'amant.

Elle avait parlé sans colère cette fois-ci, affirmant simplement, calmement, ce qui était. Le cœur de Jamie s'emplit de joie.

– Sheena ! Vous ne pouvez imaginer ma souffrance en pensant que Jameson...

– Et quelle différence pour vous, James MacKinnion ?

– Comment ? demanda-t-il, choqué.

– N'avez-vous pas compromis d'innocentes jeunes filles ? Combien de maîtresses n'avez-vous pas rejetées sans songer à ce que leurs futurs maris éprouveraient à leur égard ?

– Assez, Sheena ! Ne vous ai-je pas épousée alors que je croyais que vous vous étiez donnée à un autre ? Tenez, buvez, si cela vous fait du bien, ajouta-t-il gentiment en remplissant la coupe de vin.

Elle secoua la tête, découragée.

– Non, rien ne peut m'aider, à moins que vous n'ayez pitié de moi et que vous ne me laissiez partir !

– Pour que vous continuiez à me craindre ? Je ne suis pas aussi cruel ! (Il posa doucement les mains sur les épaules de la jeune fille et caressa sa nuque.) Je vous en prie, écoutez-moi, Sheena ! Écartez ces craintes à jamais, murmura-t-il.

Des lèvres, il effleura son cou. Un frisson la parcourut. Elle pencha légèrement la tête pour mieux s'offrir à ce baiser. Puis il la prit dans ses bras et, avec une tendresse infinie, ses lèvres se posèrent sur les siennes. Elle ressentit le même bonheur que le jour où il l'avait embrassée près de la rivière. Toute pensée la quitta et elle se laissa emporter. Il lui semblait flotter, légère entre ses bras. Son corps frémissait...

Combien de temps restèrent-ils ainsi enlacés près du feu ? Sheena n'aurait su le dire. Dans une sorte de rêve, elle répondait à ses baisers, se soumettait à ses gestes et ce n'est que lorsque la douce chaleur des flammes caressa son corps nu qu'elle reprit plus claire conscience. Sa robe et ses jupons avaient glissé à terre. Elle était nue devant un homme, nue devant Jamie ! Comme elle esquissait un mouvement pour se couvrir, Jamie écarta gentiment ses mains, tandis que, glissant les bras autour de sa taille, il l'attirait à lui. De nouveau, il l'embrassait, et elle ne savait si elle devait s'abandonner à la douce ivresse qui l'envahissait, ou bien se débattre et fuir... Maintenant, il la soulevait et la posait sur le lit. Lui-même se déshabillait.

– Ne craignez rien, Sheena, dit-il d'une voix apaisante, tout en la caressant du regard. Jamais je ne vous ferai de mal ! Tout au contraire, je vous chéris. Vous m'êtes plus précieuse que tout ce dont je rêvais jusqu'à présent. Je désire seulement vous rendre heureuse. Ne le voyez-vous donc pas ? Et je vous jure que vous le serez ! (À genoux sur le lit il se pencha sur elle, prenant son visage dans ses mains.) Depuis trop longtemps je vous attends, je vous désire ! Faites-moi confiance, Sheena, c'est tout ce que je vous demande !

Sheena ne dit rien. Son corps ne lui appartenait plus sous les baisers brûlants de Jamie. Effrayée par le feu intense qui la dévorait, elle enfouit ses doigts dans les boucles blondes de Jamie et tenta, sans succès, d'écarter sa tête. Maintenant, de sa langue, il caressait le bout de ses seins dressés. Quand il reprit ses lèvres, elle lui rendit son baiser avec tant de passion que, radieux, il la regarda un instant, les yeux brillants. Pour la première fois, elle sourit. Tout était donc pardonné ? C'était plus qu'il n'en avait espéré !

Sheena se sentait en proie à un désir qu'elle ne comprenait pas. Elle frissonna et poussa un cri quand la main de Jamie se glissa entre ses jambes. Elle aurait voulu que cette douce torture ne cesse jamais ! Lorsqu'il plongea enfin en elle, elle retint sa respiration, puis se détendit. Elle s'était attendue à une souffrance beaucoup plus violente que cette légère douleur, sensation de déchirure qui déjà s'estompait. Un sentiment de plénitude l'envahit. Jamie attendait, immobile et silencieux, prêt à affronter ses reproches. Qu'elle l'injurie, qu'elle le maudisse, mais qu'elle parle !

Comprenant enfin combien elle avait besoin de lui, Sheena parla en effet, mais avec son corps. Jamie frémit de plaisir. La tenant serrée contre lui, il l'embrassa, buvant la douceur de sa bouche. Jamais il ne s'était senti aussi fort ! Il flottait comme en un rêve, enveloppé dans cette brume d'où avait surgi Sheena, ensorcelé par la douceur, le parfum, la chaleur du corps de la jeune fille.

Sheena, stupéfaite, sentait la flamme du désir se ramifier, brûlante, dans tout son être. La violence de ces sensations la brisait. Pourrait-elle y survivre ? Elle ne vit plus que le visage de Jamie, penché au-dessus d'elle, un visage dont le sourire exprimait ce savoir secret qu'elle partageait enfin ! Le désir la submergea et elle poussa un cri, aussitôt étouffé sous le baiser de Jamie. Elle l'entendit gémir et sut que lui aussi souffrait de cette même mort douce. Ils plongèrent ensemble, et le temps cessa d'exister. Plus tard, le corps et l'esprit désormais apaisés, Sheena dériva dans une douce rêverie, s'émerveillant de la plénitude que lui apportait ce corps, immobile et abandonné, qui pesait sur elle... Elle souleva les paupières. Il la regardait de ses yeux bruns aux chauds reflets de forêt. De ses lèvres, il effleura sa bouche, son menton, ses joues, ses yeux. Il se laissa rouler sur le côté pour mieux la contempler et un sourire illumina son visage.

– Je vous vois, James MacKinnion, chuchota-t-elle. Vous êtes bien vrai ? Je ne suis donc pas morte ?

Le sourire de Jamie s'épanouit.

– Je ne pense pas, mon amour.

– Voyez-vous, je croyais... (Ses joues s'empourprèrent.) Que je suis donc sotte ! C'est que j'ignorais tout ! (Elle s'interrompit, baissant les yeux, quelque peu intimidée par leur nouvelle intimité, avant de reprendre :) Je ne savais ce qui m'arrivait, c'était comme quelque chose qui éclatait en moi... J'ai cru mourir !

Elle osa enfin lever la tête et rencontrer le regard de Jamie. Il exprimait la fierté, mais une fierté douce, sans orgueil. Était-ce la tendresse qu'elle lisait dans ses yeux ? L'amour ?

– Vous n'êtes pas la seule à avoir ressenti cela, Sheena, murmura-t-il. J'ai pu dans le passé connaître le plaisir avec une femme, mais jamais encore avec une telle intensité. Je savais que ce serait ainsi avec vous. Je l'ai toujours su.

– Vous auriez pu me le dire ! gronda-t-elle.

– M'auriez-vous cru ?

– Non, c'est vrai. Et ce sera toujours ainsi, Jamie ?

– Entre nous, oui, je le crois.

En riant, elle se serra contre lui. Elle était heureuse, si heureuse !

– Je ne crois pas que cela puisse être comme la première fois, reprit-elle en soupirant. Mais nous essaierons de retrouver ce bonheur, n'est-ce pas ? Souvent !

– Par tous les saints, vous êtes merveilleuse, Sheena ! Dire que j'ai craint que vous ne soyez comme ma première femme ! Quel fou j'étais !

– Pendant que vous m'embrassiez, j'ai imaginé des choses insensées, que j'allais mourir, que vous étiez le diable et...

Elle s'interrompit.

– Et...

– Non, je ne le dirai pas, fit-elle en secouant la tête.

– Oh, mais si ! Vous avez piqué ma curiosité !

– Cela vous ferait de la peine, Jamie. Je ne veux pas gâcher notre bonheur...

– Comme si vous le pouviez, dit-il en souriant. Jamais je ne me mettrai en colère contre vous. Et quand bien même, ne me craignez pas, mon amour ! Je m'emporte facilement, vous le savez, je m'emporterai encore, sans aucun doute, mais jamais je ne vous ferai de mal, je vous le jure ! (La voyant hésiter, il ajouta :) Allons, ma mie ! Vous devez apprendre à me faire confiance !

– Quand j'étais dans vos bras, commença-t-elle, j'ai pensé soudain à votre première femme... (Le sentant se raidir, elle s'empressa d'ajouter :) Je sais bien que c'est ridicule, mais je ne comprends pas pourquoi elle s'est tuée... (Le visage de Jamie restait impénétrable mais la tension de son corps révélait son émotion.) Oh, Jamie, pardonnez-moi ! Voyez-vous, jusqu'à aujourd'hui, je vous prenais pour un véritable monstre ! Je croyais tout ce que l'on racontait sur vous ! Je peux l'avouer maintenant.

– Je vous en prie, dites, ma chère ! répondit-il d'une voix coupante.

– On raconte que le jour de votre mariage, votre femme s'est suicidée parce que vous aviez sauvagement abusé d'elle. Et puis, on parlait aussi de viols, de meurtres ! C'est pour cela que je vous craignais tant ! J'avais tort, en vérité. Je me trompais, n'est-ce pas ?

Cette question blessa le jeune laird. Comment pouvait-elle l'interroger ainsi ? Ne savait-elle donc pas encore qui il était ?

– Peut-être ! fit-il, sarcastique. (Il regretta aussitôt sa réponse en voyant les yeux de Sheena se remplir de larmes. Pourquoi réagir aussi durement parce qu'elle faisait allusion à Ailis MacKintosh ?) Pardon, Sheena ! Je ne suis qu'une brute ! Naturellement que ces histoires sont fausses ! Je n'ai jamais profité d'une femme qui n'était pas consentante. Vous parlez de meurtres. Je ne nie pas avoir tué bien des hommes au combat, j'ai même condamné à mort l'un de mes parents, car il le méritait… mais je n'aime pas tuer, Sheena ! Et pourtant, quel est l'homme qui n'a jamais tué ou blessé un autre homme ? Votre père ne s'est-il donc jamais battu ? Et votre frère, ne va-t-il pas bientôt lui aussi se battre et tuer ? Je n'y peux rien, Sheena, la vie est ainsi faite ! Est-ce cela que vous me reprochez ?

– Non, murmura-t-elle au bout d'un long moment.

Soulagé, Jamie sourit.

– Alors, laissez-moi vous rassurer encore sur une chose, mon amour. Mon mariage avec Ailis MacKintosh avait été décidé par nos pères respectifs. Je n'avais jamais rencontré ma fiancée avant ce jour fatal, et l'on m'avait caché que c'était une jeune fille fragile et lunatique, qui avait peur des hommes, pas seulement de moi, Sheena, mais de tous les hommes, même de son propre père ! Sa servante avoua plus tard qu'Ailis avait juré de se tuer avant même que son époux ne la touche. Son père l'avait contrainte au mariage sans prendre cette menace au sérieux. Il ne m'en avait pas parlé ! Lorsqu'il apprit la mort de sa fille, il nous tint, ma famille et moi, pour responsables, et depuis ce temps les MacKinnion sont ennemis des MacKintosh.

– Est-ce pour cela que vous vous étiez promis de vivre d'abord avec votre fiancée avant de l'épouser ?

– Me blâmez-vous ? Le suicide d'Ailis, je vous assure, fut un choc épouvantable. Et désormais j'allais lire l'effroi dans le regard de toutes les jeunes filles. Je les ai fuies. Est-il surprenant que votre crainte à mon égard m'ait bouleversé ? Vous, je ne pouvais vous fuir ! Cela ne me rassurait guère de savoir que c'était moi que vous redoutiez et pas les hommes en général !

– Eh bien, vous savez, à présent !

– Oui, une raison bien folle...

– Ce n'est pas ce que je pensais alors !

Il la regarda en souriant, une lueur d'amusement dans les yeux.

– Même quand je vous ai embrassée la première fois et que vous avez trouvé cela agréable ?

– Je n'ai pas aimé du tout ! protesta-t-elle.

Il éclata de rire.

– Vous mentez jusqu'au bout, n'est-ce pas ? Très bien, voyons un peu si vous reconnaissez maintenant que vous aimez que je vous embrasse !

Ils ne rejoignirent que tardivement leurs invités.

30

Jamie referma la porte de la chambre derrière eux et enlaça Sheena, passant un bras possessif autour de sa taille. Le même sourire de tendresse éclairait leurs visages tandis qu'ils s'apprêtaient à regagner la grande salle. Pour la première fois depuis longtemps, Sheena se sentait heureuse, réellement heureuse. Et Jamie ? Radieux, il avait éclaté de rire quand, rougissante, elle avait découvert que sa jolie robe était toute froissée. Tout le monde allait comprendre ! Et pourtant, ne devrait-elle pas tôt ou tard affronter le regard des autres ? Ils passèrent devant la chambre qu'elle avait occupée récemment. Même ce souvenir ne réussit pas à altérer sa bonne humeur ! Comme elle avait eu peur alors ! Et bien inutilement, de surcroît ! Désormais, elle pouvait être enfin elle-même. Jamie aimerait-il la vraie Sheena Fergusson ?

Dans l'escalier, soudain, Jamie sembla hésiter, les sourcils froncés. Elle le regarda, étonnée, puis comprit. Aucune voix ne leur parvenait. Leurs invités étaient donc partis ? Mais pourquoi ?

– Jamie… commença-t-elle.

Il lui fit signe de se taire. Ils descendirent les dernières marches. Leur inquiétude s'accrut, lorsqu'ils virent que leurs hôtes étaient présents. La plupart étaient debout et leurs visages exprimaient une gravité si farouche que Sheena frissonna. Elle s'arrêta. Le silence était oppressant. Tous les regards se dirigeaient vers les deux tables à tréteaux dressées au milieu de la salle. Son père était là, ses hommes groupés autour de lui. À quelques mètres, se dressait Black Gawain, entouré de Colen et des MacKinnion. Tous semblaient sur le point de se battre. Dieu merci, ils étaient revenus à temps ! Que s'était-il donc passé ?

Soudain, Sheena pâlit en reconnaissant Iain Fergusson, son cousin, gisant, la poitrine ensanglantée, aux pieds de Black Gawain. Il était blessé, évanoui, ou mort peut-être… Mon Dieu, pas Iain ! Un garçon si sensible, si bon, qui n'aimait ni la guerre ni le pillage, mais se passionnait pour les animaux ! Que de journées ils avaient passées en sa compagnie, Niall et elle, à guetter les bêtes sauvages, à observer les allées et venues du blaireau, le ballet gracieux des biches et des cerfs.

Dès que les jeunes époux s'avancèrent, le tumulte

reprit aussitôt. Les accusations et les démentis fusèrent, la colère monta. Cette agitation exaspéra Sheena, prête à crier. L'attitude de Jamie fut plus efficace que tout appel au calme. Il se pencha pour examiner Iain et fut sans doute le premier à découvrir qu'il était encore en vie. Quand il se redressa, un profond dégoût se lisait sur son visage.

– Que se passe-t-il ? Êtes-vous tous devenus fous ? Vous êtes là à vous insulter alors qu'un homme est blessé et perd son sang !

Colen ordonna que l'on transporte Iain près de la cheminée et demanda de l'eau pour nettoyer la blessure. Après un instant de désordre, le blessé reçut les premiers soins. Jamie était ulcéré.

– J'attends de savoir ce qui s'est passé pour prendre position, sir Dugald, dit-il d'un ton délibérément calme.

– À votre guise, MacKinnion ! Demandez un peu à votre homme, là ! Voyons s'il ose dire la vérité !

Dugald désignait Black Gawain. Jamie considéra son cousin avec la plus grande surprise.

– Toi ? Que viens-tu faire dans cette histoire ? Tu n'as même pas assisté au mariage !

– Tu venais de te retirer avec ta nouvelle compagne lorsque je suis arrivé.

Sa voix était lourde d'amertume. Troublé, Jamie se souvint du raid meurtrier du printemps et du chagrin de son cousin en découvrant sa sœur morte. Oui, il était assoiffé de sang et de vengeance. Il en voulait toujours aux Fergusson.

– As-tu blessé cet homme ? interrogea-t-il sèchement.

– Oui.

– Est-ce un accident ?

– Non.

Jamie respira profondément, essayant de rester maître de lui. Gawain ne semblait pas éprouver de remords. S'il avait attaqué, c'était à dessein.

– Pourquoi ?

Voyant monter la colère de son laird, Black Gawain jugea plus sage de se montrer moins agressif.

– Ne crois pas que j'aie blessé cet homme sans raison, Jamie. Il m'a attaqué le premier et je n'ai fait que riposter. S'il s'est défendu maladroitement et si mon poignard l'a touché, à qui la faute ?

– Mais c'est impossible ! s'exclama Sheena. Je connais bien Iain. Il ne cherche jamais le combat !

Jamie lui jeta un regard sévère, estimant qu'elle ne devait pas se mêler de cette affaire.

– Qui d'autre peut me dire ce qui s'est passé ? demanda-t-il.

– Mets-tu ma parole en doute, Jamie ? dit Black Gawain.

– Depuis quand rend-on la justice à partir d'un seul témoignage ?

– Je peux vous dire la vérité, intervint un Fergusson. J'étais assis à côté de Iain. J'ai tout vu et entendu.

– Je vous écoute.

– À peine le MacKinnion était-il assis qu'il s'est mis à se vanter et à proclamer bien haut qu'il avait tué un grand nombre de Fergusson. Il était clair qu'il cherchait querelle à Iain ! Il aurait dû s'asseoir à côté de moi, je lui aurais répondu ! Iain, lui, ne souhaitait qu'une chose, ne plus l'entendre. Il s'est levé, non pour attaquer Gawain mais pour quitter la salle. Et cet homme en a profité pour lui enfoncer son couteau dans les côtes !

Le silence se fit. Sheena était consternée, ne doutant pas un instant de la véracité de ce témoignage. Elle ne savait d'ailleurs que trop quel genre d'individu était Black Gawain ! Jamie était troublé. Son cousin n'avait pu agir ainsi ! Ils étaient du même âge et avaient grandi ensemble. Black Gawain avait-il délibérément provoqué Iain ? La mort de sa sœur n'avait pu le changer à ce point... Devait-il croire ce Fergusson ? Il fallait pourtant prendre une décision. La tension dans la salle devenait insupportable.

Les deux clans s'affrontaient du regard, prêts à dégainer. Même le jeune Niall, debout sur sa chaise, observait la scène, une main posée sur la poignée de son épée.

– Cherchais-tu l'affrontement, Gawain ?

– Non, mais je n'étais pas prêt à me laisser humilier ! Si j'avais vraiment voulu me battre avec le Lowlander, je l'aurais ouvertement défié, et ne me serais point contenté de lancer des piques !

Jamie soupira. Sa décision allait déplaire au clan de Sheena.

– Il s'agit donc d'un malentendu, d'une méprise. Je crois qu'on peut dire que c'est un accident, même s'il est grave !

– Vraiment ? rétorqua Dugald, le visage rouge de colère. Eh bien, sachez que je refuse cette parodie de justice !

– Je vous en prie, sir Dugald ! C'était un accident. Il n'y a pas assez de témoins pour prouver le contraire.

– Un seul témoin suffit ! gronda le vieux laird.

– Pas pour moi ! répliqua Jamie aussi vivement. L'affaire n'est pas claire !

– Attendez que Iain revienne à lui ! intervint Sheena, désespérée.

– À quoi cela servirait-il, ma fille ? répondit Dugald. MacKinnion trouvera encore d'autres prétextes pour ne pas nous faire justice, même si la vérité est manifeste !

– Je vous en supplie...

– Non, reprit-il. Mais n'aie crainte ! Je ne vais pas gâcher ce jour en faisant couler le sang ! Nous allons partir et tu viendras avec nous, avant qu'il n'y ait d'autres « accidents ».

– Elle ne viendra pas, Dugald, déclara Jamie avec une douceur apparente.

– Vous êtes son mari, MacKinnion, jeta Dugald en le foudroyant du regard, mais vous m'avez assuré vous-même qu'elle ne serait pas contrainte de rester à Castle Kinnion.

– Elle pourra partir quand je le dirai. Pour l'instant, elle reste ici.

Sheena retenait sa respiration. Son père et son mari demeurèrent face à face, se défiant en silence. Dugald affrontait un cruel dilemme. Il lui fallait se battre ou se dérober. Un Fergusson peut-il se dérober alors que son clan le soutient ? Cependant, comme toujours face aux MacKinnion, les Fergusson étaient inférieurs en nombre. Ulcéré, Dugald sortit sans un mot. Sheena dut assister au départ des siens. Iain, encore inconscient, fut emmené. Sans doute mourrait-il en chemin avant d'atteindre Tower Esk ! Même Niall partit sans se retourner. Sheena voulut s'avancer, lui dire un mot, mais la main de Jamie pressa son épaule et la retint captive. Elle demeura à ses côtés. Reverrait-elle un jour sa famille ? Elle avait le cœur déchiré mais ne voulait pas qu'on la voie pleurer. Ces MacKinnion tant détestés ne seraient pas les témoins de son chagrin !

– Sheena ?

La voix de Jamie était douce et elle se souvint de la tendresse qu'il lui avait témoignée. Ne comprenait-il pas que tout était détruit ? Elle saisit sa main et l'écarta.

– Ne me touchez plus, Jamie, plus jamais, murmura-t-elle, brisée de douleur.

– Sheena…

– Non ! sanglota-t-elle.

Et elle sortit de la salle en courant. Il aurait voulu la rejoindre, lui expliquer. Mais, craignant de la blesser davantage ou de s'emporter, il préféra n'en rien faire. Il la suivit des yeux jusqu'à ce qu'elle disparaisse au détour d'un couloir.

31

Quand Jamie monta se coucher, il trouva Sheena endormie dans le fauteuil près de la cheminée, encore habillée, les bras croisés sur sa poitrine, les jambes repliées sous sa jupe.

S'était-elle délibérément installée dans ce fauteuil pour lui signifier qu'elle refusait désormais de partager son lit ? Il ajouta quelques bûches dans le feu avant de s'asseoir aux pieds de Sheena. Elle semblait si paisible, et pourtant des traces de larmes brillaient encore sur ses joues. Oui, il savait sa douleur, sa peine. Lui reviendrait-elle ? Il caressa des doigts ses longues tresses. Le jour de leur mariage ! Quel échec ! Non, il y avait eu cet instant de bonheur partagé. L'avait-elle oublié ? Cela ne comptait-il pas à ses yeux ? Il ne désirait pas la réveiller. On lui avait fait suffisamment de reproches au cours de la soirée. Colen l'avait traité d'insensé et tante Lydia l'avait sévèrement semoncé pour avoir laissé la guerre reprendre entre les deux clans. Était-il vraiment dans son tort ? Non, Black Gawain était responsable de tout. Écœuré et furieux, il avait ordonné à son cousin de quitter le château, ne supportant plus de le voir.

Sheena s'éveilla et se raidit aussitôt en voyant Jamie proche d'elle. Il se leva et lui tendit une main qu'elle ignora.

– Venez vous coucher, ma mie, dit-il en soupirant. Nous avons eu une journée éprouvante. Un bon sommeil sera le bienvenu ! (Comme elle ne bougeait pas, il ajouta :) Je vous laisserai vous reposer, faites-moi confiance.

– Je vous attendais pour vous dire que je ne partagerai plus votre chambre, dit-elle en lui jetant un regard plein de colère.

– Vous resterez ici, répliqua-t-il, inflexible.
– Jamie, j'exige que l'on répare la porte de la chambre de la tour sud !
– Non ! N'insistez pas, Sheena ! On ne se moquera pas de moi comme on se moquait de mon père quand ma mère le boudait ! Je vous ai déjà dit qu'il n'y aurait aucune porte entre nous !
– Alors, vous dormirez par terre !
– Je dormirai dans notre lit !
– Alors, c'est moi...
– Assez de sottises ! Allons, venez vous coucher, ma mie.

Il commença de se déshabiller. Sheena demeura immobile, regardant fixement le feu qui brûlait dans l'âtre. Tous deux avaient soigneusement évité d'aborder le sujet qui les opposait. Elle savait que si Jamie s'obstinait à justifier l'indulgence dont il avait fait preuve à l'égard de son cousin, elle risquait de s'emporter et de le regretter ensuite.

Jamie, de son côté, avait décidé de se taire, jugeant qu'il n'avait pas à expliquer sa conduite et que Sheena n'avait pas à lui poser de questions. Elle n'était qu'une épouse, même si sa beauté lui faisait perdre la raison !

Il s'allongea mais ne réussit pas à trouver le sommeil.

– Je ne tolère pas cette colère entre nous, Sheena ! dit-il en se redressant. Pas ici, du moins...
– Au contraire, cette chambre est le seul endroit où nous puissions parler, siffla-t-elle. Préféreriez-vous que je dise ce que je pense de vous devant votre clan ?
– Parlez donc et finissons-en, répondit-il, résigné.
– Vous êtes un lâche ! Vous n'avez pas osé rendre un jugement équitable. Vous aviez peur que votre clan ne se récrie et ne vous accuse de favoritisme à mon égard ! Vous avez mal agi et...
– Je n'ai pas mal agi et ma fierté n'a rien à voir dans cette affaire ! Auriez-vous préféré que votre

père soit obligé de prendre les armes ? L'atmosphère était trop tendue, Sheena. Mes hommes ont jugé que Black Gawain disait la vérité. Et, contre cela, la parole d'un Fergusson, de dix Fergusson même ne comptait pas ! C'est le résultat de toutes ces années de guerre ! Ils ont cru Black Gawain !

– Si vous aviez attendu que Iain reprenne connaissance, il aurait confirmé la version des Fergusson ! Il fallait attendre pour vous prononcer !

– C'est fait, maintenant, il est trop tard...

– Non, il n'est pas trop tard, mais vous ne reviendrez pas sur votre décision parce que tout cela vous est bien égal, en vérité !

– Quelle différence cela ferait-il si je changeais d'avis ? Je songe à l'avenir. Je veux éviter avant tout de nouveaux massacres.

– Mon père ne vous pardonnera jamais !

– Je lui ai épargné d'avoir à se battre. N'est-ce pas assez ?

– Ainsi, l'on ne rend pas justice à un Fergusson ? C'est bien ce que vous voulez dire, Jamie ?

– Sheena, il faut du temps. J'ai mis fin à cette querelle sanglante en vous prenant pour compagne, et je m'engage à ne jamais la réveiller, sous aucun prétexte. Avec le temps, les vieilles haines s'oublieront. Nous rendrons visite à votre père et nous nous réconcilierons. Il faut se montrer patient.

– Et Black Gawain, le coupable ?

Le visage de Jamie se durcit.

– Je n'ai pas dit qu'il était coupable.

– Mais il l'est !

– Eh bien, je verrai, j'aviserai ! cria-t-il, au comble de l'exaspération.

– Quand ?

– Il faut comprendre Gawain, Sheena, reprit-il plus calmement. Sa sœur a été tuée au printemps dernier quand votre père a jugé bon de reprendre les armes contre nous. Gawain...

– Comment ? interrompit-elle. Ce n'est pas nous qui avons recommencé les raids, c'est vous !

– Sheena ! Assez de mensonges ! (Jamie était hors de lui. Pourquoi s'obstinait-elle ? N'était-elle donc pas au courant de la fourberie de Dugald ? Le regard de Sheena étincelait de colère.) Assez ! reprit-il d'un air sombre.

– En effet ! Et c'est moi qui en ai assez de vous ! (Comme il s'avançait vers elle, menaçant, elle le gifla de toutes ses forces. Jamie leva la main, prêt à la frapper.) Qu'attendez-vous ? Pourquoi hésiter ? dit-elle d'une voix cinglante. Je ne vous crains plus, Jamie ! Vous ne pouvez plus me faire de mal ! Vous m'en avez déjà trop fait !

– Je ne peux pas, répondit-il, furieux contre lui-même d'éprouver une telle émotion. (Il se sentait oppressé.) Pourquoi ? Peut-être parce que je souffrirais trop de vous faire souffrir... (Sheena, la gorge nouée, le regardait. Il se pencha sur elle et l'embrassa, l'étreignant avec force. On frappa à la porte.) Entrez ! cria Jamie d'une voix irritée.

Colen apparut, le visage bouleversé.

– Excusez-moi, il fallait absolument que je te voie... Il y a eu un raid, Jamie. Hamish et Jock sont blessés. L'état de Hamish est sérieux.

À cette nouvelle, le visage de Jamie se figea.

– Nous a-t-on volé beaucoup de bêtes ?

– Volé, non. Le bétail a été tué, on a mis le feu aux récoltes.

Sheena retint sa respiration tandis que Jamie la regardait durement. Elle devina sa pensée.

– Non ! s'exclama-t-elle en se précipitant vers lui. Non, il n'aurait jamais fait ça !

– C'est lui, pourtant, rétorqua Jamie. Comme au printemps dernier, il ne se contente pas d'un simple raid, il massacre et détruit ! Je n'ai pas pensé qu'il voudrait aussitôt se venger. J'ai eu tort, j'aurais dû faire doubler la garde !

– Vous vous trompez, Jamie !

– Combien d'hommes ? demanda-t-il en se tournant vers son frère.

– Jock dit qu'ils étaient cinq ou six.

– Il les a bien vus ?

Il y eut un silence avant que Colen ne réponde entre ses dents :

– Suffisamment.

– Alors, je te prie, dis à ma femme quelles étaient les couleurs de leurs tartans.

– Je suis désolé, Sheena, mais c'étaient les couleurs de votre clan.

Elle les regarda l'un après l'autre. Colen ne cachait pas son abattement, tandis que Jamie, lui, ne trahissait aucune émotion.

– Votre homme s'est trompé ! protesta-t-elle.

– Laisse-nous et fais seller mon cheval, ordonna Jamie à son frère.

– Non, vous ne pouvez pas prendre les armes contre mon clan !

– Que de supplications ! répliqua-t-il avec dureté, tout en s'habillant. Sans doute estimez-vous que la conduite de votre père est pleinement justifiée ? reprit-il après un silence.

– Mais mon père ne voulait plus de cette guerre ! Il a fait tout ce qui était en son pouvoir pour que règne la paix.

– Peut-être se sent-il aujourd'hui assez puissant pour reprendre le combat. Grâce aux mariages de vos sœurs, il a contracté de belles alliances !

– Pourquoi alors vous aurait-il accordé ma main ?

– Je l'y ai contraint !

– S'il s'était senti en position de force, il n'aurait pas accepté vos conditions. Il aurait préféré vous affronter ! Au lieu de cela, il a tout fait pour que je me plie à ce mariage ! Mon Dieu, comme je regrette ! Jamais je n'aurais dû lui obéir !

– Je vais finir par le regretter, moi aussi ! rétorqua Jamie, furieux.

Et il sortit.

32

Le lendemain matin, Sheena s'éveilla, seule. Elle se redressa sur son lit mais n'eut pas le courage de se lever. Toute la nuit, elle avait pleuré. Ses yeux la brûlaient, tout son corps était crispé et douloureux. Quelle sottise de pleurer ! Son chagrin restait entier.

Déjà le matin, et Jamie n'était pas encore de retour ! Ainsi, il était allé à Angusshire. Il faisait grand jour maintenant, l'heure où James MacKinnion attaquait ! Était-il à Tower Esk ? Elle s'efforça de chasser de son esprit les images de sanglants combats. Des pleurs, des cris d'effroi résonnaient. C'était son père. C'était Niall. Se couvrant les oreilles, elle se glissa hors du lit et se mit à arpenter la pièce. C'était insupportable de ne rien savoir. Et, comble de malheur, elle devrait bientôt faire face à Jamie, le meurtrier des siens ! Non ! Elle partirait ! Personne n'oserait l'en empêcher cette fois-ci. N'était-elle pas la femme du laird ? Elle se réfugierait chez sa tante Erminia, à Aberdeen. Une fois là-bas, elle essaierait de savoir s'il lui restait encore une famille, un foyer ! Et Jamie ne la retrouverait pas. Oui, il fallait qu'elle parte.

Comme elle ouvrait la porte, elle se trouva face à Gertie qui s'apprêtait à frapper.

– Je vous apporte vos robes, expliqua la servante en pénétrant dans la pièce. J'ai pensé que vous aimeriez vous changer pour accueillir vos invités.

– Mes invités ?

– Oui, ils sont arrivés ce matin, reprit Gertie. Venez-vous juste de vous réveiller ? Il est tard, vous savez.

– Quelle heure est-il donc ?

– Bientôt midi ! Nous commencions à nous

demander si vous alliez descendre ou pas. Doris disait que peut-être vous n'osiez pas, après les événements d'hier, mais je lui ai répondu que vous aviez plus de cran que ça ! De toute façon, ce n'était pas votre faute !

N'était-ce pas, d'une certaine manière, sa faute ?

Sheena songea avec tristesse que si Jamie ne l'avait pas si ardemment désirée, il ne l'aurait jamais gardée prisonnière à Castle Kinnion. Il n'y aurait eu ni mariage ni « accident » ! Son père aurait continué de couler des jours paisibles à Tower Esk, et elle serait retournée auprès de sa tante. D'ailleurs, en y réfléchissant, si Colen l'avait enlevée, n'était-ce pas à cause de sa beauté ? Tout était sa faute ! Sa beauté était comme une malédiction...

– Choisirez-vous cette ravissante robe bleue ? dit Gertie. Elle donnera à vos cheveux des reflets de flamme.

Sheena considéra les jolies toilettes que lui prêtait Lydia, puis regarda sa vieille robe, tout usée.

– Je vais mettre la verte.

Gertie marqua sa désapprobation.

– Comme vous voulez, répondit-elle d'un air pincé. Sans vous offenser, il est grand temps que le laird pourvoie à vos besoins. Il en a les moyens !

– Ce n'est pas à moi de demander.

– Allons ! Qui a plus de droits que vous ? Vous êtes sa femme, à moins que vous ne l'ayez déjà oublié !

– Je n'ai pas oublié.

– Vous devez avoir les toilettes dignes d'une femme de votre rang ! Sir Jamie aurait déjà dû y penser ! Réclamez au moins les robes qui sont restées chez vous. Votre père ne vous les refusera pas, même après ce qui s'est passé !

– Je préférerais ne pas parler de tout cela en ce moment, si vous voulez bien.

– Oui, je comprends. Je vous laisse.

– Attendez, Gertie. Vous disiez qu'il y avait des invités ?

– Oui. Les Keith et les MacDonough sont là, les Gregory et les Martin arriveront d'ici à ce soir. (Les alliés des MacKinnion ! Ainsi donc, Jamie n'avait pas encore attaqué Tower Esk ! Il réunissait ses amis pour mettre au point avec eux d'horribles représailles. Sheena blêmit.) Que se passe-t-il ? s'inquiéta Gertie.

– Ils sont venus pour... commença-t-elle d'une voix tremblante.

– Oh ! Vous n'avez pas à craindre les amis des MacKinnion ! s'exclama Gertie en riant, se méprenant sur le désarroi de Sheena. Thais brûle d'envie de vous rencontrer. C'est même elle qui m'a demandé de monter.

– Thais ?

– La sœur cadette de sir Jamie, expliqua la servante. Elle lui en a voulu, d'ailleurs, de ne pas avoir attendu qu'elle soit là avec son mari !

Sheena ne savait plus que penser. Attendu ? Jamie avait donc attaqué ? Sheena se mit à trembler...

– Mais qu'ai-je dit ? (Gertie se précipita vers elle.) Ne bougez pas, je vais chercher sir Jamie.

– Il est donc ici ?

– Où voulez-vous qu'il soit, avec tous les invités du mariage à recevoir ?

– Le mariage... (Sheena éprouva un vif soulagement.) Pourquoi ne pas l'avoir dit plus tôt, Gertie ? Je croyais que...

– Les réjouissances vont durer plusieurs jours. Sir Jamie ne vous a donc pas dit qu'il avait invité ses amis pour vous les présenter ?

– Non, hier soir...

– Ne vous tourmentez pas ! Sir Jamie ne laissera pas cet incident gâcher votre mariage. Tâchez de l'oublier, vous aussi !

– Quand Jamie est-il rentré ?

– Il n'a quitté le château que pour aller voir Jock et Hamish. Il ne s'est pas absenté bien longtemps.

– Est-ce que Hamish... ?

Gertie lui tapota l'épaule.
– Il s'en sortira, heureusement. Maintenant, êtes-vous sûre de vouloir mettre la robe verte ?
– Non, je choisis la bleue, après tout, murmura Sheena d'un air absent.
Il fallait qu'elle parle à Jamie, qu'elle sache ce qu'il avait l'intention de faire quand leurs invités seraient partis.

33

Jamie but une gorgée d'ale pour s'armer de courage : entre ses voisins de droite, la conversation prenait un tour fâcheux. Alasdair MacDonough et Colen s'étaient échauffés, et quand Jamie voulut intervenir, il était trop tard. Alasdair racontait sa rupture avec Sheena. Le visage de Colen exprima tout d'abord l'incrédulité, puis il éclata de rire. C'était plus que Jamie n'en pouvait supporter !
– Tu en as assez dit, MacDonough ! fit-il d'un ton sec qui surprit son ami.
– Jamie ! Tu ne vas pas me faire croire que personne, pas même ton frère, n'était au courant de tes quelques jours de captivité !
– Ne l'écoute donc pas ! intervint Colen. Raconte-nous le séjour de Jamie à Tower Esk.
– Tu demanderas toi-même à ton frère, répondit Alasdair, un peu mal à l'aise.
Jamie se rembrunissait de plus en plus. Comme s'il n'avait pas assez de problèmes ! Au diable Colen et sa curiosité !
– Vraiment, il n'y a rien à raconter ! Fergusson m'a retenu chez lui, c'est tout. Restons-en là !
– Dans un cachot ? dit Colen en éclatant de rire. Et il a fallu qu'une demoiselle vienne à ton secours ?
– C'était par sa faute que je me trouvais prisonnier.

– Elle avait dû t'ensorceler pour que tu agisses avec si peu de bon sens !

Jamie était sur le point de perdre patience lorsque son beau-frère, Ranald Keith, qui avait suivi la conversation, lui donna une grande tape dans le dos.

– Le cachot des Fergusson ? Est-ce là que tu as rencontré ta fiancée ?

Furieux, Jamie expliqua en quelques mots son humiliante aventure, taisant néanmoins le rôle que Niall avait joué dans son évasion. Il était toujours tenu de protéger le jeune garçon. Ses compagnons paraissaient s'amuser beaucoup de son récit.

– Elle a pris un énorme risque pour ne pas t'épouser, reprit Ranald, pensif. Et en vain ! Ce n'est pas étonnant que la malheureuse refuse de participer aux réjouissances !

– Je ne l'appellerais pas malheureuse, Ranald Keith, intervint Thais, prenant parti pour son frère. Au contraire, elle a bien de la chance d'avoir rencontré un homme tel que Jamie !

– C'est ce que tu penses, toi, rétorqua Ranald. Mais elle ?

– C'est vrai, Jamie, dit Colen, redevenant sérieux. Qu'en pense Sheena ?

– J'aurais pourtant juré que tu serais sans rancune ! soupira Jamie. Es-tu donc si dépité de l'avoir perdue ?

– Ce n'est pas du dépit, mais je t'ai prévenu, prends bien soin d'elle !

– Je n'ai pas besoin d'être rappelé à l'ordre !

– A-t-elle eu beaucoup de raisons d'être heureuse depuis son mariage ?

– J'aimerais croire qu'elle a connu un peu de bonheur, même si ce ne fut qu'un fugitif instant ! répondit Jamie avec un sourire douloureux.

À ces mots, Colen devint écarlate.

– Ce n'est pas là le bonheur, Jamie. Sheena a besoin de paix. Peux-tu lui offrir ce calme, cette tranquillité d'esprit, après tout ce qui s'est passé ?

– Allons, allons, voilà mes deux frères qui se disputent et il est trop tôt pour accuser la boisson ! (Daphnée surgit derrière Jamie et lui mit les bras autour du cou.) Que se passe-t-il donc ?

– Voici justement l'objet de notre discussion qui se joint à nous ! annonça Ranald. (En effet, majestueuse dans sa robe de soie bleu roi, sa chevelure retombant en longues boucles jusqu'à la taille, Sheena se dirigeait vers leur table.) Oh, Jamie ! Tu disais qu'elle était jolie mais je n'ai jamais vu plus jolie fille dans toute l'Écosse !

– Vois l'abominable mari que tu as ! se moqua Daphnée en se tournant vers sa sœur. Heureusement que mon Dobbin n'est pas là. Lui aussi s'extasierait devant sa nouvelle belle-sœur !

– Qu'il s'extasie ! persifla Thais, amusée par l'air embarrassé de son mari. Jamie veillera à ce qu'il n'aille pas plus loin !

Le pauvre Ranald n'avait jamais compris ce goût de la taquinerie dont témoignaient les enfants de Red Robbie MacKinnion. De même qu'il ne savait jamais trop quand prendre ou non Thais au sérieux. Lui lançant un regard furtif, son expression se radoucit : il était très amoureux de sa femme. La plus jolie des deux sœurs, estimait-il, non sans parti pris, avec une chevelure fauve que des reflets dorés cuivraient légèrement, et des yeux bruns tour à tour espiègles et caressants. Oui, Thais était belle, et il l'aimait avec une passion qui le surprenait parfois. Ranald pressa la main de sa femme, espérant que ce n'était pas la jalousie envers son extraordinaire belle-sœur qui provoquait cette étincelle dans son regard. « Extraordinaire » était même trop faible pour décrire la beauté de la fille de Fergusson. Un teint délicat, de grands yeux d'un bleu profond, une chevelure somptueuse. Jamie avait vraiment de la chance !

Thais, elle, estimait que Jamie méritait une aussi belle épouse. Elle adorait son frère aîné et, de plus, lui était reconnaissante d'avoir su lui choisir un mari comme Ranald. À l'inverse de Daphnée dont le mariage conclu par leur père s'était révélé un échec, Thais était parfaitement heureuse de la vie qu'elle menait, et ce bonheur, elle le devait à Jamie. Elle était peinée de le voir traverser cette période difficile et se souvint du désastre de son premier mariage. Néanmoins, la façon dont il regardait sa jeune épouse prouvait qu'il était fort épris et c'était là une raison suffisante pour qu'elle accueille avec joie sa nouvelle belle-sœur. Le désaccord qui apparemment opposait les jeunes mariés se réglerait de lui-même. Rien n'était impossible.

Daphnée, elle aussi, désirait le bonheur de son frère. Cependant, placée derrière Jamie, elle ne put voir le regard de tendresse dont il enveloppa Sheena quand celle-ci apparut. En revanche, la mauvaise humeur dont il avait fait preuve la veille et durant la matinée ne lui avait point échappé. Pour Daphnée, Jamie avait fait un mauvais choix et déjà il le regrettait. Pourquoi avoir épousé la fille de leur ennemi juré ? Une telle union ne pouvait être heureuse. Les événements de la veille prouvaient bien que jamais la paix ne régnerait entre les deux clans. Quant à espérer que Sheena aime un jour son mari… Non, sa crainte et son hostilité à l'égard de Jamie n'étaient que trop visibles !

En fait, Daphnée compatissait, n'étant elle-même point amoureuse de son mari, un individu aux manières grossières. Du moins ne se détestaient-ils pas. Ils se parlaient à peine et elle se soumettait, sans trop de mal, à ses étreintes aussi rapides que brutales, désirant désespérément avoir un enfant pour combler le vide de son existence.

À l'inverse d'Alasdair qui, à l'approche de Sheena, laissa échapper un soupir de nostalgie, Colen serra les dents. Non qu'il la désirât encore, mais le désarroi visible de Sheena le navrait. Oui, il souffrait pour elle, et pourtant, comment prendre parti, déchiré qu'il était entre la tendresse qu'il éprouvait pour la jeune femme et l'affection qu'il portait à son frère !

En vérité, il tenait Black Gawain pour le principal responsable du malheur de Sheena. Oui, Black Gawain était coupable, et l'attitude indulgente de Jamie à son égard le rendait furieux. Au lieu de mettre fin à la guerre, ce mariage insensé, en définitive, n'avait fait que la raviver. De plus, le clan de Sheena risquait d'être accusé du raid qui venait d'avoir lieu sur leurs terres. Jamie n'avait rien dit de ses intentions. Colen était néanmoins persuadé d'une chose : si Jamie attaquait les Fergusson, il détruirait toute chance de se réconcilier avec Sheena. Il perdrait à jamais cet amour pour lequel il avait tout risqué, cet amour qu'il avait si ardemment désiré.

Sheena avançait la tête haute. Elle se sentait seule, étrangère à tous. La famille et les amis de son mari lui faisaient peur mais elle refusait de se laisser intimider. Quand elle atteignit la table, Jamie se leva mais n'esquissa aucun geste. Il la regardait d'un air sévère, impénétrable. C'est Alasdair MacDonough qui rompit le silence.

– Vous êtes plus belle que jamais ! s'écria-t-il en se levant.

Sheena le regarda, à la fois confuse et surprise.

– N'êtes-vous donc point irrité contre moi ?

– Je n'ai ressenti que du regret, un regret qui croît encore en vous revoyant !

Où était l'homme arrogant et plein de suffisance qu'elle avait connu ? Elle ressentit, elle aussi, une sorte de regret.

– Je suis désolée, sir Alasdair, répondit-elle avec douceur. Vraiment, j'aimerais...

– Ne l'accaparez donc pas, sir Alasdair, interrompit Thais, craignant que Sheena ne prononce une parole imprudente. Et quel empoté vous faites, Jamie, de rester là, sans rien dire, au lieu de nous présenter !

Jamie lança à sa sœur un regard reconnaissant.

– Sheena, voici ma sœur Thais, son mari, Ranald Keith. Et ma sœur Daphnée que vous avez déjà rencontrée, ajouta-t-il.

– Je crains d'avoir été bien silencieuse, hier, dit Sheena en rougissant légèrement, un timide sourire aux lèvres.

– Je vous en prie, Sheena, s'empressa de répondre Daphnée, s'efforçant de mettre sa belle-sœur à l'aise. Moi-même, je me souviens à peine de mon mariage, si ce n'est de ma nervosité. Je suis sûre qu'il en est ainsi pour toutes les femmes !

Thais prit Sheena par le bras et l'entraîna vers la cheminée, murmurant qu'elles allaient faire plus ample connaissance. Daphnée les rejoignit.

Jamie les suivit d'un regard inquiet. Sheena allait-elle se laisser aller à quelque confidence ?

De nouveau, Ranald le félicita sur le choix de son épouse, puis les Gregory arrivèrent. Durant l'heure qui suivit, les hommes burent beaucoup, parlant et s'esclaffant à grand bruit. Bientôt, tante Lydia, invoquant une migraine, alla se joindre aux jeunes femmes devant l'âtre. À tout instant, Jamie regardait furtivement dans leur direction. Sheena riait de bon cœur, apparemment heureuse en compagnie de ses sœurs. Le spectacle de leur entente le rendit furieux. Comment Sheena pouvait-elle oublier ce qui s'était passé entre eux ?

Il fallait qu'il lui parle, qu'il mette les choses au point avec elle. Elle était sa femme et elle le resterait.

34

Les réjouissances se prolongèrent tout le jour. Sheena y prit grand plaisir, surtout dans la mesure où Jamie s'était absenté. Il revint quelques heures plus tard, toujours aussi taciturne. Il était inabordable, alors qu'elle souhaitait lui parler. Elle essaya de ne plus songer à lui et se consacra à ses invités.

Les sœurs de Jamie lui étaient fort sympathiques, comme tante Lydia, d'ailleurs, qu'elle avait tout de suite aimée. Qu'est-ce qui faisait donc leur charme à toutes ? Lydia était affectueuse et bienveillante. Daphnée, quoique plus réservée, se montrait d'un commerce tout aussi agréable. Thais, apparemment du même âge que Sheena, était impétueuse, pleine de vie et de bonne humeur. N'ayant pas grandi au sein d'une famille unie, Sheena les enviait; certes, son père et son frère lui portaient une profonde affection, mais ses sœurs avaient toujours été terriblement indifférentes à son égard. La mélancolie la gagnait. Elle aurait tant aimé avoir des sœurs aussi chaleureuses !

– Enfin, voilà mon Dobbin !

À ces mots de Daphnée, Sheena se tourna vers l'entrée et vit apparaître un homme grand et fort, à l'allure rustique, aux cheveux rouquins. Une barbe épaisse et des sourcils broussailleux cachaient presque tout son visage. Sheena ne put dissimuler son étonnement.

– Votre mari ? demanda-t-elle, ébahie.

– Que voulez-vous ? Nous ne pouvons toutes avoir de beaux maris ! répondit Daphnée avec bonne humeur, habituée à ce que les gens réagissent ainsi face à Dobbin Martin. Le mien n'est pas si mal que ça ! Du moins ne s'emporte-t-il jamais. Son seul défaut, à vrai dire, est son indulgence à l'égard de ses cousins et, en particulier, de sa cousine. Elle l'a sûrement attendu, sachant que, sans son escorte, elle n'aurait pas été la bienvenue.

Sheena remarqua alors la jeune femme qui se tenait légèrement en retrait : Jessie Martin ! Elle se rembrunit, désagréablement surprise. Elle avait bien espéré ne jamais plus revoir cette vipère !

Au même moment, surgit Black Gawain, plus sombre que jamais. Venait-il pour semer de nouveau la discorde ? Il posa sur Sheena un regard chargé de haine et de menaces. La jeune femme se dirigea aussitôt vers Jamie. Il conversait avec des amis mais elle n'hésita pas à l'interrompre et à l'entraîner un peu à l'écart. Visiblement, Jamie était fort mécontent d'être ainsi dérangé.

– Savez-vous que Black Gawain est ici ? demanda-t-elle sans se laisser intimider pour autant.

– Ah ! il vient d'arriver ?

La désinvolture de Jamie ne fit qu'aviver son irritation.

– Avez-vous invité ces gens en l'honneur de notre mariage, oui ou non ?

– Oui.

– Ainsi, je n'ai pas droit à la parole quand il s'agit de choisir les invités à cette fête ?

– Ne soyez pas hypocrite, Sheena ! répondit Jamie avec froideur. Vous avez fait clairement comprendre que ce n'était pas une fête pour vous... Alors, où est le mal si quelqu'un se montre d'aussi méchante humeur que vous ?

– Je veux qu'il parte, c'est tout. Je ne supporte pas la vue de cet individu ! Sans lui, nous...

Comme elle hésitait, il demanda :

– Quoi ?

– Sans lui, mon cousin n'aurait pas été blessé ! Croyez-vous que Iain supportera ce long trajet jusqu'à Tower Esk ? Il est probablement mort à l'heure qu'il est !

– Et ce ne serait que justice. Deux de mes hommes sont gravement blessés !

À ces mots, Sheena demeura pétrifiée. Ce n'était plus là l'homme qu'elle avait appris à connaître mais celui qu'elle avait toujours craint. Que se passait-il ?

– Qu'allez-vous faire, Jamie ? s'enquit-elle aussi doucement que possible.

Toute la journée, il avait été d'humeur ombrageuse. La soudaine humilité de Sheena ne l'apaisa point.

– Quoi que je fasse, vous êtes ma femme ! Si vous n'avez pas encore compris ce que cela signifie, je vais vous éclairer ! À l'avenir, je dormirai dans notre chambre. Nous partagerons le même lit et plus encore ! Comprenez-vous ?

– Oui, oui, je comprends, dit-elle, contenant sa colère. (Si Jamie croyait pouvoir la dompter simplement parce qu'il était son mari, il se trompait.) Et maintenant, c'est à vous de m'écouter et de comprendre. Vous croyez avoir des droits sur moi, mais sachez que je ne les honorerai pas. J'ai été contrainte de devenir votre épouse, je ne le désirais pas ! Pour moi, dorénavant, les liens qui nous unissaient n'existent plus ! Jamais je ne vous appellerai « mon époux », Jamie, car notre mariage n'est qu'une parodie !

À ces mots, la colère de Jamie retomba. Une terrible douleur l'étreignit. Il l'avait perdue ! À jamais !

– Sheena... commença-t-il, éperdu.

Mais déjà la jeune femme se détournait, refusant d'en entendre davantage. Elle était cependant étonnée de sa propre violence, elle n'avait pas eu l'intention de se montrer si intraitable. Maintenant, il était trop tard pour revenir sur ses paroles.

Elle regarda Jamie, son beau visage, ses cheveux blonds dont elle connaissait la douceur. La douleur se lisait dans ses yeux. La même souffrance se reflétait dans le regard de Sheena, embué de larmes.

– Je suis désolée, Jamie. Je crains que nous ne soyons tous deux trop orgueilleux !

Ne pouvant plus retenir ses pleurs, elle quitta vivement la salle.

35

Jamie s'efforça en vain de faire croire à ses hôtes que tout allait pour le mieux. Sheena ne reparut pas dans la grande salle, et plus d'un l'avait vue s'enfuir en pleurant. Il aurait voulu la rattraper mais son amour-propre le lui interdisait. Elle s'était disputée avec lui devant tout le monde et cela blessait terriblement sa fierté.

Beaucoup d'invités étaient encore là, bien qu'il fût tard. Il ne pouvait se retirer trop tôt sans les choquer... Les Gregory et les Martin étaient de grands buveurs. Sans doute céderaient-ils à leur penchant une bonne partie de la nuit...

Cependant, après avoir vidé quelques chopes de bière supplémentaires et trinqué à la ronde, Jamie jugea qu'il pouvait se retirer et regagner enfin sa chambre.

La pièce était plongée dans l'obscurité. Il faisait froid, le feu était presque éteint. Il mit quelques bûches dans la cheminée. Sheena n'était pas là. Il s'assit sur le lit et soupira. Devait-il se mettre à sa recherche ? Peut-être valait-il mieux la laisser tranquille... Des filles désireuses de le rejoindre ne manquaient pas ! Jessie lui avait fait clairement comprendre qu'elle était libre; durant toute la soirée, elle avait ignoré Black Gawain, ne quittant pas d'une semelle son cousin, Dobbin, de façon à rester proche de Jamie. Il se souvint de la chaleur du corps de Jessie, doux et docile. Il n'aurait pas à craindre de colère de sa part...

– Je suis un imbécile ! murmura-t-il.

Il écouta le silence, puis se leva et sortit.

Il trouva Sheena profondément endormie dans la chambre qu'elle avait habitée avant leur mariage, pelotonnée dans le lit étroit. Doucement, il rabattit les couvertures et, sans la réveiller, la prit dans ses bras. Elle émit un faible grognement et se nicha contre son épaule tandis qu'il la portait dans leur chambre.

Quand il la posa sur leur lit, prêt à affronter sa fureur, elle s'étira légèrement mais ne s'éveilla point. Il sourit. Voilà qu'elle lui facilitait les choses ! Elle serait à lui avant d'en prendre conscience. Il se déshabilla rapidement.

Lentement, il releva sa robe, découvrant ses jambes fermes et galbées, caressant sa peau douce comme la soie. Il la dénuda jusqu'à la taille, effleurant de ses doigts la région tendre et chaude entre ses jambes, cherchant à éveiller son désir. Puis, se plaçant au-dessus d'elle, il la dégagea entièrement de sa robe. Elle s'éveilla aussitôt, se débattant, tandis qu'il l'embrassait, étouffant son cri de rage.

Sheena fut choquée de voir avec quelle facilité il la pénétrait. Plus choquée encore de la façon dont elle réagissait, arquant son corps sous celui de Jamie comme pour mieux l'accueillir.

Je ne peux pas ! se disait-elle. Je ne peux pas le laisser me dompter ainsi !

Pourtant, bientôt, elle ne résista plus. Leur désir s'intensifiait et elle s'y abandonnait. Elle crut devenir folle. Jamie l'amenait tout près du bonheur, puis s'arrêtait. Tout son être criait vers son ultime plaisir qu'il lui refusait. Elle gémissait, griffait son dos. Rien n'y faisait. Jamie s'obstinait à prolonger cette souffrance. Il avait même cessé de l'embrasser. Elle ouvrit les yeux. Bouleversé, douloureux, il la regardait. Presque aussitôt, il lui dit d'une voix pressante :

– Je suis votre mari. Dites-le !

Son trouble était trop intense, elle ne put qu'acquiescer.

– Vous êtes mon mari.

– Jamais vous ne le nierez !

– Non, jamais !

Alors, il se déchaîna en elle avec une violence qui combla son attente. Elle avait faim de lui, elle avait besoin de lui...

Lorsque Jamie s'allongea à ses cotés et l'attira de nouveau dans ses bras, la caressant avec une infinie tendresse, comme si désormais tout conflit avait disparu, elle ne put se contenir plus longtemps. Rompant la délicieuse langueur qui les enveloppait, elle murmura :

– Vous avez abusé de moi, Jamie.

– Mon amour, je ne vous ai pas le moins du monde contrainte !

– C'est faux ! Je ne sais pourquoi vous avez le pouvoir d'éveiller en moi cette passion, mais vous ne pouvez annihiler ma volonté que pendant un court moment. Je suis de nouveau moi-même, et pleinement consciente ! Rien entre nous n'est changé !

– Si, ma mie ! Vous savez désormais que vous ne pouvez me refuser ! J'ignore ce que l'avenir nous réserve, mais cet amour existera toujours entre nous ! Jamais je ne cesserai de vous désirer, Sheena ! (Cela fut dit sur un ton solennel, qui résonna presque comme une menace.) Et même si votre volonté s'y oppose, vous aussi me désirerez toujours !

36

Errer dans la douceur de la brume, comme si l'on flottait loin de la réalité du monde, est bien la plus enivrante, la plus extraordinaire des sensations. C'est ce qu'éprouvait Sheena tandis qu'elle se promenait le long des remparts en cette fin d'après-midi.

Toute la journée, des nuages, roulant de la montagne, étaient venus s'immobiliser au-dessus du château. L'on distinguait à peine à un pied devant soi.

La cour intérieure baignait dans la brume. Les amis de Jamie partaient. Seuls les Martin avaient décidé de rester quelques jours encore à Castle Kinnion. Jamie devait être fort contrarié, lui qui souhaitait que les réjouissances durent une semaine au moins ! Mais l'ambiance particulièrement tendue n'avait guère encouragé leurs hôtes à s'attarder. C'était sa faute, elle le savait. Elle n'avait fait aucun effort pour se montrer plus aimable, alors que Jamie, lui, paraissait d'excellente humeur. Peut-être, d'ailleurs, ne maugréait-il pas, heureux de sa victoire sur elle la veille au soir !

L'idée qu'elle désirait Jamie de tout son être lui semblait absurde, intolérable. Elle le détestait, n'est-ce pas ? Alors, comment pouvait-elle éprouver autant de plaisir sous ses baisers ?

Comme elle aurait aimé s'envoler dans ce ciel de nuages, tout oublier, son mariage, Jamie ! Naturellement, elle devait se résigner, regagner la grande salle pour un nouveau repas triste et solennel. Et ensuite, où aller ? Se cacherait-elle afin qu'il ne puisse pas la retrouver ? Moqueuse, une petite voix en elle lui demanda si c'était là vraiment ce qu'elle désirait...

Sheena frissonna de froid et s'enveloppa étroitement dans sa cape. Les Keith franchissaient les portes du château. Thais et sa gaieté lui manqueraient ! Peut-être était-ce mieux ainsi... Jamie prendrait une décision. Laquelle ? Elle l'ignorait et ne réussissait pas à oublier les dangers qui menaçaient sa famille.

– Vous feriez mieux de partir, vous aussi, avant que d'autres encore ne meurent par votre faute !

Elle se raidit, reconnaissant le ton vindicatif de Black Gawain. Soudain, elle se mit à courir, le plus vite possible, de peur qu'il ne la pousse du haut des remparts. Il serait simple ensuite de faire croire à un accident ! On invoquerait la brume qui l'aurait empêchée de distinguer le chemin de ronde...

Quand elle retrouva la chaleureuse ambiance de la salle, elle tremblait encore, bien que la présence de Jamie la rassurât. Rendu furieux par le départ de leurs invités, il ne lui adressa pas la parole lorsqu'elle prit place à côté de lui. Il ne remarqua pas son extrême pâleur et poursuivit sa conversation avec Dobbin. Du moins Daphnée et Lydia étaient-elles là pour lui tenir compagnie et l'aider à ne pas prêter attention à Jessie, assise aux côtés de Dobbin. Le repas se serait relativement bien déroulé, chacun demeurant dans une prudente neutralité, si Black Gawain n'avait surgi.

– Hamish est mort ! annonça-t-il d'une voix forte, se tenant derrière Jamie.

Le laird se retourna.

– En es-tu sûr ? demanda-t-il avec calme.

Black Gawain acquiesça.

– La question se pose : que vas-tu faire ?

Il fallait bien de l'audace pour oser parler ainsi à James MacKinnion ! Black Gawain avait-il perdu la tête ou se moquait-il désormais de toute prudence ?

– Tu ne songes qu'à te venger, n'est-ce pas ? répondit Colen, furieux. Ne pouvons-nous d'abord l'enterrer ?

– Si ton frère s'était soucié de son clan plutôt que de sa nouvelle épouse, nous n'aurions personne à enterrer ! répliqua Black Gawain, cinglant.

Des murmures choqués parcoururent la salle. Lentement, Jamie se leva, son visage tout proche de celui de son cousin.

– Tu prends bien des initiatives, cousin ! Oublies-tu qui a blessé un des Fergusson alors qu'ils étaient tous sous ma protection ? Peut-être ne suis-je pas assez clair et ne vois-tu pas que c'est toi que j'aurais dû punir ? (À ces mots, Black Gawain perdit quelque peu de son assurance.) Prends garde ! ajouta Jamie. Tu ferais bien de disparaître pendant que je te le permets encore !

Malgré cette mise en garde, Black Gawain ne put s'empêcher de lancer une dernière pique.

– Elle t'a ensorcelé, Jamie ! Tu ne vois plus les choses sainement depuis qu'elle est ici. Ce meurtre appelle la vengeance. Cette fille a fait de toi un faible, c'est la seule explication !

Jamie se retint de répondre. À vrai dire, il ne savait exactement ce qui s'était passé le jour de son mariage. En outre, l'accusation de Black Gawain sonnait juste, désagréablement juste.

– Jamie ?

Il se tourna vers Sheena mais ne put supporter le regard chargé d'effroi de la jeune femme. Et puis, il avait besoin d'espace pour respirer, réfléchir ! Il se sentait incapable de prendre une décision en présence de Sheena.

Sans un mot, il sortit.

Au milieu de la nuit, Jamie regagna enfin leur chambre. Sheena l'attendait. En le voyant rassembler ses armes, elle sentit sa gorge se nouer, ne doutant pas un instant contre quel ennemi il se préparait.

– Ainsi, il a réussi à vous convaincre ? murmura-t-elle, la voix tendue.

Jamie ne la regarda pas.

– Je n'ai que trop tardé. Il le faut.

Il sembla à Sheena que son cœur cessait de battre.

– À votre retour, je ne serai plus là, annonça-t-elle.

Ces mots tombèrent, impitoyables, et Jamie se retourna les yeux flamboyants de colère.

– Vous serez là, Sheena, ou vous regretterez de ne pas être morte quand je vous retrouverai ! Car je vous retrouverai !

Ulcérée, elle quitta le fauteuil où elle l'avait attendu des heures durant.

– Plutôt être morte, en effet ! Et ne pas être votre épouse !

– Attention, Sheena, ou…

– Ou quoi ? s'écria-t-elle. Vous me tuerez, c'est cela ? Eh bien, tuez-moi et épargnez mon clan !

Jamie se détourna. Il n'avait pas le moins du monde le projet d'attaquer Tower Esk. Il désirait simplement rencontrer Dugald. Cependant, fou de rage, il ne lui dit rien de ses intentions.

– Je refuse de vous écouter ! gronda-t-il.

– Je vous hais, James MacKinnion ! Ne comprenez-vous pas que jamais mon père ne prendra le risque de vous attaquer alors que je suis ici, à votre merci ?

Si Sheena avait avoué son désarroi, il se serait sûrement radouci et l'aurait rassurée. Cependant, elle était beaucoup trop furieuse pour pleurer, et lui trop irrité pour admettre qu'elle avait raison. Il l'attira à lui et l'embrassa avec emportement.

– Je parlerai d'abord à Dugald, fit-il sèchement. Je ne peux rien vous promettre d'autre.

Là-dessus, il rassembla ses affaires et sortit.

Restée seule, Sheena pleura enfin, tout entière à sa détresse.

37

Le lendemain matin, Daphnée elle-même ne réussit pas à tirer Sheena de son abattement. La jeune femme resta assise près du feu dans la grande salle, le regard perdu dans le vague. Des visions de massacre, de corps mutilés l'obsédaient. Il était presque midi. Soudain, une voix lui parvint, brisant sa torpeur. Jessie Martin se dressait devant elle. Sheena n'avait aucune raison de haïr la jeune femme. (N'avait-elle pas éprouvé un jour une certaine pitié pour elle ?) Pourtant, il y avait quelque chose de profondément déplaisant chez Jessie.

– Je vous demande pardon, vous disiez ? demanda Sheena.

– Je disais : allez-vous enfin vous décider à partir ? répondit Jessie.

– Pourquoi le devrais-je ? N'ai-je donc point ici tout ce que je peux espérer, un beau château, un beau mari ?

– Je pensais que la fierté des Fergusson vous interdisait de rester là où l'on ne vous désire point !

– Et pour qui suis-je indésirable ? interrogea Sheena d'un ton ironique. Jamie désire que je sois là, il le désire même vivement !

– Il est bien le seul ! répliqua Jessie, crispée. Chacun ici juge que vous devriez partir, mais personne n'ose le dire à haute voix ! Vous avez changé Jamie et c'est pour cette raison que l'on ne vous aime pas !

– Vous mentez !

– Elle dit la vérité, Sheena !

Elle se retourna. Black Gawain se tenait derrière son siège. Entre ces deux ennemis, elle se sentit comme prise au piège.

– Encore fasciné par l'attrait de la nouveauté, Jamie ne s'en rend pas compte, mais bientôt, il verra clair et vous haïra pour le mal que vous avez fait ! Il sera trop tard alors. Son clan sera ligué contre lui, et par votre faute ! N'est-ce point d'ailleurs ce que vous espérez, Sheena Fergusson, opposer Jamie à ses hommes ?

Sheena ne trouva pas aussitôt une réponse à ces insinuations mensongères. Black Gawain et Jessie tournèrent brusquement les talons, l'abandonnant à son trouble... Cependant, étaient-ce vraiment des mensonges ? Assurément, l'on ne devait guère apprécier sa présence à Castle Kinnion. N'était-elle pas une Fergusson, une ennemie ? Ne la tenait-on pas pour responsable du nouveau conflit qui opposait les deux clans ?

Elle demeura quelques minutes comme hébétée, puis se leva et quitta la salle. Elle monta à sa chambre et se changea. Avec des gestes lents et mécaniques, elle revêtit sa vieille robe verte. Elle se rendit à l'écurie où l'on s'empressa de lui donner un cheval et elle n'eut aucun mal à se faire ouvrir les portes du château.

C'est vraiment trop facile, songea-t-elle, tandis qu'elle descendait le chemin escarpé. Si elle avait su, elle serait partie la veille, comme elle en avait eu le projet, avant que Jamie ne puisse de nouveau lui faire l'amour ! Ainsi, elle n'aurait pas découvert qu'elle pouvait éprouver du plaisir dans ses bras malgré sa colère et son chagrin...

Elle chevauchait, sans savoir où elle allait, en proie à de confuses pensées... Bientôt, elle s'arrêta, perdue. Elle se trouvait en lisière d'un champ que l'on venait de moissonner. Un paysan la dévisageait.

– Vous avez l'air souffrante, demoiselle, dit l'homme, l'air inquiet.

– Non, non, je vais bien, répondit-elle, malgré le malaise qu'elle ressentait.

– Vous êtes l'épouse de sir Jamie, n'est-ce pas ?

Pourquoi le nier ?

– Oui.

– Il sera bientôt de retour, reprit l'homme. Vous alliez à sa rencontre ?

– Je... je...

– Vraiment, vous n'avez pas l'air bien. Venez donc vous reposer à la maison. Ma Jannet vous servira un petit remontant.

Sheena se laissa conduire jusqu'à la chaumière. Un bon feu brûlait au centre de l'unique pièce. La porte d'osier se referma et elle se trouva enveloppée d'une douce chaleur. Abandonnant le grain qu'elle était occupée à moudre, Jannet, une femme au teint hâlé, s'avança.

– Oh, l'épouse de sir Jamie ! Je vous ai vue le jour de votre mariage, mais je n'aurais pas cru vous revoir si tôt !

– Elle ne se sent pas très bien, Jannet, expliqua le fermier. Un petit alcool serait le bienvenu.

– Naturellement ! La pauvre enfant ! s'attendrit Jannet. Je vous apporte ça tout de suite. Venez donc vous réchauffer près du feu. Il fait bien froid aujourd'hui pour se promener !

Sheena prit place sur un tabouret et but avec plaisir le whisky qu'on lui offrait. La pièce contenait peu de meubles : une table, deux chaises, un lit clos et deux coffres à farine. Une existence simple, pauvre sans doute. Pourtant, ce couple avait l'air heureux... Désapprouvaient-ils sa présence, eux aussi, comme Black Gawain le prétendait ? Ils se montraient gentils avec elle, alors qu'ils auraient pu lui en vouloir de la mort de Hamish MacKinnion.

– Pourquoi êtes-vous si bons avec moi ? demanda-t-elle soudain.

– Pourquoi est-ce qu'on ne le serait pas ? s'exclama l'homme, surpris.

– Je suis une Fergusson, ne faites pas semblant de l'ignorer. Et, au fond de vous-mêmes, vous me haïssez. Vous ne seriez pas les seuls, d'ailleurs !

– Je ne sais ce que pensent les autres, mais moi, je juge chacun selon ses mérites ! Pourquoi est-ce que je vous reprocherais votre naissance ? De toute façon, vous êtes une MacKinnion maintenant. Vous porterez le fils du laird qui deviendra laird à son tour. Vous appartenez à notre clan désormais, vous ne croyez pas ?

Non, Sheena ne le croyait pas. Seule, isolée, étrangère, voilà ce qu'elle était, ni MacKinnion ni Fergusson ! Elle prit brusquement conscience que tant que la guerre durerait entre les deux clans, elle ne pourrait pas rentrer à Tower Esk. Là-bas, on la regarderait comme une MacKinnion, une ennemie. Oui, elle était seule...

Jamie venait à peine de confier son cheval à ses hommes d'écurie que Jessie Martin apparut, lui barrant le chemin. Irrité, il tenta cependant de ne pas le montrer. Il voulait éviter une nouvelle altercation avec Jessie devant ses compagnons. À vrai dire, il n'avait qu'une envie : dormir ! Cette chevauchée l'avait épuisé et n'avait été qu'une perte de temps. Qu'avait-il espéré de son entrevue avec Dugald ? Il l'ignorait. Le vieux laird s'était répandu en reproches et injures, puis l'avait laissé repartir sans qu'aucune décision fût prise. La colère de Dugald était-elle feinte ? Constituait-elle une simple manœuvre ? Il ne connaissait pas suffisamment le père de Sheena pour en décider.

Comme Sheena l'avait craint, Iain avait succombé à sa blessure tandis qu'on le ramenait à Tower Esk. Selon son habitude, Jamie avait donné une généreuse somme d'argent en guise de dédommagement puisqu'il s'agissait d'un accident. Ce geste n'avait cependant pas suffi à apaiser le courroux de Dugald et de son cousin MacAfee, lequel avait insisté pour assister à l'entrevue des deux chefs. Ce MacAfee, il l'avait aussitôt détesté. Il se souvint d'ailleurs que Niall avait fait allusion à un cousin que sa sœur et lui n'aimaient pas. Sans doute était-ce lui. S'il ne s'était pas trouvé là, Jamie aurait cru le vieux Dugald lorsqu'il avait affirmé qu'il n'était pour rien dans le raid contre les terres des MacKinnion. Mais quand Jamie avait fait état des dommages, William MacAfee avait affiché une satisfaction sur laquelle on ne pouvait se méprendre.

Si seulement il avait pu parler à Niall ! Celui-ci, malheureusement, ne s'était pas montré.

Il avait toutefois obtenu une promesse qui confirmait d'ailleurs les paroles de Sheena. Dugald avait juré qu'il ne prendrait pas les armes contre les MacKinnion tant que Sheena serait parmi eux. Vrai ou faux ? Comment le savoir ? Si seulement Jock n'avait pas reconnu les couleurs des Fergusson et leur cri de guerre ! Que décider ? Que dire à Sheena qui allait l'assaillir de questions ?

Pour l'instant, Jessie Martin lui faisait face, et cela l'irritait fortement.

– Vous voilà de nouveau au château ! dit-il d'un ton cassant.

– Auriez-vous l'audace de me demander de partir alors que mon cousin est encore pour quelques jours votre invité ?

– Si je comprends bien, il est votre alibi ! répliqua Jamie avec la même sécheresse. En tout cas, n'oubliez pas de partir avec lui !

– Et qui vous tiendra compagnie, étant donné que votre femme vous rejette ?

Il l'écarta en la saisissant violemment par le bras.

– Une épouse ne rejette jamais son mari ! De plus, cela ne vous regarde pas !

– Je crains qu'elle ne partage pas votre opinion sur ce point ! rétorqua Jessie, frottant son bras meurtri.

– D'ici à quelque temps, tout ira bien. Elle s'habituera...

– Vraiment ? Comment le pourrait-elle puisqu'elle est partie ? (Le visage de Jamie se figea. Comme il se dirigeait à grands pas vers l'entrée, la voix de Jessie, dure et amère, l'arrêta.) Inutile de la chercher, vous perdriez votre temps ! J'ai vu votre précieuse Sheena quitter le château tout à l'heure et je ne suis pas la seule. Elle vous a bel et bien rejeté, et n'a pas caché ses sentiments, proclamant à qui voulait l'entendre qu'elle ne vous appartenait pas ! (À ces mots, Jamie rebroussa chemin pour se précipiter vers son cheval.) Non, Jamie ! cria Jessie. Comment pouvez-vous encore la désirer ? N'avez-vous donc pas honte de votre faiblesse ? Avez-vous perdu toute fierté ?

Mais il ne l'écoutait pas. Dépitée, elle courut vers le château. Il fallait que Black Gawain sache qu'elle avait échoué. Jamie partait à la recherche de son épouse... Quel entêté ! Ne voyait-il pas que cette petite Lowlander n'était pas faite pour lui ? Ne voyait-il pas ce que Jessie pouvait lui offrir ?

Quelle sotte elle avait été de supporter, docile, les brutales étreintes de Black Gawain, uniquement pour ne pas s'éloigner de Jamie ! Un gaspillage de temps et d'elle-même ! Black Gawain, d'ailleurs, n'éprouvait rien pour elle. C'était Sheena qu'il avait désirée, lui aussi, jusqu'à ce qu'il apprenne que c'était une Fergusson. Sheena, toujours Sheena !

Une violente colère envahit Jessie et tandis qu'elle parcourait le château à la recherche de Black Gawain, chacun l'évita prudemment, préférant se tenir à distance respectueuse de cette femme en fureur...

38

Au moment où Sheena quittait la chaumière, Jamie surgit au grand galop et s'arrêta brusquement dans la petite cour. Alertés par cette arrivée fracassante, le paysan et sa femme sortirent et restèrent muets de surprise en voyant leur laird blême de colère. Sheena s'immobilisa, effrayée. En fait, Jannet l'avait convaincue d'être raisonnable et de rentrer au château. Jamie l'ignorait, bien sûr, et ne semblait guère d'humeur à écouter ses explications.

– Une halte avant de reprendre le chemin de Tower Esk ? dit-il d'un ton dur. Heureusement, vous n'avez pas encore quitté le territoire des MacKinnion !

– Heureusement pour qui ? répliqua Sheena.

Jamie se rembrunit encore.

– Vous ne m'avez point écouté quand je vous ai mise en garde, et maintenant, vous vous montrez insolente ?

– Jamie, je...

– Vous vous moquez de moi, vous bravez mon autorité, et vous croyez demeurer impunie ? tonna-t-il, ulcéré.

– Jamie !

– Non ! (Sans descendre de cheval, il s'approcha et, la saisissant par le bras, la tira à lui. Il avait envie de la secouer de toutes ses forces, mais il n'en fit rien, se contentant de la tenir fermement, ses doigts s'enfonçant dans sa chair.) Vous avez abusé de l'affection que j'ai pour vous, Sheena, vous avez cru pouvoir agir à votre guise ! Mais vous êtes ma femme ! Et cette fois, je n'accepte aucune excuse !

Sheena se dégagea de l'étreinte de Jamie.

– Alors, je n'en donnerai aucune ! rétorqua-t-elle, relevant la tête d'un air de défi. (Et pourtant, comme elle aurait aimé lui parler, lui dire combien elle regrettait sa propre obstination ! Mais c'était impossible après les paroles qu'il venait de prononcer. Elle aussi avait sa fierté.) Vous ne me ramènerez pas au château ! poursuivit-elle. Je refuse de vivre avec un mufle, une brute de votre espèce.

Serrant les poings, Jamie la regarda longuement. Il parla enfin d'une voix calme, trop calme.

– Je ne suis pas venu pour vous ramener, Sheena.

– Je ne comprends plus, bredouilla-t-elle, en proie à la plus grande confusion.

– Vous êtes ma femme et vous le restez. Mais c'est la dernière fois que vous m'humiliez ainsi ! Dorénavant, je ne veux plus de vous au château. (Il eut un rictus douloureux.) Voilà qui devrait vous satisfaire ! C'est bien en vain que j'ai essayé de vous rendre heureuse !

À ces mots, Sheena sentit son cœur se serrer et les larmes lui vinrent aux yeux.

– Vous me laissez partir ? murmura-t-elle, les mots s'étranglant dans sa gorge.

– Non, Sheena. (Il parlait d'une voix extrêmement tendue.) Je vous l'interdis même. Vous êtes une MacKinnion désormais, et vous devez vivre chez les MacKinnion ! On vous donnera une maison où vous habiterez, seule, puisque c'est là ce que vous désirez... Je veillerai à ce que vous ne mouriez pas de faim.

– Jamie, ce n'est pas possible !

– Je n'aurais jamais cru en arriver là. Mais depuis que nous nous connaissons, vous n'avez cessé de répéter que vous ne vouliez pas de moi, que vous ne vouliez rien de moi. J'ai fini par croire que c'était vrai, moi aussi.

Elle s'efforça de refouler ses larmes.

– Je reste votre femme, mais vous me privez de ma liberté, d'une vie normale ! Vous pensez avoir le droit d'agir ainsi ?

– Oui.

– Je refuse d'être traitée avec un tel mépris ! Je rentrerai chez moi !

– Vous resterez ici ! C'est la dernière fois que je vous le dis ! Si vous retournez chez votre père, je démolirai sa demeure, pierre après pierre, jusqu'à ce que je vous retrouve ! Prenez garde, Sheena MacKinnion, je ne vous pardonnerai plus rien !

Il saisit les rênes de la jument de Sheena et s'éloigna dans le galop des deux chevaux.

La chevelure blonde de Jamie, le vert et le jaune de son tartan ne furent plus bientôt que des taches tremblantes tandis que les larmes montaient aux yeux de la jeune femme.

– Allons, allons, mon enfant ! Il ne faut pas pleurer ! (Jannet l'entoura de son bras et la conduisit à l'intérieur de la chaumière.) Sir Jamie reviendra sur sa décision, vous verrez. Il s'emporte facilement, tout comme le vieux laird, son père, mais c'est un mouvement d'humeur passager !

– Passager ? répéta Sheena. Depuis que je le connais, il est constamment en colère !

– Aurait-il quelque raison de se conduire ainsi ? demanda Jannet, finement.

La dispute passionnée qui venait d'opposer Sheena et Jamie n'avait fait que confirmer ses soupçons : les deux jeunes gens étaient follement épris l'un de l'autre.

Anéantie, Sheena ne répondit rien. Elle tentait

de se convaincre que si elle souffrait, c'était parce que Jamie lui interdisait de rentrer à Tower Esk. Cependant, elle savait bien au fond d'elle-même que ce n'était pas là la vraie raison. Tandis que Jannet s'efforçait de la réconforter, insistant pour qu'elle reste chez eux en attendant que la colère du laird s'apaise, Sheena ne songeait qu'à une chose : Jamie l'avait quittée ! Jamie l'avait abandonnée !

39

Enveloppée dans sa cape, recouverte d'un plaid que lui avait prêté Jannet, Sheena se pelotonna près du feu. Au-dehors, le vent ne soufflait pas violemment mais un courant d'air frais passait sous la porte. Elle s'était allongée sur une étroite planche de bois qui cachait un cellier creusé dans le sol. Du moins ne dormirait-elle pas à même la terre battue. Croyant à tort les étés des Highlands aussi chauds que ceux de son Sud natal, Jannet avait demandé à Roy d'aménager ce cellier pour y conserver au frais crème, beurre et gibier.

Sheena ne parvenait pas à trouver le sommeil. Ses hôtes dormaient depuis longtemps déjà. Avant d'aller se coucher, Roy s'était assuré que ses chèvres et ses moutons étaient en sécurité et Jannet avait moulu le grain pour le lendemain.

Qu'était-ce donc que ces volutes de fumée qui filtraient par le toit ? Elle les regardait sans comprendre, mais bientôt le doute ne fut plus permis : les flammes apparurent, dévorant le chaume jusqu'à ce qu'un trou se forme. Son premier mouvement fut de fuir mais le dernier raid durant lequel les fermes de Jock et de Hamish avaient été incendiées lui revint en mémoire. Un autre raid ! Sheena maudit ces lâches qui profitaient de la nuit pour attaquer et surprendre de malheureux paysans dans leur sommeil ! Les assaillants s'étaient-ils contentés de mettre le feu et de s'enfuir ou bien attendaient-ils que les paysans réveillés en sursaut sortent de leur maison ? Il ne fallait surtout pas s'affoler, se disait-elle, tandis que le trou dans le toit s'agrandissait. Soudain, une torche enflammée roula au milieu de la pièce. Elle l'éteignit rapidement avec le plaid. Oui, c'était bien un raid ! Au même moment, Jannet s'éveilla en hurlant et Roy saisit ses armes. Sheena crut défaillir. L'idée que Roy allait trouver la mort dans un combat inégal était intolérable. Pourtant, ils risquaient tous de mourir, s'ils n'agissaient pas. Elle courut à la fenêtre. Dans la cour, cinq hommes à cheval attendaient que le feu ait eu raison de la chaumière et de ses habitants. Elle ne vit d'abord que les couleurs des tartans. Ses couleurs ! Était-ce possible ? Puis elle distingua les visages plus nettement. Soudain, elle comprit. Quelle idiote de ne pas y avoir pensé plus tôt ! C'était William Jameson et ses hommes ! Une partie du toit s'effondra. Poussant un cri d'effroi, elle se précipita vers Roy qui s'apprêtait à sortir, le retenant de toutes ses forces.

– Non ! Ne sortez pas ! Ils sont trop nombreux ! C'est justement ce qu'ils veulent, vous attirer dehors ! Ils vous attendent !

– Laissez-moi ! répondit le fermier en se dégageant. Cachez-vous sous le lit avec Jannet. Je vais les retenir jusqu'à ce que l'on vienne à notre secours. Cela ne saurait tarder car le château n'est pas bien loin.

– Mais ils sont cinq ! (Sheena pleurait maintenant. Ne comprenait-il donc pas ?) Jannet, dites-lui ! Vous avez de l'eau ? Nous pouvons lutter contre l'incendie !

Jannet apportait précisément une bassine d'eau qu'elle s'empressa de vider sur la jupe de Sheena qui commençait à s'enflammer.

– Elle a raison, Roy, dit-elle avec sang-froid. Ne

sors pas ! C'est vrai, nous n'avons pas assez d'eau pour lutter contre le feu, mais il y a un autre moyen. Si nous nous cachons dans le cellier, nous avons une chance de sortir vivants de cet enfer !

– Le feu gagnera aussi la trappe !

– Peut-être, mais pas tout de suite ! reprit Jannet tout en versant le reste de l'eau sur la trappe de bois. Allons, vite !

Le cellier était profond, mais dans le passage entre les étagères qui s'alignaient de chaque côté du mur, on ne pouvait passer à plusieurs de front. Roy descendit, Sheena le suivit, Jannet, enfin, referma la trappe sur eux, un geste qui semblait irrévocable. Entassés dans ce réduit, Roy écrasé contre le mur, Jannet sur les marches de l'escalier, Sheena entre eux deux, ils avaient du mal à respirer.

– Je t'avais dit de faire ce cellier plus grand, Roy, dit Jannet en plaisantant.

– Quelle différence si nous devons mourir là, emmurés ? répliqua Roy.

Au-dessus d'eux, le feu faisait rage. Ils entendaient la chaumière craquer de toutes parts. Les secours arriveraient-ils à temps ? Il fallait l'espérer.

– Allons, Jannet ! s'écria Roy qui s'agitait de plus en plus. Ils sont partis maintenant. Sortons !

– Au milieu des flammes ? Non, nous n'avons pas le choix. Nous sommes obligés d'attendre ici que le feu s'éteigne.

Soudain, le toit s'effondra sur le cellier. Alertée par le fracas, Jannet essaya aussitôt de soulever le battant mais celui-ci ne bougea pas. Par les fentes de la planche en bois, passait une légère fumée blanche qu'ils distinguaient à peine mais qui leur brûlait la gorge et les yeux. Ils suffoquaient. Combien de temps l'eau répandue sur le bois empêcherait-elle le feu de se propager ? Combien de temps s'écoulerait-il avant que la trappe ne s'embrase et ne s'écroule sur eux ? Voilà dans quel piège mortel Jamie l'avait jetée en l'abandonnant ! Et Roy et

Jannet ! Pauvres gens, ils n'étaient pour rien dans cette histoire !

Comme un fou, Jamie galopait vers la chaumière en flammes. Quand il avait appris que c'était la maison de Roy et de Jannet qui brûlait, il n'avait pu le croire tout d'abord. Il ne le croyait toujours pas, même en découvrant le triste spectacle. Il fonça à travers les décombres calcinés, priant Dieu de retrouver Sheena vivante.

– Peut-être comprends-tu maintenant ce que j'ai ressenti lorsque ma sœur est morte au milieu des flammes, dit Black Gawain d'une voix calme.

– Sheena n'est pas morte ! répliqua Jamie. Et si tu ne participes pas aux recherches, va-t'en !

Black Gawain s'éloigna en trébuchant parmi les ruines et se heurta à Colen qui courait vers eux.

– Ton frère a perdu la raison ! gronda Black Gawain. Entraîne-le au-dehors avant que les murs ne s'effondrent !

Ignorant ces paroles, Colen ordonna à ses hommes de fouiller la maison de fond en comble. Black Gawain secoua la tête et s'en alla. Il haïssait Sheena mais jamais il n'avait souhaité qu'elle trouve une mort aussi atroce...

Ils fouillèrent de fond en comble, retournant chaque poutre, chaque pan de bois calciné. Personne n'avait pu survivre à un tel incendie... mais tant qu'il ne retrouverait pas le corps de Sheena, Jamie ne pourrait croire à sa mort. L'espoir revint quand la trappe fut découverte, noircie mais intacte. Dans sa hâte, Jamie repoussa ses hommes et souleva le battant. Trois corps, le visage couvert d'un linge, gisaient là, immobiles. Immobiles ! Jamie ne bougeait plus, ne respirait plus. Puis on entendit un léger toussotement. Alors, prompt comme l'éclair, il souleva Jannet et la confia à Colen, prit Sheena dans ses bras et sortit, laissant les autres s'occuper de Roy.

Les larmes coulaient sur son visage tandis qu'il étendait dans l'herbe la jeune femme évanouie. Personne ne s'approcha. Jamie, agenouillé, secouait Sheena, la giflait, tour à tour priant Dieu et le maudissant. Quand Sheena reprit connaissance, elle fut aussitôt secouée par une toux si violente et douloureuse qu'elle ne put reprendre souffle; puis la fraîcheur de l'air calma sa gorge irritée. Des bras puissants la serraient; de nouveau, elle suffoqua. Comme elle se débattait, l'étreinte se relâcha un peu.

Colen s'approcha de Jamie. Il semblait soulagé mais comme étourdi par tant d'émotions.

– Jannet et Roy sont vivants, murmura-t-il. (Il donna ensuite les mauvaises nouvelles.) Les gens de l'autre chaumière, un peu plus bas, n'ont pas eu autant de chance. Sheena, Roy et Jannet seraient morts, eux aussi, à l'heure qu'il est, s'ils ne s'étaient pas cachés dans ce cellier. T'en rends-tu compte ?

– Oui, je sais.

– Qu'est-ce qu'il t'a pris d'abandonner ainsi Sheena ? J'aimerais le savoir.

Le visage défait, Jamie regarda son frère.

– Crois-tu que je puisse jamais me pardonner ? J'étais dans une telle rage que je n'ai pas pensé à la confier à un garde. Mais ce n'est pas une excuse. À cause de mon emportement, elle a failli mourir !

Colen secoua la tête.

– Puis-je espérer que tu feras un effort pour te dominer la prochaine fois ?

– Il n'y aura pas de prochaine fois.

– Partons-nous tout de suite ? Ils ne doivent pas être bien loin.

– Oui, dès que j'aurai ramené Sheena au château.

Partagée entre la joie d'être vivante et sa rancune, Sheena repoussa Jamie.

– Vous ne m'avez pas demandé si je voulais revenir, chuchota-t-elle, frottant ses yeux encore brûlants.

– Non, et je n'en ai pas l'intention, répondit

Jamie d'un ton sans réplique. Ô Sheena ! Pardonnez-moi ! Vous pensez que tout cela est ma faute. J'accepte vos reproches, d'ailleurs. Ne voyez-vous donc pas combien je regrette ?

– Si, je le vois, mais cela ne sert à rien. (Elle se mit à pleurer, cachant son visage dans ses mains.) Vous n'aviez pas le droit de m'abandonner !

Jamie la serra de nouveau contre lui. Colen s'éloigna.

– Chut, Sheena, chut ! fit-il en la berçant. Avez-vous vraiment cru que je vous abandonnais ? Je ne pensais rien de ce que je vous ai dit aujourd'hui. J'étais blessé. Comprenez-vous, Sheena ? Je n'ai pas l'habitude que l'on gouverne ma vie. Or, vous avez ce pouvoir, celui de m'apporter la tristesse ou la joie, et quand vous me rendez malheureux, je réagis mal. Mais plus maintenant, mon amour ! Je jure de ne plus jamais vous quitter.

Il tremblait que ces paroles ne lui déplaisent. Peut-être désirait-elle réellement rentrer à Tower Esk ? Jamais il n'accepterait, même pour se racheter auprès d'elle. Qu'elle le veuille ou non, Sheena était une partie de lui-même et il ne pouvait la laisser partir.

En vérité, il n'avait pas à se tourmenter. Vaincue par ces propos, par l'épuisement aussi, peut-être, la jeune femme ne protesta pas. Pour toute réponse, elle mit les bras autour de son cou et se serra légèrement contre lui. Jamie sourit, rayonnant de joie.

– Je vous ramène chez nous, maintenant. Ma tante veillera sur vous jusqu'à mon retour, dit-il doucement.

Tandis qu'ils regagnaient le château, Sheena demeura silencieuse et il se demanda pourquoi. En fait, les paroles de Jamie l'avaient laissée perplexe. Avait-elle le pouvoir de le rendre heureux ou malheureux ? Était-ce possible ?

Arrivés à Castle Kinnion, Jamie mit pied à terre

et aida Sheena à descendre. Il ne désirait cependant pas s'attarder, préférant partir avant qu'elle ne le supplie de ne pas se venger de ce raid. Il ordonna à un serviteur d'aller chercher sa tante. Black Gawain arriva sur ces entrefaites et ne cacha pas sa stupéfaction de voir Sheena vivante. Bientôt, les hommes de Jamie rejoignaient leur laird, armés de pied en cap. Observant toute cette agitation, Sheena comprit soudain que Jamie et ses compagnons s'apprêtaient à poursuivre leurs ennemis. Elle blêmit. Ignorant encore la vérité, il tenait toujours son père pour responsable.

– Jamie !

– Je vous en prie, Sheena, ne dites rien ! Ne voyez-vous donc pas que je n'ai pas le choix cette fois-ci ? N'essayez pas de me retenir.

– Je ne veux pas vous retenir, Jamie.

Il la regarda, abasourdi.

– Et pourquoi ? répliqua-t-il d'un air soupçonneux. Votre clan ne savait pas que vous vous trouviez dans cette chaumière.

– Je n'en voudrais nullement aux Fergusson s'ils étaient en cause. Mais ce n'est pas mon clan qui a attaqué. Je les ai vus, Jamie !

– Tu ne vas pas l'écouter, n'est-ce pas ? intervint Black Gawain, furieux. Elle est prête à tout pour sauver les siens !

– C'est vrai ! reprit Sheena en se tournant vers lui. Seulement, il se trouve que je n'ai pas à les défendre car ce ne sont pas eux qui sont venus ce soir. J'ai vu les hommes qui ont mis le feu aux fermes. Je les ai vus par la fenêtre avant que nous ne nous réfugiions dans le cellier ! C'est vrai, ils portaient mes couleurs, mais c'étaient les Jameson. William Jameson et ses hommes attendaient là, prêts à massacrer ceux qui tenteraient de fuir les flammes !

Black Gawain eut un rire plein de dérision.

– Vous auriez dû trouver autre chose, demoiselle ! Jameson n'est qu'un lâche. Ce n'est un secret pour personne ici. Jamais il n'aurait le courage d'attaquer un MacKinnion !

– Un lâche frappe sauvagement et prend la fuite. N'est-ce pas précisément ce qu'il a fait ?

– Qui me dit que votre père n'est point un lâche ?

– Moi ! Nous vous avons attaqués cet été, après que vous aviez rompu la trêve, au printemps. Nous avons perdu des hommes parce que nous n'avions pas peur de combattre. Vos chaumières ont-elles été incendiées, votre bétail a-t-il été massacré ? Non, car mon père ne se bat pas ainsi !

– C'est pourtant le tartan des Fergusson que l'on a retrouvé, leur cri de guerre que l'on a entendu ! insista Black Gawain.

– Mais vous ne m'écoutez pas ! s'écria-t-elle. Jameson portait mes couleurs, pas les siennes, afin qu'un autre clan soit accusé de ses méfaits. Ainsi, il a pu vous attaquer plusieurs fois au cours de ces derniers mois sans avoir à souffrir de représailles. Doux Jésus ! Croyez-vous que je serais restée cachée dans la chaumière en flammes si j'avais reconnu les miens ? Vous tenez mon clan pour responsable de la mort de votre sœur, Black Gawain, mais vous vous trompez !

– Mais enfin, pourquoi ? demanda Black Gawain.

– À cause de Libby Jameson ! intervint Jamie, la voix altérée. Libby ! répéta-t-il.

– Oui, soupira Sheena. (Dieu merci, Jamie avait compris.) Je savais que c'était pour se venger de vous qu'il me retenait prisonnière chez lui.

– Prisonnière ?

– Quand vous êtes venu me chercher, vous m'avez sauvée, bien que vous ne l'ayez pas compris alors, expliqua-t-elle en souriant. Jameson vous méprise. Il a tenté en vain de me violer, puis il vous a menti. Tout lui était bon pour vous tourmenter... à cause de sa sœur !

– Pourquoi ne m'avoir rien dit plus tôt ?

– M'auriez-vous crue ?

Elle avait raison. Jamie ne put que le reconnaître. La serrant contre lui, il l'embrassa avec passion.

– Serez-vous là à mon retour ?

– Oui, je serai là.

Déjà Black Gawain courait vers son cheval.

40

Dans sa hâte à rattraper William Jameson, Black Gawain galopait à vive allure et se trouvait déjà loin en avant. Jamie comprenait son impatience mais il se rendait également compte que son impétueux ami risquait fort de se faire tuer s'il arrivait seul chez Jameson. Il pressa sa monture afin de le rejoindre, distançant peu à peu Colen et ses compagnons qui suivaient pourtant de leur mieux. Bientôt, les deux cousins traversaient la rivière, proche des terres de sir William. Comme ils s'approchaient d'un arbre, à la limite du domaine, le cheval de Black Gawain s'écroula, transpercé d'un carreau d'arbalète. Désarçonné, son cavalier roula sur la berge et tomba dans la rivière. En traversant, la monture de Jamie faillit le piétiner. Avant que Jamie n'ait pu localiser le tireur, il recevait une flèche en pleine poitrine. Il tomba. L'homme posté dans l'arbre sauta à terre et s'approcha prudemment du corps de Jamie, son arbalète bandée. Quand il avait été désigné comme guetteur, il avait jugé cette précaution bien inutile ! En effet, jusqu'à présent, les MacKinnion n'avaient jamais eu le moindre soupçon.

Mais c'était le laird aux cheveux blonds, MacKinnion lui-même, qui gisait à terre ! C'était lui qu'il avait abattu ! Apparemment, MacKinnion ne bougeait plus, ne respirait plus... L'homme n'était pas assez courageux pour aller vérifier s'il était réellement mort, mais assurément il avait bien visé. L'embout carré de la flèche avait dû atteindre le cœur : le justaucorps et le tartan étaient rouges de sang. Quant à l'autre cavalier, couché dans l'eau, nul besoin de s'en soucier ! MacKinnion était mort et l'homme avait hâte d'apporter la bonne nouvelle à son laird. Par précaution, il tira une dernière flèche et s'éloigna rapidement.

Sheena ne fut réveillée qu'au moment où l'on apporta le corps de Jamie dans leur chambre. À demi endormie, la jeune femme vit le sang, les blessures. Avec un cri d'effroi, elle se précipita tandis que l'on étendait Jamie, criant, pleurant, jusqu'à ce que Daphnée la saisisse par les épaules et la secoue.

– Il n'est pas mort, Sheena ! Écoutez-moi ! Il n'est que blessé ! Venez, maintenant ! Laissons-le, on va le soigner. Vous ne feriez que gêner.

Sheena se ressaisit.

– C'est moi qui vais le soigner ! dit-elle d'une voix ferme.

– Vous n'êtes pas en état de... commença Daphnée.

– J'ai dit : c'est moi qui vais le soigner, reprit-elle, durcissant la voix. C'est mon mari.

Daphnée se tut. Au même moment, tante Lydia entra et, apercevant Jamie, se mit à crier encore plus fort que Sheena. Elle quitta la pièce en courant, ses lamentations résonnant dans le couloir.

– Allez réconforter votre tante, ordonna Sheena à Daphnée. Je ferai face.

Et elle y parvint. Malgré l'effroi et l'horreur qu'elle ressentait, aidée des servantes, elle déshabilla Jamie et lava ses blessures. Les flèches, déjà, avaient été délicatement retirées. Comment Jamie pouvait-il être encore en vie ? Une flèche avait heurté une côte, manquant de peu le cœur. L'autre avait atteint Jamie au côté, le transperçant cruellement.

Sheena fit enfin sortir les servantes. Restée seule,

elle s'allongea à côté de Jamie, puis le toucha doucement. Sa peau était brûlante. Ses yeux demeuraient clos, sa respiration était difficile. Elle effleura ses lèvres du doigt et appuya sa joue contre son épaule. Anéantie par toutes ces émotions, elle ne put plus retenir ses larmes.

– Vous n'allez pas mourir, MacKinnion ! M'entendez-vous ? (Elle lui pinça le bras, furieuse qu'il l'effraie ainsi.) Vous êtes mon mari et je... j'ai besoin de vous... Je vous aime, Jamie, sanglota-t-elle. Vous ne pouvez pas mourir !

Plus tard, encore secouée de sanglots, elle s'endormit.

L'aube la trouva assise dans un fauteuil au chevet du blessé. Jamie ayant la fièvre, elle s'était réveillée à ce contact brûlant. Elle avait passé le reste de la nuit à le rafraîchir avec des linges humides. La fièvre était un peu retombée.

– Ne vous apitoyez pas sur lui ! (Sheena se retourna. Lydia était entrée sans faire de bruit, en chemise de nuit, un châle de laine sur les épaules. Les yeux cernés, les cheveux défaits, elle était méconnaissable.) Il ne faut pas le plaindre, répéta-t-elle sans regarder Sheena. Il ne le mérite pas.

Sheena fronça les sourcils, interdite.

– Mais je ne le plains pas.

– Voyez-vous, c'est lui qui s'est tué...

– Mais qui ? s'écria Sheena.

– Mon père ! répondit Lydia, pointant un doigt menaçant vers Jamie.

– Que se passe-t-il ? Ne reconnaissez-vous donc pas votre neveu ?

– Mon neveu ? Mon frère Robbie est bien trop jeune pour avoir des enfants ! Père serait furieux ! (Puis Lydia fronça les sourcils, incertaine.) Père est mort, pourtant. Il est mort, n'est-ce pas ?

Sheena hésita avant de demander :

– Quel âge avez-vous, Lydia ?

– Huit ans, répliqua-t-elle sans quitter Jamie des yeux.

Sheena agrippa les accoudoirs du fauteuil. Jamie lui avait dit que sa tante n'avait plus toute sa raison depuis le jour où, petite fille, elle avait vu Niall Fergusson tuer ses parents. Pourtant, c'était une histoire différente qu'elle semblait raconter...

– Vous avez vu votre père mourir, Lydia. Vous en souvenez-vous ?

– Comment pourrais-je oublier ? Mais il n'aurait pas dû agir ainsi ! Et Fergusson n'aurait pas dû venir non plus ! Il était fou de croire qu'il pourrait partir avec elle !

– Avec votre mère ?

Lydia ne sembla pas entendre. Son visage exprimait une profonde détresse, des larmes coulaient sur ses joues. Elle continua de parler, dans un état proche de l'hallucination.

– Oncle Donald, au comble de la fureur, a emmené Fergusson. Il ne lui a pas fait de mal, n'est-ce pas ? Ce pauvre Fergusson, sa seule faute était de l'aimer !

Lydia ignorait-elle donc que Donald avait sauvagement tué Niall Fergusson ? Tout devenait clair pour Sheena. Son grand-père s'était épris de la mère de Lydia et était venu la retrouver. Un rendez-vous d'amour ? Un rendez-vous d'amour qui s'était transformé en un double assassinat ?

Comme si elle devinait ses pensées, Lydia reprit :

– Ma mère est venue me dire qu'elle s'en allait, que je ne devais pas être triste, qu'elle reviendrait me chercher bientôt... Ils partaient pour la France, ils ne pouvaient rester en Écosse... Je pleurais mais sa décision était irrévocable. Je ne voulais pas qu'elle parte ! Père surgit devant eux, alors qu'ils traversaient la cour du château. Il était tard. La lune était pleine et, de ma cachette, je les voyais nettement. Ils se sont disputés tous les trois. Père était furieux, si différent... Il était étrange... Il...

Le visage inondé de larmes, Lydia ferma les yeux. Elle se balançait, les bras croisés, gémissant au souvenir de la terrible dispute. Sheena voyait la scène : le mari face aux amants, la fureur et le chagrin qui devaient le dévorer, s'il aimait sa femme… L'avait-il aimée ? Ou considérait-il son épouse comme un bien qu'il refusait de partager ? Avait-il agi par pur orgueil ? Sheena entoura de son bras les épaules de la vieille dame.

– Allons, Lydia, venez, je vous raccompagne dans votre chambre.

– Non ! Je ne peux pas partir. Mère va revenir, maintenant qu'il les a retrouvés. Il faut que je lui dise de ne pas se tourmenter. Père l'aime. Il lui pardonnera.

– Naturellement, assura Sheena, désireuse de l'apaiser. Venez, vous avez besoin de repos.

– Non ! (Lydia repoussa Sheena avec une force surprenante.) Père sort son poignard ! Fergusson aussi ! Ma mère pleure. Ils se battent. Fergusson laisse échapper son poignard. Mon père s'en saisit. Il regarde ma mère. Non ! Il la frappe ! Fergusson ne peut l'en empêcher… Père le repousse. Elle tombe… Mon Dieu ! Ce sang, tout ce sang ! Père appelle la garde, Fergusson ne s'enfuit pas. Il regarde ma mère. Père la regarde aussi… Oh non ! Il enfonce le poignard dans sa poitrine, le retire, le sang jaillit… Le couteau tombe aux pieds de Fergusson qui semble ne rien voir. Pourquoi ne s'enfuit-il pas ? Mon oncle arrive…

– Lydia, tout va bien maintenant, c'est fini.

– Non… Mon oncle croit que Fergusson a tué mes parents. Je lui dis la vérité, mais il me gifle, me traite de menteuse ! Il ne fera pas de mal à Fergusson, n'est-ce pas ? Je ne peux rien dire, sinon ma mère ne reviendra pas. Je dois attendre son retour…

Doucement, Sheena reconduisit Lydia qui continuait de sangloter. Pauvre femme ! Retrouverait-elle un jour la raison ? Le cauchemar de cette terrible nuit resterait-il à jamais gravé dans sa mémoire ou bien l'oublierait-elle ?

Sheena aida la malheureuse à se mettre au lit, puis appela Colleen. La fidèle servante accourut et sa présence apaisa aussitôt la vieille dame.

De retour dans sa chambre, Sheena, préoccupée par les révélations de Lydia, ne remarqua pas tout de suite que Jamie avait ouvert les yeux. Il la regardait. Avait-il entendu ? Avait-il compris ? Le cœur battant, le souffle court, elle lui rendit son regard. Alors, elle se détendit. Oui, Jamie garderait le silence, tout comme elle !

Ils se regardèrent, habités par les mêmes pensées. Toutes ces années de massacres et de haine, par la faute d'un seul homme et de sa folle passion ! Plus tragique encore, il était inutile désormais de dire la vérité ! Des hommes étaient morts. Rien n'effacerait l'horreur de ce cauchemar. Cette guerre n'aurait pas dû commencer, tout simplement, et après quarante-sept années de combats sanglants, il était temps d'y mettre fin.

41

Grâce aux soins de Sheena, Jamie se remit vite de ses blessures. Il avait insisté pour qu'elle continuât à veiller sur lui, et elle s'acquittait avec plaisir de cette tâche, se rendant bien compte cependant que Jamie n'avait plus besoin de garder le lit. Un jour, comme elle entrait dans leur chambre, elle le trouva habillé, debout près du feu.

– Savez-vous que nous sommes en état de guerre avec les Jameson ? dit-il.

Elle savait. En effet, Colen lui avait raconté sa tentative manquée pour s'emparer de la tour de Jameson. À la surprise générale, Jamie décida de ne pas renouveler l'assaut. Il reconnaissait que Jameson était responsable de beaucoup de morts, mais refusait d'anéantir un clan tout entier. Il se contenterait de se livrer aux raids habituels de représailles.

S'étant juré de tuer Jameson, Black Gawain qui s'était cassé le bras et ne pouvait plus se battre de quelque temps, s'était violemment opposé à cette décision. Il avait quitté le château en tempêtant et n'était pas encore revenu.

– Que pensez-vous de cette guerre ? demanda Jamie.

Sheena sourit. Il semblait désirer connaître son avis. En fait, elle l'approuvait, sachant qu'il était hostile à toute vengeance sanglante.

– Les Écossais se livreront toujours à des raids, pillant aussi bien leurs amis que leurs ennemis ! répondit-elle avec un sourire malicieux.

À ces mots, Jamie se rembrunit. Dugald Fergusson venait de lui voler plusieurs chevaux de prix, pour ainsi dire sous le nez, et exigeait une rançon, une coquette rançon, de surcroît.

– Cela vous amuse, n'est-ce pas, que votre père m'ait eu par surprise ?

– Vos bêtes le dédommageront de ses pertes de l'été dernier. Ce n'est que justice, après tout, puisqu'il n'avait point rompu la trêve !

– J'imagine que vous m'accompagnerez avec plaisir le jour où je lui apporterai la rançon ?

– Vous y consentiriez ?

– À condition que vous intercédiez auprès de votre père pour que cela ne se reproduise plus ! répliqua Jamie, après une légère hésitation.

– Oh, je réussirai bien à le convaincre ! Et qu'advient-il de Black Gawain ? C'est bien lui qui a provoqué mon cousin, la chose est claire maintenant !

– Il est parti, Sheena. Il quitte le pays, à ce qu'il paraît. Un de ses hommes vient de me prévenir à l'instant. Black Gawain vous envoie un message, à vous aussi. Il vous demande de lui pardonner. Pour tout. Que veut-il dire par là ? Le savez-vous ?

– Nous avons eu plusieurs confrontations, murmura Sheena. Dès qu'il a su qui j'étais, il m'a détestée. On ne peut lui en vouloir puisqu'il tenait mon clan pour responsable de ces raids meurtriers.

Cette réponse sembla contenter Jamie.

– Alors, vous ne me demandez pas de le poursuivre ?

– Il a déjà choisi son châtiment en s'exilant.

– Votre père sera-t-il satisfait ?

– Mon père est juste, Jamie. En outre, ajouta-t-elle, un sourire espiègle aux lèvres, il sera trop heureux de toucher la rançon pour songer encore à Black Gawain !

Jamie lui lança un regard ulcéré mais bientôt ne put réprimer un petit rire. Un silence embarrassé suivit. Depuis la nuit de l'incendie, ils n'avaient pas une seule fois parlé d'eux. Sheena ne l'avait pas souhaité. Il lui fallait s'habituer à l'idée qu'elle était amoureuse de cet homme. À présent, elle l'admettait. Seulement, Jamie ne lui parlait pas d'amour. Jusqu'ici, il n'avait fait que déclarer qu'il la désirait. Sheena voulait davantage. L'arrivée de Daphnée, heureuse de voir son frère debout, brisa la tension.

– Ainsi donc, cette chère carcasse a retrouvé sa solidité ! s'exclama-t-elle en riant. Je n'ai donc plus aucune excuse pour m'attarder. Je vais dire à mon Dobbin que je pars avec lui.

– Déjà ? dit Sheena.

– Moi aussi j'ai un château dont il faut que je m'occupe, vous savez ! Enfin, mon séjour n'aura pas été inintéressant. Ce n'est pas tous les jours que mon frère affronte une femme avec laquelle il ne sait comment s'y prendre !

Jamie rougit et se renfrogna.

– Quand pars-tu ? marmonna-t-il.

– Aujourd'hui, et tu peux te réjouir, nous emmenons Jessie avec nous. Vraiment, je crains qu'elle n'ait abusé de ton hospitalité !

– En effet ! murmura Sheena.

– Et tu seras sans doute étonné d'apprendre que tante Lydia souhaite faire un petit séjour chez moi. Si tu n'y vois pas d'objection, elle partira avec nous dès aujourd'hui.

– Lydia ? Quitter Castle Kinnion ? s'étonna Jamie.

– Je sais. N'est-ce pas merveilleux ? Elle déclare que je suis beaucoup plus gaie que toi, qu'il est temps qu'elle rencontre des gens, qu'elle trouve... un mari !

– C'est ridicule ! grommela Jamie.

– Pourquoi pas ? Je vais d'ailleurs y veiller, reprit Daphnée, bien qu'elle soit fort capable de se débrouiller seule ! Il me semble qu'elle a changé, qu'elle a trouvé une sorte de paix intérieure.

Sheena et Jamie se sourirent. Comme ils l'avaient espéré, tante Lydia avait tout oublié de sa terrible confession.

– Eh bien, je ne m'oppose pas à ce qu'elle parte avec toi, déclara Jamie. Cependant, la vie au château sans elle sera étrange...

– Elle ne te manquera pas trop. Tu as beaucoup à faire, maintenant que tu es rétabli. Cela ne te ressemblait guère, d'ailleurs, de te faire dorloter de la sorte. Je me demandais si tu allais jamais quitter ton lit.

– C'est que j'avais fait un rêve au début de ma convalescence, répondit Jamie, d'un ton dégagé.

– Un rêve ? fit sa sœur, un peu agacée par ses airs mystérieux.

– Oui, ma femme me disait qu'elle m'aimait, poursuivit-il. Et peut-être suis-je resté longtemps couché dans le seul espoir que ce rêve se répète...

Sheena rougit violemment sous le regard intense de son mari. L'avait-il réellement entendue, la première nuit, alors que la fièvre le terrassait ? Comment le savoir ?

– Oh, je vois que je suis de trop ! conclut Daphnée. Je m'en vais. Prends soin de ce précieux bijou, mon garçon, ajouta-t-elle, faussement sévère.

Elle les embrassa et partit. Lorsque la porte se referma, Sheena, troublée, baissa la tête.

– C'était un rêve merveilleux, Sheena.

– Oui ?

Elle ne savait que dire. Jamie se rembrunit. Elle ne lui facilitait pas la tâche. Il fallait qu'il voie clair, pourtant. Sachant depuis longtemps ce qu'il ressentait dans son cœur, il n'avait pu l'exprimer au moment opportun. Maintenant, il ne pouvait plus attendre.

– Pouvez-vous m'aimer, Sheena ?

Voilà. C'était dit.

Sheena demeurait indécise. Lui avouerait-elle qu'elle l'aimait depuis longtemps déjà ? L'intensité de cet amour l'effrayait. Au lieu de répondre, elle retourna la question.

– Pouvez-vous m'aimer ?

Il s'approcha et prit son visage dans ses mains. Son baiser passionné et tendre était bien celui de l'homme qu'elle avait appris à connaître. Haletante, elle se pressa contre lui.

– Dois-je vous le dire, Sheena ? Est-ce vraiment nécessaire ?

– Oui, il le faut, répliqua-t-elle avec une certaine solennité.

– Doux Jésus ! soupira-t-il. Je vous aime. Voilà. Maintenant, ne vous attendez pas à ce que je le redise de sitôt ! Et vous ?

– Je vous aime, Jamie ! Je vous aime ! murmura-t-elle, tandis qu'un sourire radieux illuminait son visage.

Rassuré, il rit, laissant libre cours à sa joie, serrant follement la jeune femme contre lui.

– Ô mon amour ! Vous ne pouvez savoir combien vous me rendez heureux !

– Et, pour ma part, je ne me sens pas trop malheureuse, je dois l'avouer...

42

Sheena était ravie de se retrouver à Tower Esk et de constater que Jamie et son père s'entendaient aussi bien. Dans la grande salle, le repas touchait à sa fin et elle avait hâte de se retirer avec Jamie. Ils s'étaient très peu vus pendant ce séjour chez son père et elle en prenait quelque ombrage. À Castle Kinnion, où Jamie se sentait plus à l'aise, tout était différent. Après avoir désiré si longtemps retourner auprès des siens, elle n'avait plus qu'une envie : retrouver sa nouvelle demeure.

Ce violent désir qu'elle avait d'être à lui, jour et nuit, diminuerait-il avec le temps ?

À vrai dire, cela ne la tourmentait guère. Elle avait confiance.

Elle posa la main sur le genou de Jamie.

– Souhaitez-vous... ? lui chuchota-t-il tendrement à l'oreille.

– Je crois que oui, répondit-elle en souriant.

La prenant par le bras, il se leva et prit congé de son hôte. Dès qu'ils furent hors de vue, ils se mirent à courir, se poursuivant en riant comme des enfants. Une fois dans leur chambre, Jamie porta Sheena sur le lit. Leur étreinte fut passionnée et tendre.

– S'il ne faisait pas aussi froid, nous pourrions aller nous baigner demain matin, dans votre petit lac, murmura-t-il entre deux baisers. En souvenir.

À ces mots, Sheena se redressa et demanda, intriguée :

– Qui vous a donc parlé de cet endroit ? Niall ?

– Non. Votre frère m'a raconté beaucoup de choses, mais ce petit glen, je le connaissais déjà. Je vous y ai vue, au printemps dernier.

– Vous m'avez vue ? répéta-t-elle en rougissant. Jamie, ce n'est pas vrai ?

– Mais si, je vous assure, répliqua-t-il, amusé par son embarras. Je peux même vous dire que je n'avais jamais rien vu d'aussi ravissant. C'est vrai, je vous ai prise pour une vision, pour une fée.

– Vous m'avez vue... nue !

– Comme en ce moment ! répondit-il en embrassant ses seins.

L'émoi de la jeune femme l'enchantait.

– Oui, je vous ai vue, et je n'ai jamais pu vous oublier. Vous comprenez maintenant mon étonnement, le jour où je vous ai retrouvée dans la chambre de Colen. Je vous avais en vain cherchée partout et, brusquement, vous étiez là, devant moi...

– Vous m'avez cherchée ?

– Oui. Votre souvenir me hantait. Je revenais souvent au bord de ce glen, dans l'espoir de vous y rencontrer. Ne vous êtes-vous jamais demandé pourquoi j'étais seul le jour où les hommes de votre père m'ont fait prisonnier ?

– Quand on vous a fait prisonnier, vous me cherchiez ?

– Oui.

Elle réfléchit un moment avant de répliquer :

– C'est bien fait, après tout ! Cela vous apprendra à m'espionner !

– Si je vous avais retrouvée, je vous assure que je ne me serais plus contenté de vous espionner !

Elle sourit, désarmée.

– Vous êtes terrible, Jamie, mais je l'ai toujours su !

– Est-ce vrai ? murmura-t-il, plongeant son regard dans le sien.

– Oui, et j'aurais aimé vous rencontrer au bord de ce lac, ajouta-t-elle avec fougue. Nous n'aurions pas su qui nous étions et nous nous serions aimés plus tôt !

– Mon amour, mon amour, je vous aime, fit-il en l'étreignant plus fort.

– Je croyais que vous ne deviez jamais plus me le dire !

– Eh bien, je l'avoue, j'aime le dire. Je préfère cependant vous le prouver.

Sheena le regarda avec une expression de tendre défi.

– Vous me décevriez fort, en effet, James MacKinnion, si vous ne me le prouviez pas sur-le-champ !

Littérature

extrait du catalogue

Cette collection est d'abord marquée par sa diversité : classiques, grands romans contemporains ou même des livres d'auteurs réputés plus difficiles, comme Borges, Soupault, Goes. En fait, c'est tout le roman qui est proposé ici, Henri Troyat, Bernard Clavel, Guy des Cars, Alain Robbe-Grillet, mais aussi des écrivains tels que Moravia, Colleen McCullough ou Konsalik.

Les classiques tels que Stendhal, Maupassant, Flaubert, Zola, Balzac, etc. sont publiés en texte intégral au prix le plus bas de toute l'édition. Chaque volume est complété par un cahier photos illustrant la biographie de l'auteur.

ADAMS Richard	**Les garennes de Watership Down** 2078★★★★★★
ADLER Philippe	**C'est peut-être ça l'amour** 2284★★★
AMADOU Jean	**Heureux les convaincus** 2110★★★
ANDREWS Virginia C.	Fleurs captives :
	- Fleurs captives 1165★★★★
	- Pétales au vent 1237★★★★
	- Bouquet d'épines 1350★★★★
	- Les racines du passé 1818★★★★
	Ma douce Audrina 1578★★★★
APOLLINAIRE Guillaume	**Les onze mille verges** 704★
	Les exploits d'un jeune don Juan 875★
AUEL Jean-M.	**Les chasseurs de mammouths** 2213★★★★★ & 2214★★★★★
AVRIL Nicole	**Monsieur de Lyon** 1049★★★
	La disgrâce 1344★★★
	Jeanne 1879★★★
	L'été de la Saint-Valentin 2038★★
	La première alliance 2168★★★
BACH Richard	**Jonathan Livingston le goéland** 1562★ illustré
	Illusions 2111★★
	Un pont sur l'infini 2270★★★★
BALTASSAT Jean-Daniel	**La falaise** 2345★★
BALZAC Honoré de	**Le père Goriot** 1988★★
BARBER Noël	**Tanamera** 1804★★★★ & 1805★★★★
BATS Joël	**Gardien de ma vie** 2238★★★ illustré
BAUDELAIRE Charles	**Les Fleurs du mal** 1939★★
BEAULIEU PRESLEY Priscillia	**Elvis et moi** 2157★★★★ illustré

BENZONI Juliette	Marianne 601 **** & 602 ****
	Un aussi long chemin 1872 ****
	Le Gerfaut :
	- Le Gerfaut 2206 ******
	- Un collier pour le diable 2207 ******
	- Le trésor 2208 *****
	- Haute-Savane 2209 *****
BLOND Georges	Moi, Laffite, dernier roi des flibustiers 2096 ****
BOLT Robert	Mission 2092 ***
BOMSEL M.-C. & QUERCY A.	Pas si bêtes 2331 *** illustré
BORGES & BIOY CASARES	Nouveaux contes de Bustos Domecq 1908 ***
BOVE Emmanuel	Mes amis 1973 ***
BOYD William	La croix et la bannière 2139 ****
BRADFORD Sarah	Grace 2002 ****
BREILLAT Catherine	Police 2021 ***
BRISKIN Jacqueline	La croisée des destins 2146 ******
BROCHIER Jean-Jacques	Odette Genonceau 1111 *
	Villa Marguerite 1556 **
	Un cauchemar 2046 **
BURON Nicole de	Vas-y maman 1031 **
	Dix-jours-de-rêve 1481 ***
	Qui c'est, ce garçon ? 2043 ***
CALDWELL Erskine	Le bâtard 1757 **
CARS Guy des	La brute 47 ***
	Le château de la juive 97 ****
	La tricheuse 125 ***
	L'impure 173 ****
	La corruptrice 229 ***
	La demoiselle d'Opéra 246 ***
	Les filles de joie 265 ***
	La dame du cirque 295 **
	Cette étrange tendresse 303 ***
	La cathédrale de haine 322 ***
	L'officier sans nom 331 **
	Les sept femmes 347 ****
	La maudite 361 ***
	L'habitude d'amour 376 **
	La révoltée 492 ****
	Amour de ma vie 516 ***
	Le faussaire 548 ****
	La vipère 615 ****
	L'entremetteuse 639 ****
	Une certaine dame 696 ****

des CARS (suite)	**L'insolence de sa beauté** 736 ★★★
	L'amour s'en va-t-en guerre 765 ★★
	Le donneur 809 ★★
	J'ose 858 ★★
	De cape et de plume 926 ★★★ & 927 ★★★
	Le mage et le pendule 990 ★
	La justicière 1163 ★★
	La vie secrète de Dorothée Gindt 1236 ★★
	La femme qui en savait trop 1293 ★★
	Le château du clown 1357 ★★★★
	La femme sans frontières 1518 ★★★
	Le boulevard des illusions 1710 ★★★
	Les reines de cœur 1783 ★★★
	La coupable 1880 ★★★
	L'envoûteuse 2016 ★★★★★
	Le faiseur de morts 2063 ★★★
	La vengeresse 2253 ★★★
	Sang d'Afrique 2291 ★★★★★
CARS Jean des	**Sleeping story** 832 ★★★★
	Louis II de Bavière 1633 ★★★
	Elisabeth d'Autriche (Sissi) 1692 ★★★★
CASTELOT André	**Belles et tragiques amours de l'Histoire** 1956 ★★★★ & 1957 ★★★★
CASTRIES duc de	**Madame Récamier** 1835 ★★★★
CATO Nancy	**L'Australienne** 1969 ★★★★ & 1970 ★★★★
	Les étoiles du Pacifique 2183 ★★★★ & 2184 ★★★★
CESBRON Gilbert	**Chiens perdus sans collier** 6 ★★
	C'est Mozart qu'on assassine 379 ★★★
CHASTENET Geneviève	**Marie-Louise** 2024 ★★★★★
CHAVELET É. & DANNE J. de	**Avenue Foch** 1949 ★★★
CHOW CHING LIE	**Le palanquin des larmes** 859 ★★★
	Concerto du fleuve Jaune 1202 ★★★
CLANCIER Georges-Emmanuel	Le pain noir :
	1- Le pain noir 651 ★★★
	2- La fabrique du roi 652 ★★★
	3- Les drapeaux de la ville 653 ★★★★
	4- La dernière saison 654 ★★★★
CLAUDE Madame	**Le meilleur c'est l'autre** 2170 ★★★
CLAVEL Bernard	**Lettre à un képi blanc** 100 ★
	Le tonnerre de Dieu 290 ★
	Le voyage du père 300 ★
	L'Espagnol 309 ★★★★

	Malataverne 324 ★
	L'hercule sur la place 333 ★★★
	Le tambour du bief 457 ★★
	Le massacre des innocents 474 ★
	L'espion aux yeux verts 499 ★★★
	La grande patience :
	- La maison des autres 522 ★★★★
	- Celui qui voulait voir la mer 523 ★★★★
	- Le cœur des vivants 524 ★★★★
	- Les fruits de l'hiver 525 ★★★★
	Le Seigneur du Fleuve 590 ★★★
	Victoire au Mans 611 ★★
	Pirates du Rhône 658 ★★
	Le silence des armes 742 ★★★
	Tiennot 1099 ★★
	Les colonnes du ciel :
	- La saison des loups 1235 ★★★
	- La lumière du lac 1306 ★★★★
	- La femme de guerre 1356 ★★★
	- Marie Bon Pain 1422 ★★★
	- Compagnons du Nouveau-Monde 1503 ★★★
	L'homme du Labrador 1566 ★★
	Terres de mémoire 1729 ★★
	Bernard Clavel, qui êtes-vous ? 1895 ★★
	Le Royaume du Nord :
	- Harricana 2153 ★★★★
	- L'Or de la terre 2328 ★★★★
CLERC Michel	**Les hommes mariés** 2141 ★★★
COCTEAU Jean	**Orphée** 2172 ★★
COLETTE	**Le blé en herbe** 2 ★
COLLINS Jackie	**Les dessous de Hollywood** 2234 ★★★★ & 2235 ★★★★
CORMAN Avery	**Kramer contre Kramer** 1044 ★★★
COUSSE Raymond	**Stratégie pour deux jambons** 1840 ★★
DANA Jacqueline	**L'été du diable** 2064 ★★★
DARLAN Eva	**Le Journal d'une chic fille** 2211 ★★★
DAUDET Alphonse	**Tartarin de Tarascon** 34 ★
	Lettres de mon moulin 844 ★
DAVENAT Colette	**Les émigrés du roi** 2227 ★★★★★★
DEFLANDRE Bernard	**La soupe aux doryphores** 2185 ★★★★
DHÔTEL André	**Le pays où l'on n'arrive jamais** 61 ★★
DIDEROT	**Jacques le fataliste** 2023 ★★★

DJIAN Philippe	*37°2 le matin* 1951 ★★★★
	Bleu comme l'enfer 1971 ★★★★
	Zone érogène 2062 ★★★★
	Maudit manège 2167 ★★★★★
DORIN Françoise	*Les lits à une place* 1369 ★★★★
	Les miroirs truqués 1519 ★★★★
	Les jupes-culottes 1893 ★★★★
DOS PASSOS John	*Les trois femmes de Jed Morris* 1867 ★★★★
DUMAS Alexandre	*La dame de Monsoreau* 1841 ★★★★★
	Le vicomte de Bragelonne 2298 ★★★★ & 2299 ★★★★
DUTOURD Jean	*Henri ou l'éducation nationale* 1679 ★★★
DYE Dale A.	*Platoon* 2201 ★★★
DZAGOYAN René	*Le système Aristote* 1817 ★★★★
EGAN Robert & Louise	*La petite boutique des horreurs* 2202 ★★★ illustré
EXBRAYAT Charles	*Le Château vert* 2125 ★★★★
FEUILLÈRE Edwige	*Moi, la Clairon* 1802 ★★
FLAUBERT Gustave	*Madame Bovary* 103 ★★★
FRANCOS Ania	*Sauve-toi, Lola !* 1678 ★★★★
FRISON-ROCHE	*La peau de bison* 715 ★★
	La vallée sans hommes 775 ★★★
	Carnets sahariens 866 ★★★
	Premier de cordée 936 ★★★
	La grande crevasse 951 ★★★
	Retour à la montagne 960 ★★★
	La piste oubliée 1054 ★★★
	La Montagne aux Écritures 1064 ★★★
	Le rendez-vous d'Essendilène 1078 ★★★
	Le rapt 1181 ★★★★
	Djebel Amour 1225 ★★★★
	La dernière migration 1243 ★★★★
	Le versant du soleil 1451 ★★★★ & 1452 ★★★★
	Nahanni 1579 ★★★ illustré
	L'esclave de Dieu 2236 ★★★★★★
GALLO Max	La baie des Anges :
	1- La baie des Anges 860 ★★★★
	2- Le palais des Fêtes 861 ★★★★
	3- La promenade des Anglais 862 ★★★★
GEDGE Pauline	*La dame du Nil* 1223 ★★★ & 1224 ★★★
	Les Enfants du Soleil 2182 ★★★★★
GERBER Alain	*Une rumeur d'éléphant* 1948 ★★★★★
	Le plaisir des sens 2158 ★★★★
	Les heureux jours de Monsieur Ghichka 2252 ★★

GOES Albrecht	Jusqu'à l'aube 1940 ***
GRAY Martin	Le livre de la vie 839 **
	Les forces de la vie 840 **
	Le nouveau livre 1295 ****
GRÉGOIRE Ménie	Tournelune 1654 ***
GROULT Flora	Maxime ou la déchirure 518 **
	Un seul ennui, les jours raccourcissent 897 **
	Ni tout à fait la même, ni tout à fait une autre 1174 ***
	Une vie n'est pas assez 1450 ***
	Mémoires de moi 1567 **
	Le passé infini 1801 **
	Le temps s'en va, madame... 2311 **
GUERDAN René	François Ier 1852 *****
GUIGNABODET Liliane	Dessislava 2265 ****
GUIROUS D. & GALAN N.	Si la Cococour m'était contée 2296 **** illustré
GURGAND Marguerite	Les demoiselles de Beaumoreau 1282 ***
HALÉVY Ludovic	L'abbé Constantin 1928 **
HALEY Alex	Racines 968 **** & 969 ****
HARDY Françoise	Entre les lignes entre les signes 2312 ******
HAYDEN Torey L.	L'enfant qui ne pleurait pas 1606 ***
	Kevin le révolté 1711 ****
HÉBRARD Frédérique	Un mari c'est un mari 823 **
	La Chambre de Goethe 1398 ***
	La Citoyenne 2003 ***
ISHERWOOD Christopher	Adieu à Berlin (Cabaret) 1213 ***
JAGGER Brenda	Les chemins de Maison Haute 1436 **** & 1437 ****
	Retour à Maison Haute 2169 *****
JEAN-CHARLES	La foire aux cancres 1669 **
	Tous des cancres 1909 **
JONG Erica	Le complexe d'Icare 816 ****
	La planche de salut 991 ****
	Fanny Troussecottes-Jones 1358 **** & 1359 ****
	Les parachutes d'Icare 2061 ******
KAYE M.M.	Pavillons lointains 1307 **** & 1308 ****
	L'ombre de la lune 2155 **** & 2156 ****
KENEALLY Thomas	La liste de Schindler 2316 ******
KIPLING Rudyard	Le livre de la jungle 2297 **
	Simples contes des collines 2333 ***
KOESTLER Arthur	Spartacus 1744 ****

2382

Composition Communication à Champforgeuil
Impression Brodard et Taupin
à La Flèche (Sarthe) le 7 avril 1988
6165-5 Dépôt légal avril 1988
ISBN 2-277-22382-4
Imprimé en France
Editions J'ai lu
27, rue Cassette, 75006 Paris
diffusion France et étranger : Flammarion